二見文庫

すべての夜は長く

ジェイン・アン・クレンツ／中西和美＝訳

All Night Long
by
Jayne Ann Krentz

すべての夜は長く

登　場　人　物　紹　介

アイリーン・ステンソン	新聞記者
ルーク・ダナー	〈サンライズ・オン・ザ・レイク・ロッジ〉のオーナー
マキシーン・ボクセル	〈サンライズ・オン・ザ・レイク・ロッジ〉の副支配人
パメラ・ウェブ	アイリーンのかつての親友
ライランド・ウェブ	パメラの父で上院議員
ヴィクター・ウェブ	パメラ・ウェブの祖父
ホイト・イーガン	ライランド・ウェブの秘書
サム・マクファーソン	ダンズリーの警察署長
アデライン・グレイディ	アイリーンの上司で〈ビーコン〉紙の経営者
テス・カーペンター	ダンズリー高校の英語教師
タッカー・ミルズ	雑役夫
ジョン・ダナー	ルーク・ダナーの父親でワイン醸造家
ハケット・ダナー	ルーク・ダナーの弟
ジェイソン・ダナー	ルーク・ダナーの末弟
ゴードン・フット	サンタ・エレナのワイン製造業者のパートナー
ケイティ・フット	ゴードン・フットの娘

十七年まえ……

プロローグ

小道のはずれにあるその家は、闇に包まれていた。

おかしい、とアイリーンは思った。両親はいつだって、わたしのために電気をつけておいてくれるのに。

「怒らないでよ、アイリーン」パメラが私道で車をとめた。コンバーチブルのヘッドライトが、目のまえの家の脇にそそり立つモミの木立を照らしだしている。「ちょっとふざけただけじゃない。ほら、うちのなかは真っ暗よ。ご両親はもう寝てる。あなたが門限に遅れたことなんか、気づきもしないわよ」

アイリーンはドアをあけ、すばやく車をおりた。「気づくに決まってるわ。あなたのおかげで、何もかも台なしよ」

「じゃあ、わたしのせいだって言えばいいじゃない」あっけらかんとパメラが言った。「遅くなってるのに気づかなかったって」

「悪いのはわたしよ。あなたは友だちだって信じたのが間違いだった。両親が決めたルールは二つしかないの。麻薬に手を出さないことと、湖の向こうへ行かないこと」

「何よ。それなら今夜は一つしかルールを破ってないじゃない」ダッシュボードの明かりでパメラの笑顔がやけに明るく見えた。「この車には、麻薬なんかないわ」

「わたしたちは町境を越えるべきじゃなかったし、それはあなただってわかってるはずよ。あなたは免許を取ったばかりだもの。あなたはまだ運転に慣れてないってパパは言ってるわ」

「無事に自宅まで送ってきたじゃない？」

「そういう問題じゃないわ。わたしは両親と約束したのよ」

「ほんとにいい子なんだから」声にいらだちと苦々しさがこもっている。「いつもルールを守ってて、うんざりしないの？」

アイリーンは一歩あとずさった。「それが目的だったの？　わたしにルールを破らせることができるか、ためしたかったの？　まんまと成功して、さぞ満足でしょうね。あなたとは絶交よ。でも、きっとそれが望みだったのよね？　さよなら、パメラ」

暗い家へ歩きだし、鍵を探してバッグに手を入れる。

「アイリーン、待って――」

アイリーンは耳を貸さなかった。鍵を手にあわてて玄関へ向かう。両親はかんかんになっているに違いない。きっと、一生自宅謹慎しているように言い渡されるだろう。少なくとも、夏が終わるまで。

「わかったわ。勝手にすれば」うしろでパメラが怒鳴った。「完璧で退屈ないい子の暮らしと、完璧で退屈な家族のところへ戻りなさいよ。次に親友を選ぶときは、楽しみ方を知ってる相手を選ぶわ」

そして猛スピードで走り去った。コンバーチブルのヘッドライトが見えなくなり、アイリーンは暗闇にぽつねんと残された。空気がやけに冷えきっている。これもおかしい。いまは夏だ。湖の上に月が出ている。自分たちは今夜、派手な新車のスポーツカーの幌をあげていた。こんなに寒いはずがない。

たぶん、友人と思っていた相手を信じられなくなると、こんなふうに感じるのだろう。家の角にある両親の寝室に明かりがつくのではないかと、アイリーンは暗い気分でそちらをうかがった。パメラの車の音が聞こえたはずだ。何よりも、父親は眠りが浅い。

だが、家は闇に閉ざされたままだった。アイリーンは少し気が楽になった。両親が目を覚まさなければ、避けられないもめごとを朝まで先送りにできる。朝食の席についたとたん、永遠に自宅謹慎しているように言われるだろうけれど。

フロントポーチの階段は、ろくに見分けがつかないほど暗かった。父親が玄関ドアの上にある明かりをつけ忘れたのだ。ひどくおかしい。父親は、ここのライトと裏口の外灯をいつも一晩じゅうつけたままにしているのに。それも父親が決めたルールの一つだ。

アイリーンは鍵を手に足をとめた。両親の寝室は玄関の右側にある。玄関から入ったら、きっと物音に気づかれる。でも眠っているなら、裏口がひらく音には気づかないかもしれない。キッチンを抜ければ、両親を起こさずにこっそり廊下を通って自分の部屋へ行ける。

フロントポーチに背を向け、アイリーンは小走りで裏へまわった。真っ暗だ。懐中電灯がないのが悔やまれる。銀色の月光のなか、小さな桟橋と父親が釣りに使っているボートがぼんやり見えていた。

裏口のライトもついていないとわかり、アイリーンはひどく驚いた。暗闇のなかで、裏のポーチにあがる階段のふもとにつまずき、よろけて危うくころびそうになった。ぎりぎりのところで手すりをつかみ、体勢を立て直す。

父親が両方のポーチの明かりをつけ忘れるなんてことがあるだろうか？　ひどく変だ。きっと両方の電球が同時に切れたのだろう。

アイリーンは手探りで鍵をあけ、そっとノブをまわして音をたてずにドアをあけようとした。

内側にあけようとする力にドアが逆らっている。重たいものがひっかかっているらしい。

彼女はさらに力をこめた。

ひらいたすきまから、吐き気をもよおすおぞましい臭いが漂ってきた。動物でも入りこんだのかしら？　朝になったら母親はさぞ腹を立てるに違いない。

けれど、心のどこかでは、すでに何かがひどくおかしいとわかっていた。体ががたがたと震えはじめている。戸口から片足を入れ、手探りで壁のスイッチを押すだけで精一杯だった。ライトがつき、一瞬目がくらんだ。次の瞬間、キッチンの床に血だまりが見えた。

誰かの悲鳴が聞こえていた。頭の片隅で、なりふりかまわず悲しみと恐怖と否定の悲鳴をあげているのは自分だとわかっていた。だが、その声ははるかかなたから聞こえていた。

アイリーンは別の場所に移動していた。何一つあるべき状態になく、何一つ正常ではない世界に。

その旅から戻ったとき、彼女は自分があたりまえだと思っていたものが、永遠に変貌してしまったことを悟った。

Eメール・メッセージ
日付：三月七日
差出人：PWebb
受取人：IStenson
タイトル：過去

アイリーンへ

このメールにさぞかし驚いているでしょうね。差出人の名前を見たとたん、ゴミ箱に放りこんでいないといいんだけど。でもあなたはいま記者をしているという話だし、記者というのは好奇心の塊みたいなものだから、運がよければ読んでもらえるわね。

最後に会ってから十七年もたつなんて、信じられないと思わない？　あんなことがあったんだから、きっとこの十七年、わたしから連絡がなくてさぞ嬉しかったでしょうね。でもあなたに話さなきゃいけないことがあるの。それもすぐに。

過去に関することよ。メールや電話では話せない。わたしと同じくらい、あなたにとっても重要な話だって保証するわ。

あなたに会うまえに、片づけなきゃいけないことがいくつかあるの。木曜日の午後、湖に来てちょうだい。それまでに段取りをつけておくわ。町に着きしだい電話して。

ところで、あなたがオレンジシャーベットとバニラアイスを一緒に食べるのが大好きだったこと、いまでもよく覚えてるわ。記憶っておもしろいと思わない？

元親友のパメラより

1

「キャビンまで送っていこう、ミス・ステンソン」ルーク・ダナーが言った。

アイリーンのうなじの毛が逆立った。黒いトレンチコートのボタンをかけていた手が途中でとまる。もっと早く戻っていればよかった、と独りごちる。日が出ているうちに、キャビンに戻ればよかった。

ニュース中毒の報いだ。毎晩の決まりごとをせずにはいられなかったけれど、〈サンライズ・オン・ザ・レイク・ロッジ〉で観られるテレビは狭いロビーにある旧式のものだけだったのだ。その結果、世界じゅうの特派員が羅列する気の滅入るニュースをロッジのオーナーと一緒に観るはめになった。さっき、満室の表示を出す彼を見て、アイリーンは少し不安になっていた。ロッジにほかの客がいる気配はない。

送るという申し出を断わる無難な口実を考えようとしたが、ルークはすでに立ちあがっていた。古びたみすぼらしいロビーを苦もなく大股で横切り、フロントデスクへ向かっている。

「キャビンまでの道は暗い」彼が言った。「通路の電球がいくつか切れている」

ふたたびかすかに寒気が走った。十五歳のときから、暗闇には過度の恐怖を覚えてしまう。

でもいま感じている神経がざわつくような原始的な反応は、夜のとばりを思うたびに感じる根深い恐怖とは異質なものだ。ルーク・ダナーに対する馴染みのない不安が混じっている。人によっては、第一印象で彼を甘く見る者もいるかもしれない。でも、わたしは絶対にそんな勘違いはしない。この男は一筋縄ではいかない人間だ。状況しだいでは危険人物になるに違いない。

背丈は中ぐらいで、引き締まったたくましい体型で肩幅が広い。顔つきは彫りが深くて輪郭がはっきりしている。茶色がかったグリーンの瞳は、精錬機の燃えたぎる炎を凝視しすぎた錬金術師のようだ。

短く刈りそろえた褐色の髪に、かすかに白いものが混じっている。四十歳までもう少しというところだろうか。左手に結婚指輪は見当たらない。たぶん離婚歴があるのだろう。この年齢の注目に値する男性は、最低一度は結婚したことがあるのが普通だし、ルーク・ダナーは明らかに注目に値する。ハンサムと言ってもいいぐらいだ。

ニュース専門チャンネルを観ていたこの一時間半、彼はほとんど話しかけてこなかった。隣りにある大きな古びたアームチェアに座り、擦りきれたラグに両脚を投げだして、不自然に陽気なリポーターやキャスターたちを無表情にじっと見つめていただけだ。その態度はどことなく、この世がもたらす最悪なものを実際に目にした経験があり、テレビ向けに手加減されたものには関心が持てないと言っているようだった。

「一人でもだいじょうぶよ」アイリーンはコートのポケットからペンライトを出して見せた。

「懐中電灯があるから」

「ここにもある」ルークがフロントデスクの向こうでかがみこみ、一瞬姿が見えなくなった。体を起こしたとき、頑丈な大型の懐中電灯を持っていた。有能そうな大きな手のなかにあると、どういうわけか武器に見える。彼がちっぽけなペンライトに目を向けた。その目にわずかにおもしろがっている表情が浮かぶ。「こっちのほうがでかい」

深く考えちゃだめ。アイリーンは自分にそう言い聞かせ、ルークより先にドアをあけた。

身を切るような夜風で鳥肌が立った。この程度の標高ではめったに雪が降らないのはわかっている。ヴェンタナ湖リゾートは山のなかにあるが、気候はワインの産地で見られる温暖なものとたいして変わらない。そうは言ってもまだ春浅いいま、カリフォルニア北部のこのあたりは、日が落ちるとかなり気温がさがることもある。

ルークが鹿の枝角でできたラックからフリースの裏地がついたいくぶんくたびれた革ジャケットを取り、外へ出てきた。鍵をかける気はないらしい。でも、ダンズリーで犯罪が大きな問題になったためしはない。実際、過去二十年のあいだに殺人はわずかに二件起きただけだ。それは十七年まえの夏に起きた。

アイリーンは石と丸太でできた通路の端で立ちどまった。七時半なのに、真夜中と言ってもいいほどだ。樹木が生い茂る山のなかでは、夜の到来はすばやく容赦ない。

彼女はトレンチコートの襟をかきあわせ、小さなペンライトをつけた。ルークがフロントデスクの下から出した巨大な業務用ライトをつける。

たしかに彼の言うとおりだわ。アイリーンはしぶしぶ認めた。彼の懐中電灯のほうが明らかに大きい。太い光線がちっぽけなペンライトの細い光を呑みこんで前方を照らし、暗闇を大きく切り取った。

「すごい」不本意ながら感心せずにはいられなかった。高性能の懐中電灯をありがたく思う気持ちは誰にも負けない。その筋では目利きを自負している。「どこで買ったの?」

「軍の余剰品だ。ネットオークションで買った」

「そう」今度懐中電灯を新調するときは、軍の余剰品を売っているサイトをチェックしてみよう。それほど先の話にはならないはずだ。定期的に性能のいいものに買い換えている。

ルークが彼女と並んで三段の石の階段をおりた。くつろいだなめらかな動きから、暗闇に対峙《たいじ》することに、なんの不安も感じていないことが伝わってくる。ルーク・ダナーが恐れるものなど、ほとんどないのだろう。

アイリーンは小道をうかがった。「いくつか電球が切れてるどころじゃないようね。一つもついてないように見えるわ」

「金物屋に新しいのを注文してある」

「夏までに交換できるといいわね」

「それは皮肉かな、ミス・ステンソン？」

にっこり微笑む。「とんでもない」

「確認しただけだ。きみみたいな洗練されたよそ者は、地元の人間に少々手厳しいことがある」

小さな町の田舎者ぶっても無駄よ、ルーク・ダナー。わたしだってカブを積んだトラックの荷台からおりてきたばかりじゃないんですからね。たしかにこの男性のことはたいして知らないし、知りたいのかもわからない。でも彼の瞳には、ダイアモンドのように強固な知性がうかがえる。

「あなたもわたしと同じぐらいダンズリーの住人には見えないけれど、ミスター・ダナー」

「なぜそう思うんだ？」妙にかしこまった口調で訊く。

「野性の勘かしら」

「しょっちゅうやってるのか？」

「何を？」

「野性の勘を働かせているのか？」

アイリーンはその質問をじっくり考えた。「ときどき」

「個人的な好みを言わせてもらうと、ぼくは当て推量は好きじゃない。事実のほうがいい」

「それはそうかもしれないけど、なんだか強迫観念めいて聞こえるわ」

「ああ、そうさ。だろう?」

二人はざくざくと音をたてながら、ロッジの十二の独立したキャビンをつなぐ砂利道を歩いていった。というより、ざくざく歩いているのはヒールの高いしゃれた黒革のブーツをはいているわたしだ。ルークはランニングシューズをはいている。真横にいるのに、彼の足音はまったく聞こえない。

木立の向こうに、真っ黒の大きな鏡のような湖面が銀色にきらめいているのが見えた。でも淡い月光は、〈サンライズ・オン・ザ・レイク・ロッジ〉の周囲にそそりたつ高い松やモミの枝を抜けてまで差しこんでこない。アイリーンは頭上の大枝のなかでささやく幽霊の声が聞こえるような気がした。ペンライトを持つ手に思わず力が入る。

本人に伝える気は毛頭ないが、ルークがいてくれるのがありがたかった。夜は苦手だ。夢に取りついている町に滞在している今夜は、いつも以上に恐ろしい。きっと明け方まで眠れないだろう。

砂利を踏む音と、木立を吹き抜ける風の薄気味悪い音が神経を逆なでする。ふいに、アイリーンは何かしゃべりたくなった。心強く感じられるような、なにげない会話がしたい。自分は一人じゃないと安心したい。でも、さっき黙りこくってニュースを観ていた態度から判断すると、愛想よく無意味な世間話をするのはルーク・ダナーの流儀ではなさそうだ。夕食を食べながらのデートなんて到底できそうにない。

アイリーンは、ルークが住まいにしているらしい、いちばん手前のキャビンに目をやった。ポーチのライトがついているが、窓はどれも真っ暗だ。ほかのキャビンにも明かりは一つも見えないが、アイリーンが泊まっている五号キャビンだけは例外で、そこは前後のポーチのみならず、すべての窓に煌々《こうこう》と明かりがついている。唯一のテレビを観にロビーへ行くまえに、キャビンじゅうの明かりをつけておいたのだ。

「今夜はほかの宿泊客はいないみたいね」

「シーズンオフだからな」

そう言えば、ヴェンタナ湖周辺のちっぽけなリゾート地に、シーズンは二つ――オフかハイ――しかないのだとアイリーンは思いだした。それでもロッジがここまで閑散としているのは不自然な気がする。

「どうして満室の表示を出したのか、訊いてもいいかしら?」アイリーンは言った。

「夜までわずらわされたくない」ルークが答える。「昼間のあいだ、ずっと誰かが現われては部屋を貸してくれと言われるだけでも充分もてあましているんだ。うるさいったらない」

「そう」ごほんと咳払いする。「サービス業ははじめてなの?」

「サービスしようとは思ってない」とルーク。「むしろやむをえずやっているだけだ。泊まる場所が必要な人間がいれば、貸してやる。だが、まともな時間に到着する気がないやつは、湖の向こう側のカービービルへ行ってモーテルを探せばいい」

「それもホテル経営の一つの考え方でしょうね。利益が出る方法とは言えないかもしれないけれど。いつからここを経営してるの？」

「五カ月ほどまえからだ」

「以前の経営者はどうしたの？」

そう訊いたとたん、ルークの好奇心を引いたのがわかった。

「チャーリー・ギブズを知っているのか？」なにげなく訊いてくる。

アイリーンは質問したことを後悔した。おしゃべりしたいのは確かだが、自分がこの町にいたころの話だけはしたくない。でも、この話題を持ちだしたのは自分だ。

「知っていたわ」慎重に切りだす。「でも、もう何年も会っていない。元気にしてるの？」

「このロッジを売った不動産エージェントによると、去年亡くなったそうだ」

「そう、残念だわ」

そして、アイリーンは自分が本当に残念に思っていることに気づいた。わたしがここに住んでいたとき、チャーリーはすでに老人だった。故人になっていても不思議はない。それでもこの話を聞いたことで、数時間まえにこの町に到着してから感じている、いたたまれないようなかすかな喪失の痛みがまたしても襲ってきた。

チャーリー・ギブズと親しかったわけではないが、公園の自由の記念碑のように、彼と老朽化したロッジは子ども時代の記憶の一つだった。

「メモリアル・デイ以降、このあたりは景気がよくなるという噂《うわさ》だ」気乗り薄にルークが言った。「レイバー・デイまではかなり忙しくなるらしい」

「夏のリゾート地はどこもそうよ」いったん口を閉ざしてから続ける。「お客さんがふえるのが、あまり嬉しくないみたいね」

ルークが肩をすくめた。「静かなほうがいい。ここを買った主な理由はそれなんだ。それに、湖畔の土地なら失敗はないと思った」

「そういう経営方針だと、生活費を稼ぐのは少しむずかしいんじゃない？」

「なんとかなる。夏は料金を釣りあげるんだ。暇な月の埋め合わせをする」

アイリーンは彼のキャビンのまえに駐まっていたSUVを思い浮かべた。大型の値の張る新車。チャーリー・ギブズにあんな高級車を買う余裕はなかった。ルークがしているような腕時計をはめていたこともない。水深三〇〇フィートに耐え、複数の異なる時間帯を表示できるチタン製のクロノグラフは安物ではない。

好奇心がつのったが、家計に関する突っこんだ会話は歓迎されないような気がした。アイリーンは別の話題をさがした。

「ロッジを買うまえは、何をしていたの？」

「半年まえに海兵隊を除隊した」とルーク。「しばらく企業で働いてみたが、うまくいかなかった」

軍隊にいたというのもうなずける。カジュアルなシャツとジーンズのかわりに軍服を着ているように姿勢がいいだけでなく、自信と権威と凛《りん》とした雰囲気が感じ取れる。根っからのボス。こういうタイプはよく知っている。父親は警官になるまえ海兵隊員だった。ルークは誰もがパニックに陥って闇雲に逃げ惑っているときも、冷静さを保ち、煙と炎をかいくぐって安全な場所へ導いてくれる人間だ。この種の男性はたしかに貴重だが、一緒に暮らしやすいタイプではない。母親は一度ならず、激しい怒りをこめてこの話をしていた。

「あなたが買ったとき、このロッジはかなりひどい状態だったでしょうね」彼女は言った。

「最後に見たときは、いまにも崩れそうだったたし、それはずいぶん昔の話だもの」

「少し基礎を直した」高い木立に囲まれて湖の縁に建つアイリーンのキャビンに目をやる。

「環境保護に努める〈サンライズ・オン・ザ・レイク・ロッジ〉の経営者に協力するために、キャビンを出るときはかならずライトをすべて消すように勧めている小さなカードを見落としたようだな」

アイリーンは彼の視線を追って五号キャビンに目を向けた。夜の試合の真っ最中のフットボール・スタジアムのように煌々と光り輝いている。

「カードは見たわ」と認める。「でも、その経営者が一ガロンで五マイルも走りそうにない大型のSUVに乗っていることにも気づいたの。だから自然のなりゆきとして、省エネを求めているのは、単に経営者がロッジの電気代を数ドル節約するのに協力しない宿泊客に罪悪感を抱かせるための、遠まわしで偽善的な策略にすぎないと判断したのよ」

「やっぱりな。あのカードに効果があるはずないとマキシーンに言ったんだ。遠まわしな表現をしても意味はない。ルールに従わせたかったら、はっきりルールを告げるしかないんだ。そうすれば相手は黙って従う」

「マキシーンって誰なの？」

「マキシーン・ボクセルだ。ここの副支配人。シングルマザー。息子のブレイディは夏のあいだロッジのボート係をすることになっている。夏になると、湖に出たがる客が大勢いそうだからね。マキシーンは、三時間の釣りツアーでたっぷり料金を取れるはずだと言っている。でも水上スキーに使えるもっとスピードの出る船も買えとさかんにせっつかれているんだ。でもそっちはまだ決めてない。忙しくなりすぎても困る」

その名前には心当たりがあった。世界が崩壊した年の六月に、地元の高校を卒業したマキシーンという少女がいた。当時はマキシーン・スパングラーという名前だった。

「ダンズリーに来た理由を訊いてもいいかな、ミス・ステンソン？」ルークが言った。

「個人的な用事よ」

「個人的？」

「ええ」わたしは謎めいた人間にもなれるのだ。

「仕事は何を？」さほど遠まわしとは言えない誘いにアイリーンが答える気がないとはっき

りすると、ルークが尋ねた。

どういうこと？　アイリーンは思った。さっきまで、めったにふたこと以上しゃべらなかったのに、急に立ち入った質問をあれこれするようになっている。

「リポーターよ」

「そうなのか？」おもしろがっている口調だが、少し意外そうでもある。「まんまとだまされたな。マスコミの人間とは思わなかった」

「よく言われるわ」

「そのハイヒールのブーツとぱりっとしたコートはかなりのものだ。ただ、きみはテレビでニュースを読んでいる、やせっぽちで頭が空っぽの美人コンテスト崩れには見えないだけだ」

「たぶんそれがテレビでなく新聞で仕事をしている理由でしょうね」にこりともせずに答える。

「なるほど、活字メディアにいるんだな。まったく別の人種だ」そこでいったん口を閉ざす。

「どの新聞だ？」

「『グラストン・コーブ・ビーコン』よ」アイリーンは避けられない反応を待ちかまえた。

「聞いたことないな」

そう来ると思っていた。

「それもよく言われるわ」辛抱強く言う。「グラストン・コーブは海沿いの小さな町なの。『ビーコン』はささやかな日刊紙だけれど、主筆と経営者も兼任しているオーナーは、最新版をダウンロードできるホームページを最近つくったのよ」

「グラストン・コーブの記者の関心を引くようなことがダンズリーで起きているとは思えないが」

これはもう社交辞令の質問の域を超えている。どんどん尋問めいてきている。

「言ったでしょう。ここへ来たのは個人的な理由よ」淡々と答える。「取材で来たんじゃないわ」

「ああ、そうだったな、悪かった。個人的な用事と言っていたのをうっかり忘れていた」

忘れたなんて嘘に決まってる。アイリーンは苦笑いを浮かべた。ルークは軽くプレッシャーをかけてきたが、わたしはその手には乗らない。見ず知らずの人間に自分の話をする気はない。この郵便番号に住んでいる人間となれば、なおさらだ。パメラに会ったら、すぐダンズリーを立ち去ろう。

五号キャビンに着いたアイリーンは、安堵《あんど》とかすかな名残り惜しさのはざまで揺れ動いている自分に気づき、意外に思った。ポケットから鍵を出し、玄関まえの階段をあがる。

「送ってくれて、ありがとう」

「どういたしまして」ルークが階段をあがってきて、彼女の手から鍵を取り、錠前に差しこんだ。「今日の午後きみがチェックインしたとき言い忘れていたが、朝の七時から十時まで、ロビーでコーヒーとドーナツの無料サービスがある」

「本当？　それはびっくりだわ。このロッジはサービスを提供しないことをモットーにしているって、あなたははっきり言っていたのに」

「きみが訊いたのはルームサービスのことだろう」ドアをあけ、小さなキャビンのまぶしいほど明るい居間を見わたす。「うちは、そういうものはやってない。だがコーヒーとドーナツの朝食サービスはやっている。客がいるときだけだが。いまはたまたまきみが泊まってる」

「お手間をかけて悪いわね」

「まあね、この仕事をしていると、客がいることもあるのさ」いくぶん不機嫌そうな口調。

「ずいぶん達観してるのね」

「ああ。ロッジの経営者になった時点で、達観せざるをえない。幸い、達観にはもとから多少経験があった。いずれにしても、ドーナツはマキシーンのアイデアだ」

「なるほどね」

「一カ月ためしにやってもいいと彼女に言ったんだ。正直言って、あまり勧められるような代物じゃない。砂糖を混ぜたおがくずみたいな味がする。マキシーンが買うときには、もう賞味期限を少し過ぎてるんじゃないかな。一〇〇パーセント確信はないがね。へダンズリー・マーケット〉は生鮮食品に賞味期限を表示する必要性を認めていないから」

「今日ここへ来る途中で、朝食の材料を買ってくればよかったわ」

「町まで車で行けばいい。〈ヴェンタナ・ビュー・カフェ〉は六時からやっている」

「覚えておくわ」

キャビンに入るには、彼の横をすり抜けなければならなかった。そのせいで、自分の体が彼の固く引き締まった体に軽く触れた。体温が感じ取れた。心をそそる清潔な男性の香りで、全身にかすかに身震いが走る。

おやすみを言うために戸口へ振り向くと、ルークが不安になるほど真剣な表情で見つめていた。

「何？」おそるおそる尋ねる。

「朝食は大切だと思ってるんだな？」

「ええ」

「ほとんどの女性は朝食を軽く考えている」

自分の世界の秩序を保つために、朝食はささいだけれど重要な儀式だ。でもそれを説明する気はない。朝食は夜の終わりを示している。きわめて大切な食事。けれどそれを彼に説明してもしょうがない。わかってもらえるはずがない。

これまでに朝食の重要性を理解してくれた唯一の人間は、長年にわたって話を聞いてもらった六人のカウンセラーの最後の一人だけだ。ドクター・ラバーアは、わたしの生活を支配しかけていた別の脅迫観念じみた日課をじょじょに減らすために、やさしく最善の手を尽くしてくれた。でも優秀なドクターは、別の利点があるという見地から、朝食の件は許してくれた。

「栄養士なら、誰でも朝食は一日でいちばん大切な食事だと言うはずよ」アイリーンは自分がまぬけになった気がしていた。この習慣に固執する必要性を説明したりごまかしたりするはめになるたびに、こんなふうに感じてしまう。

驚いたことに、ルークはにやにや笑いもしなかった。かわりにひどくまじめくさったようすでこくりとうなずいた。

「そのとおりだ」彼が言った。「朝食はなくてはならないものだ」

わたしをばかにしてるの？　わからない。アイリーンは胸を張り、一歩さがってドアを閉めようとした。

「よかったら、電話をしなくちゃならないの」

「ああ」軽くあとずさる。「また明日」

ドアを閉めかけたアイリーンは、そこでかすかに躊躇《ちゅうちょ》した。「忘れるところだったわ。たぶん明日チェックアウトするわ」

ルークが厳しい顔を向けてきた。「二泊で予約を受けている」

「二泊めは念のためよ。なんらかの理由で予定どおりに発《た》てなかったときのための」

「〈サンライズ・オン・ザ・レイク・ロッジ〉は仮予約は受けていない。キャンセルは二十四時間まえまでと厳しく定めている」ちらりと腕時計をチェックする。「その期限はとうに過ぎている」

「そちらのキャンセル規定に関しては、明日もう一晩泊まる必要があるかはっきりしてから相談しましょう。おやすみなさい、ミスター・ダナー」

「この町での個人的な用事がうまくいくように祈ってるよ、ミス・ステンソン」

「ありがとう。わたしとしては、早くすむに越したことはないの」

ルークの口元がおかしそうにほころんだ。「風光明媚《めいび》な山のリゾート地に魅力を感じていないのはわかっていたよ」

「観察力が鋭いのね」

「おやすみ——」

「言わないで」と警告する。「もう聞いたわ」

「そうだったな」ルークがにやりとした。「おやすみ、アイリーン」

彼の目のまえで勢いよくドアを閉めると、小気味いい音がした。かんぬきを閉めるかちりという音で、いっそう胸がすっとした。とても確実。とても決定的。ルーク・ダナーはダンズリーでは新参者かもしれないが、わたしが嫌っているこの町の一員であることに変わりはない。彼と関わるなんて、もってのほかだ。

アイリーンは窓辺へ行き、カーテンのすきまから外をのぞいて彼が本当に立ち去ったか確かめた。

だいじょうぶ、階段をおりていく。ルークはなにげなく片手をあげて別れの挨拶をし、アイリーンがのぞいていることに気づいていると知らせてきた。

一人になったと確信すると、アイリーンはバッグから携帯電話を出してリダイアルボタンを押した。今日の午後ダンズリーに着いてから、もう何度パメラの番号にかけたかわからない。

今度も応答はなかった。

アイリーンはボイスメールにつながるまえに電話を切った。すでに数えきれないほどメッセージを残している。もう一度残したところで意味がない。

2

知性がきらめき秘密が影を落とす、一度見たら忘れられない美しい琥珀《こはく》色の瞳。顎のラインに沿ってきれいにカットされたきらめく褐色の髪。しなやかでエネルギーにあふれた魅力的な女らしいスタイル。セクシーなかかとの高いブーツに、ぱりっとした黒いトレンチコート。しかも、彼女はきちんと朝食を食べるのだ。

これのどこに問題がある?

ルークはファッションの権威ではないが、自分の勘を信じていた。そしてその勘が、アイリーン・ステンソンがああいうブーツやトレンチコートや態度を身につけているのは、男がケブラー社製の防弾ベストを着るのと同じだと告げていた——戦闘服。

彼女は誰を、あるいは何を恐れているのだろう?

そして、やたらと明かりをつけまくる理由は? 数分まえ、ルークはもう一度確かめていた。五号キャビンはあいかわらず、血迷った電球工場のようなありさまだった。さっき彼女を送ったときはざっと見ただけだが、居間の壁にあるコンセントに常夜灯が二つ差しこんであった。それに、彼女がポケットから出した懐中電灯のこともある。

アイリーン・ステンソンは暗闇が怖いのか?

ルークはこの一週間ずっと取り組んでいる章を仕上げるのをあきらめ、パソコンのスイッチを切った。今夜は〝プロジェクト〟のことを考えられない。アイリーン・ステンソンという謎で頭がいっぱいだ。頭以外の体も、しきりにこの問題を調べたがっている。アイリーンをキャビンに送ってから四時間たっているのに、いまだにそわそわと心がざわつき、なんとなく興奮していて落ち着かない。

うろうろと歩きまわりたい。こんな夜は、こんなふうにひどく長い夜は、ささくれだった心をいくらかでも静めるために、いつもは散歩に出かける。そのあと戸棚のうしろに隠してある強いフランス製のブランデーを薬になる程度注ぎ、残りのささくれを取り除く。毎回効果があるわけではないが、かなり効き目がある。たいがいは。

だが今夜は違う。湖畔を歩いたりブランデーを一杯飲んだりしても、効果はない。

おそらく家族が口をそろえて言っていることは正しいのだろう。自分は生活をうまく軌道に乗せられず、状況はよくなるどころか悪化しているのだろう。自分でもそんな気がしはじめている。くそっ、たぶんぼくはノイローゼなのだ。みんなが心配しているように。

でも一つ確かなことがある——点への執着は失っていない。注目に値するささいな要素が複数あるのを見るたびに、無性に点と点をつなぎあわせたくなる。

一緒に夜のニュースを観ているあいだ、アイリーンは少なくとも五回、携帯電話のリダイアルボタンを押していた。ダンズリーに会いに来た相手が誰にせよ、その人物は一度も電話に出なかった。彼女がこれ以上じっとしているとは思えない。この町にいるのを喜んでいないことや、〝個人的な用事〟が片づきしだい立ち去るのを心待ちにしていることを認めたも同然だった。

メインロッジとほかのキャビンを結ぶ狭い通路のほうから、こもった車のエンジン音が聞こえた。カーテンの外側をライトが照らし、一瞬夜闇を切り裂いてから道路へ曲がって行った。

唯一の宿泊客が出かけていく。ようやく相手が電話に出たのか？　それとも宿泊代を踏みたおして町を出て行くつもりなのか？

反射的にルークは腕時計をチェックして時刻を記憶した。十時二十五分。

早春の平日の夜、この時間のダンズリーにはたいしたものはないし、どう見ても都会的な趣味を持っていると思われるよそ者の気を引きそうなものなどあるはずがない。〈ヴェンタナ・ビュー・カフェ〉は九時きっかりに閉店する。唯一のバーである〈ハリーの溜まり場〉はたいがい夜中まであいていて、そこそこ客も入っているが、あの店の一風変わった魅力にアイリーンが惹かれるとは思えない。

ルークは窓に歩み寄り、表通りへ出ていくしゃれた黄色い小型車の二本のヘッドライトを見つめていた。車は町がある左へ曲がった。高速道路がある右ではなく。

オーケイ、宿泊代を踏み倒すつもりではなさそうだ。きっと誰かに会いに行ったのだろう。でも、よほどの理由がないかぎり、暗闇を怖がる女性がこんな時間に一人で出かけるはずがない。アイリーン・ステンソンにとって、この町にはきわめて重要なものがあるに違いない。

自分がダンズリーに住むようになってから数カ月になる。ここは小さな町だ。妙なことなど起きたためしがない町。それこそが、自分がこの町に越《おび》してきた主たる理由だったのだ。ざっと思い浮かべるかぎり、アイリーンのような女性を怯えさせる住人に心当たりはないが、彼女が何かを恐れているのは間違いない。

だからって、なぜぼくが気にする必要がある?

ルークは彼女のなかで一晩じゅう揺れ動いていた不安と重苦しい決意を思い浮かべた。むきだしの勇気と純粋な不屈の精神は、見ればわかる。悪者に会うために夜出かけていくのがどんな気分かも知っている。ほかに選択肢がないかぎり、一人でやる人間はいない。

アイリーンには援護が必要かもしれない。

彼はポケットから鍵を出すと、ジャケットをつかんでSUVへ向かった。

3

ウェブ家へ行くには、ダンズリーのこぢんまりした中心街を走る必要があった。それはアイリーンにとって、胸騒ぎのする経験になった。何もかもが、むかしのままに見える。

そんなはずがない。これだけの年月がたっているのだから、もっと変わっていて当然なのに。アイリーンは町の中心にある四方向一時停止の交差点で停車した。ダンズリーはあたかも十七年まえにブラックホールに落ち、そのまま時間のひずみに閉じこめられてしまったようだ。

たしかに店先は当世風に変わり、ペンキが塗りなおされている。なかには名前が変わっている店もある。けれど、変化はあくまで表面的なものだ。わずかな差こそあれ、何もかも薄気味悪いほどむかしのまま。まぎれもなく時間のひずみにはまっているに違いない。

この時間、通りにほかの車はほとんど走っていなかった。アイリーンはアクセルを踏みこみ、目的地を目指した。

〈ハリーの溜まり場《ハリーズ・ハングアウト》〉の砂利敷きの駐車場には、まだ明かりがついていた。二つめの〝H〟の切れかけたネオンが、いまも十七年まえと変わらずちかちか点滅している。店先に駐まっている数台のおんぼろのピックアップトラックとSUVは、子どものころこの駐車場を埋めていた車のなかにあったのと同じものだ。むかし父親は、ここで起きた喧嘩《けんか》を治めるために、よく夜中に起こされていた。

アイリーンは駐車場のまえを通過して、さらに少し車を走らせた。ウッドクレスト・トレイルに左折し、ダンズリーでもっとも高級住宅街に近い地区に入る。

ウッドクレスト・トレイル沿いに並ぶ家は、どれも湖畔に向かってこんもり木々が茂る広大な敷地のなかに建っている。地元の住人が住んでいる家はほんの数軒で、ほとんどが一年のこの時期は暗い空き家になっている夏の別荘だ。

アイリーンは車のスピードを落とし、ウェブ家の屋敷に続く小道に入った。二階建ての屋敷のこちらに向いた窓はどれも真っ暗だったが、玄関の上のライトがついていた。カーブを描く私道に車は見えない。つまり、ここには誰もいないということだ。でもパメラのメールには、はっきり日付が明記されていた。

車をとめ、エンジンを切ってハンドルの上で腕を組み、これからどうするか考えをめぐらせた。いくら電話しても応答がないのでウッドクレスト・トレイルへ来てはみたが、それは不安といらだちがつのったあげくの衝動的な行動だった。

パメラはわたしが今夜来るのを知っている。ここでわたしを待っているはずだ。何かおかしい。

アイリーンはドアをあけ、おそるおそる車をおりた。冷たい夜気が全身を包みこむ。彼女はつかのま、暗闇が決まって引き起こすぞくりとする寒気に立ち向かい、それから小走りで明るい玄関の安全地帯に向かってチャイムを押した。

返事がない。

あたりを見わたすと、ガレージのドアが閉まっていることに気づいた。記憶が確かなら、ガレージの向こう側に小さな窓があったはずだ。

アイリーンはためらった。向こう側は真っ暗だ。ポケットからちっぽけなペンライトを出す。もっと武器が必要だ、と独りごちる。もっと大きな懐中電灯がグローブボックスに入っているけれど、ここまでの暗闇には対抗できない。

車に戻ってトランクをあけ、いつもそこに入れている二つの業務用懐中電灯のうち一つを手に取った。スイッチを入れると、強力な光が心強く暗闇を切り裂いた。気持ちを引き締め、私道を戻ってガレージの向こう側へまわり、すすけた窓ガラスからなかをのぞいた。BMWが一台駐まっている。

ふたたび全身に寒気が走った。誰かが、おそらくはパメラが家にいるのだ。どうして電話にもチャイムにも応えないのだろう？

ぼんやりした明かりが目にとまった。屋敷の裏から漏れている。アイリーンは向きを変え、そろそろと明かりのほうへ歩きだした。ろうそくの炎に惹きつけられる蛾《が》になった気分だった。

途中で、屋敷の脇にある物置部屋のまえを通過した。この入口のことならよく覚えている。パメラは夜中に出入りできるように、ここの階段の下に鍵を隠していた。でも、彼女の父親も家政婦も、パメラの出入りにさほど関心を払っていたわけじゃない。それを思うと、アイリーンはかすかに心が痛んだ。

十五歳のころ、わたしを含めた町じゅうのティーンエイジャーが、パメラ・ウェブの驚異的に自由な身分をうらやましく思っていた。でも大人になったいま考えると、みんながさかんに褒めちぎっていたむかしの友人の自由な身分が、親に顧みられなかった結果だったのは明らかだ。パメラは五歳そこそこのとき、湖で起きたボート事故で母親を亡くした。父親のライランド・ウェブは、ずっと政界の仕事に忙殺されていた。そのためパメラの世話は、何人もの子守や家政婦にまかせっきりになっていた。

アイリーンは通路の先にあるゲートのかんぬきをはずし、月に照らされた庭に踏みこんだ。居間の壁一面をおおう窓のカーテンがひらいている。先ほど見えた光はテーブルランプのもので、かなり弱くしてあった。

大きな懐中電灯でガラスの向こうを照らす。家具が目に入ったとたん、どきりとした。ここも時間のひずみにはまっている。むかし、この屋敷はサンフランシスコから呼び寄せたプロのインテリアデザイナーによって内装が施されていた。目指したのは豪華なスキーロッジの雰囲気だ。パメラは密かに〝しゃれた納屋風〟と呼んでいた。

アイリーンはじっくりと丁寧に暗い室内をうかがい、左の壁のほぼ一面を占めている巨大な石の暖炉に目を向けた。床の真ん中あたりに、裏返しになった室内ばきが片方落ちていた。茶色い革張りのソファの横に敷かれたラグの上に。ソファの端からむきだしの足が一つ、わずかにのぞいている。

アイリーンは凍りついた。みぞおちがこわばるのを感じながら、懐中電灯の光が正面からソファを照らす場所まで壁一面をおおう窓のまえを移動した。

女性がクッションにもたれていた。キャメル色のズボンと青いシルクのブラウスを着ている。顔は向こうを向いていて、ブロンドの髪が茶色い革の上に広がっていた。一方の脚がだらりと床に垂れている。

ピッチャーと空のマティーニグラスが一つ、低い木のコーヒーテーブルに置いてあった。

「パメラ」アイリーンはガラスをたたいた。「パメラ、起きて」

ソファの女性はぴくりとも動かない。

スライドドアのハンドルをつかみ、思いきり引いてみた。鍵がかかっている。

くるりと踵《きびす》を返し、懐中電灯の光を激しく跳ねまわらせながら庭を飛びだして物置のドアへ走った。

しゃがんで階段のいちばん下の踏み板の裏を探る。テープで張りつけられた小さな封筒に手が触れた。

古いダクトテープをはがすのに手こずったが、やっとのことで封筒が取れた。鍵が入っているのが手ごたえでわかる。アイリーンは立ちあがって封筒を破り、鍵を出して鍵穴に差した。

ドアをあけ、手探りで明かりのスイッチを探す。スイッチを押すと、天井で薄暗い電球がまたたいてつき、数十年分のボートや釣りや水上スキー用の道具を照らしだした。

アイリーンは暗い廊下を走って居間へ向かった。

「パメラ、わたしよ。起きて」

ソファの横で足をとめ、パメラの肩をつかむ。

薄いシルクのブラウスにおおわれた肩は、氷のように冷えきっていた。その女性が誰かは見間違えようがなかった。十七年の時を経ても、パメラの飛びぬけた美貌は驚くほど変わっていない。死してなお、パメラは絵に描いたような貴族的なブロンド美女だった。

「そんな、まさか」

アイリーンはあとずさり、こみあげそうになる吐き気を呑みこんだ。無意識のうちにバッグの携帯電話に手を伸ばす。

物置部屋へ続く暗い廊下から、人影が現われた。

アイリーンはくるりと振り向き、頑丈な懐中電灯をしっかり握りしめた。まばゆい光のなかに、ルークが見えた。喉につかえそうな悲鳴をこらえるだけで精一杯だった。

「死んでるのか?」ルークがソファに近づいてきた。

「ここで何をしてるの? いいえ、そんなことはどうでもいいわ」この質問をするのはあとでもかまわない。アイリーンは震える指で九一一にかけた。「すごく冷たいの。すごく」

ルークが慣れたようすでパメラの喉に手をあてた。脈を調べているのだ。そのようすから、遺体を見るのはこれがはじめてではないとわかる。

「死んでる」冷静に彼が言った。「どうやら死んでからかなりたっているようだ」

ふたりはそろってテーブルに載った空《から》のピッチャーに目をやった。ピッチャーの横に小さな薬瓶がある。こちらも空っぽだ。

アイリーンは全身を引き裂く罪悪感をこらえた。「わたしがもっと早く来てさえいれば」

「どうして?」ルークはかがんで薬瓶のラベルを読んでいる。「きみに予期できたはずがない」

「そうだけど」声がかすれていた。「でも、パメラが一度も電話に出ないから、何か変だと思っていたのよ」

ルークは考えこんだようにじっと遺体を見ている。「彼女は今日の午後、きみがぼくのロッジにチェックインした時点ですでに冷たくなっていたはずだ」

やっぱり遺体を見るのははじめてではないのだ。

彼女の耳元で、警察の通信指令係がきつい口調で何があったのか問いただしていた。

アイリーンは一つ深呼吸して気持ちを落ち着かせ、できるだけすばやく簡潔に状況を説明した。そのおかげで、事実だけに集中することができた。

電話を切ったときは、奇妙な麻痺《まひ》状態に陥っていた。電話を持つ手がおぼつかず、危うく床に落としそうになりながら、なんとかショルダーバッグにしまった。遺体を見る気になれない。

「ここで待っている必要はない」ルークに腕をつかまれた。「外へ出よう」

アイリーンは逆らわなかった。ルークに促されるまま廊下を進み、玄関ホールから外へ出た。

「どうやってここへ来たの?」私道を見わたす。「あなたの車はどこ?」

「表の通りに駐めてきた」

それを聞いてはっとした。「わたしを尾《つ》けたのね？」

「ああ」

謝罪はまったくうかがえない口調。決まり悪さも恥ずかしそうなようすもない。あくまで返事をしただけ――ああ、尾けたよ。それがどうかしたか？

かっとしたはずみで、いくらか麻痺状態が解けた。「なぜそんなことをしたの？　あなたにそんな権利は――」

「ソファにいた女性は」アイリーンの非難の言葉は、始めたとたんに命令口調に慣れた男性の冷静で尊大な声にさえぎられた。「今夜きみがずっと連絡を取ろうとしていた相手なのか？」

アイリーンは歯を食いしばり、胸のまえできつく腕を組んだ。「そっちが質問に答えるつもりがないなら、こちらも答える義理はないわ」

「どうぞご自由に、ミス・ステンソン」はるかかなたで聞こえるサイレンのほうへ軽く頭をかしげる。「だが、きみが被害者と親しかったのは一目瞭然だ」

一瞬、言葉に詰まった。「むかしは友だちだったわ。何年もまえの話よ。彼女とは十七年間、会ったことも話したこともないわ」

「お悔やみを言うよ」ルークの声は意外にもやさしく、瞳には驚くほど沈痛な色が浮かんでいた。「遺された者にとって、自殺は辛いものだ」

「まだ自殺と決まったわけじゃないわ」思わず口に出た。

別の可能性は承知のうえだと言うように、ルークがこくりとうなずく。「うっかり薬を飲みすぎたのかもしれない」

アイリーンはその説も信じていなかったが、今回は口を閉ざしていた。

「どうして彼女に会いにここへ来たんだ？」とルーク。

「あなたに関係ないでしょう？」とやりかえす。「なぜわたしを尾けてきたの？」

彼が返事をしないうちに、パトカーが一台私道に入ってきた。さもなければ答えを聞けただろうに。アイリーンは悔しさを嚙《か》みしめた。サイレンは耳をつんざくほど大きくなっていて、彼女は咄嗟《とっさ》に耳をふさいだ。

だしぬけにサイレンがやんだ。制服警官がパトカーをおりてくる。警官はちらりとアイリーンを一瞥《いちべつ》しただけで、すぐにルークに話しかけた。

「遺体があると通報を受けました」

ルークが親指で背後の廊下を差す。「居間だ」

警官が玄関ホールをのぞきこんだ。屋敷に入るのは気が進まないらしい。警官がまだ若いことにアイリーンは気づいた。ダンズリーでの短いキャリアのあいだに、遺体に出くわした回数はさほど多くないのだろう。

「自殺ですか?」警官が不安そうに尋ねる。

「あるいは薬の過剰摂取」ルークが答え、ちらりとアイリーンをうかがう。「少なくとも、そう見える」

警官はうなずいたが、調べに行こうとはしなかった。

遠くから複数のサイレンが聞こえた。三人はそろって私道の入口へ目を向けた。救急車とパトカーが近づいてくる。

「たぶん署長です」いかにもほっとしたように、警官が言った。

新たに到着した二台が最初のパトカーのうしろに停車した。救急車から救急救命士たちがおりてきて、ゴム手袋をはめている。二人はそろってルークに目で問いかけた。

「居間だ」ルークがくり返す。

アイリーンはため息を漏らした。リーダー格のボス。重大な局面で、誰もが反射的に指示を求める男。

救急救命士が玄関ホールに入っていった。若い警官は進んで彼らに主導権を与え、二人のあとについていく。

二台めのパトカーのドアがひらき、四十歳ぐらいの大柄でたくましい男性がおりてきた。明るい茶色の髪が頭のてっぺんで薄くなっている。彫りの深い顔に、険しい表情が浮かんでいた。

パメラと違い、十七年の歳月はサム・マクファーソンをすっかり変えていた。

彼がちらりとアイリーンを一瞥した。何かに思いあたったようすは見えない。それからほかの三人がしたように、ルークに目を向けた。

「ダナー」と声をかける。「ここで何をしている?」

「こんばんは、署長」ルークがアイリーンのほうへ首をかしげた。「ミス・ステンソンにつき合ったんだ。うちに泊まっている」

「ステンソン?」署長はさっとアイリーンに向き直り、まじまじと顔を見つめた。「アイリーン・ステンソン?」

アイリーンは気持ちを引き締めた。「こんばんは、サム」

サムが顔を曇らせた。「わからなかった。すっかり見違えたよ。なぜ戻ってきたんだ?」

「パメラに会いに来たの。署長になったの?」

「ボブ・ソーンヒルが亡くなったあと引き継いだ」サムがそっけなく答え、こわばった困惑の表情で玄関の奥を見つめた。「本当にパメラなのか?」

「ええ」

「こんなことにならなければいいと思っていたんだ」疲れたように長々とため息をつく。

「パメラが帰ってきているのは聞いていた。だが今夜通報を受けたときは、間違いであればいいと思っていたんだ。都会の友人に、何日か屋敷を使わせているだけだろうと」

「パメラよ」

「くそっ」サムが首を振った。悲しいことだが仕方がないというように。「きみが見つけたのか？」

「ええ」

ちらりとルークに好奇の目を向け、アイリーンに視線を戻す。「何があったか説明してくれ」

「わたしは今日の夕方ダンズリーに着いたの」彼女は説明を始めた。「それから夜まで何度もパメラに電話をかけたけれど、彼女は一度も電話に出なかった。心配になりはじめて、自宅にいるか確かめることにしたの」

「きみの通報を受けたキャシー・トーマスの話だと、現場に酒と薬があったそうだな」

「ええ。でも——」パメラが自殺したはずがないと言おうとしたが、ルークに露骨ににらみつけられ、言葉が詰まった。なんとか話を続けようとしたとき、サムが口をひらいた。

「彼女は落ち着いたと思っていたのに」しんみりと言う。「大学卒業後、しばらくリハビリ施設に入退院をくり返していたが、ここ数年は麻薬と縁を切っているように見えた」

「現場にあった薬は処方薬だった」とルーク。

サムが眉をしかめた。「治療を再開していたようだな」玄関ホールへ歩きだし、戸口を入ったところで足をとめてアイリーンに振り返る。「しばらく町にいるのか？」

「明日発つつもりだったけれど」これからどうすればいいのかわからない。「朝になったらいくつか訊きたいことがある。形式的なものだ」それからルークにも目を向けた。「おまえもだ、ダナー」

「わかった」

アイリーンは無言でうなずいた。

「二人とも、九時半ごろ署に来てくれ」

そう言ってサムは屋敷に入っていった。

ルークがアイリーンをうかがった。「ダンズリーははじめてじゃないんだな?」

「ここで育ったの。十五歳のとき引っ越した」

「それ以来、一度も戻ってこなかったのか?」

「ええ」

ルークはポーチの明かりでまじまじと彼女を見つめた。「どうやらこの町にはいやな思い出があるようだな」

「悪夢のようなことがあっただけよ、ミスター・ダナー」

アイリーンは私道を横切り、自分の車に乗りこんだ。

今夜も長い夜になりそうだ。そう思いながらエンジンをかける。いつもの方法が何一つ効かない、永遠に続きそうに思える長い夜に。

4

あかあかと照明がついたキャビンに戻ったアイリーンは、ショルダーバッグからティーバッグが入ったポーチを出し、壁際の手狭なキッチンで湯をわかした。〈サンライズ・オン・ザ・レイク・ロッジ〉は豊富なサービスを売り物にしている場所ではないが、二週間から一カ月滞在したがる夏の客のために、長期滞在向けの設備が備わっている。最低限の調理機器にくわえ、四人分の食器とやかん、簡単な鍋《なべ》やフライパンがそろっていた。

アイリーンは紅茶が飲みごろになるのを待ちながら、パメラのことを考えていた。心の奥底にしまいこんでいた、おぞましい記憶の幻影がうごめいている。何年にもわたり、大勢のセラピストや善意のカウンセラーがこの幻影を鎮めようと精一杯のことをしてくれたが、アイリーンにはそれができるのは真実だけだとわかっていた。あいにく、彼女を拒絶しているのはほかならぬ真実だった。

アイリーンは紅茶が入った縁が欠けたマグカップを持ってたわんだソファへ行き、腰をおろした。外の暗闇で、低いエンジン音がした。ルークが戻ってきたのだ。彼女はカーテンのすきまから、SUVをおりて一号キャビンに入っていく彼の姿を見つめていた。どういうわけか、彼が近くにいると思うと心が安らいだ。

じっとソファに座ったまま、十五歳の恐ろしい夏を思い浮かべる。三カ月だけパメラ・ウェブの親友になった、忘れがたい夏のことを。両親が殺された夏のことを。

午前二時四十五分、決意を固めて電話を手に取った。

六回めか七回めの呼びだし音で、アデライン・グレイディが応えた。

「はい」毎日欠かさぬ高価なウィスキーと良質な葉巻で、すっかりハスキーになった眠そうな声が聞こえた。「もし大事な用じゃなかったらクビよ、アイリーン」

「特ダネをつかんだの、アディ」

アデラインのあくびが聞こえる。「なんにせよ、前回の町議会で起きたドッグランの申請をめぐる論争より大きなネタなんでしょうね」

「ええ。ライランド・ウェブ上院議員の娘のパメラが、ヴェンタナ湖にある夏の別荘で遺体で発見されたの」ちらりと腕時計を見る。「今夜の十時四十五分に」

「詳しく話して」一瞬にして声から眠気がふっとび、はやる気持ちが伝わってくる。「どういうことなの?」

「とりあえず、『ビーコン』がこの国で最初にパメラ・ウェブの謎めいた早すぎる死を伝える新聞になることは保証できるわ」

「謎めいた早すぎる死？」

「地元の警察は、自殺か誤って薬物を過剰摂取したためだと考えているようだけど、わたしはもっと何かあると思う」

「パメラ・ウェブ」アデラインが考えこんだようにつぶやいた。「ダンズリーに会いに行った相手は彼女なの？」

「ええ」

「彼女と知り合いだったなんて知らなかったわ」

「むかし知り合いだったのよ」

「ふうん」電話の向こうでごそごそ動く音が聞こえ、そのあと明かりのスイッチを入れるカチッという音がした。「彼女がリハビリ施設に入っていたとかいう噂を聞いた気がするわ」

引退後『ビーコン』を引き継ぐためにグラストン・コーブに越してくるまえ、アデラインは大手新聞社で三十年間記者をしていた。上司の声にまぎれもない興味と好奇心のきらめきを聞き取り、アイリーンの不安が消えた。これはスクープだ。アデラインもそう思っている。

「これからいまわかっていることをメールするわ」アイリーンは言った。

「本当に特ダネなの？」

「信じて、現時点でパメラ・ウェブの死を知っているのは、この世で『ビーコン』だけよ」

「なぜそんな運に恵まれたの？」

「わたしが遺体を見つけたのよ」

アデラインが小さく口笛を吹いた。「オーケイ。そういうことなら特ダネなのは間違いないわね。一面にあなたの署名入りの記事を載せるわ。たいていの場合、上院議員の娘の死は個人的な悲劇でしかない。でもウェブ上院議員はホワイトハウスを目指しているから、これはビッグニュースになるわ」

「もう一つあるの、アディ。ジェニーかゲイルに、わたしのアパートへ行っていくらか服を送るように言ってくれる?」

「なぜ?」

「しばらくダンズリーにいようと思うの」

「その町は嫌いなんだと思っていたわ」

「嫌いよ。ここにとどまるのは、このニュースについてまだ何かありそうな気がするからよ」

「古い記者魂が騒ぐわ。どういうことなの?」

「パメラ・ウェブは殺されたんだと思う」

5

午前九時、マキシーンがつむじ風のようにロビーのドアから飛びこんできた。三十代半ばの魅力的なエネルギッシュな女性で、瞳は青く、脱色した金髪がヘリコプターのローターで巻きあげられたようにいつも広がっている。いうことを聞かない髪をカチューシャで押さえているが、ルークはこの数カ月のあいだに、彼女が山ほどカチューシャを持っていることに気づいていた。どれも色が違い、今日は明るいピンクだ。

ルークはマキシーンの仕事に対する熱意をおもしろがると同時に不可解に思い、軽くうんざりもしていた。

彼女は足でドアを閉めると、ぴたりと立ちどまってルークをにらみつけた。両手に〈ダンズリー・マーケット〉のロゴが入った紙袋を抱えている。

「いまスーパーに行ってきたの。みんな、アイリーン・ステンソンが戻ってきていて、このロッジに泊まっていて、ゆうべあなたと二人でパメラ・ウェブの遺体を見つけたって話してたわ」

ルークはデスクにもたれた。「この町では、軍の機密情報みたいに噂が広まるんだな」

「なんで教えてくれなかったの?」朝のコーヒーとドーナツをサービスするテーブルに紙袋を置く。「わたしはここで働いてるのよ。最初に知っていて当然じゃない。なのに、エディス・ハーパーに教えてもらわなきゃならなかった。わたしがどんなに悔しかったか、わかる?」

「アイリーン・ステンソンは昨日の朝、きみが買い物に出かけているあいだに予約の電話をしてきたんだ。チェックインしたのは、きみが帰ったあとの遅い時間だった。ぼくたちが遺体を見つけたのはゆうべの十時四十五分。あれやこれやで、きみに連絡する時間がなかった。すまない」

マキシーンが小さく口笛を吹き、鹿の枝角でできたコートかけにコートをひっかけた。

「町じゅう、噂でもちきりよ。アイリーンが町を出て行った日から、こんな大騒ぎになったのははじめてじゃないかしら」心配そうに眉をしかめる。「それで、アイリーンはだいじょうぶなの? そんなふうにパメラを見つけるなんて、さぞ辛かったでしょうね。あの二人は高校生のころ、ひと夏親友だったのよ」

「ひと夏だけ?」

「パメラはたいてい夏しかここにいなかったの。それ以外は全寮制の一流校か、アルプスかどこかでスキーをしているかだった。正直言って、彼女とアイリーンは妙な組み合わせだったわ。ぜんぜん違うタイプだったもの」

「たぶんそこがよかったんだろう」

マキシーンは口を薄くあけ、ルークの言葉を嚙みしめていたが、やがて肩をすくめた。

「そうかもしれないわね。パメラは典型的な不良だったわ。麻薬や男の子にうつつを抜かしていたし、上院議員の父親にほしいものはすべて与えられていた。いつも最新流行の服を着て、十六歳の誕生日に派手なスポーツカーをもらったのよ」

「アイリーン・ステンソンは？」

「さっき言ったとおり、正反対だったわ。物静かな優等生タイプ。空いた時間のほとんどを図書館で過ごしていた。いつも本に顔をうずめていて、いつだって大人に対して礼儀正しかった。問題を起こしたことは一度もなかった。デートだって一度もしたことがなかったわ」

「両親は何をしていたんだ？」

「母親のエリザベスは絵を描いていたわ。作品が売れたことはないと思うけど。父親のヒュー・ステンソンはダンズリーの警察署長だったの」

「その仕事では、十代の娘に無制限に服を買ってやったり、新車やスキー旅行をまかなうのは無理だろうな」

「そういうことよ」朝食サービス用のテーブルに載った空《から》の皿に向かって眉をひそめる。

「お客さん用のドーナツがないじゃない」

「残ったやつは昨日捨てた。さもないと、ひとまとめにしてボートの新しい錨《いかり》にできそうだったんでね。それに、どうせ客は一人しかいないし、なんとなく彼女はドーナツを喜ばない気がする。少なくとも〈ダンズリー・マーケット〉で売ってるようなやつは」

「これは大事なことなのよ。今朝、新しいのを買ってきてよかったわ」紙袋から箱を出し、蓋《ふた》をあけてプラスチックの皿にドーナツを並べる。「毎朝ドーナツと淹《い》れたてコーヒーを無料サービスすると、印象がいいもの。一流のホテルやモーテルは、どこもやってるわ」

「〈サンライズ・オン・ザ・レイク・ロッジ〉は別格だと思いたいね」ルークは言った。「ステンソン家に関する残りの話を聞かせてくれ」

「そうね、さっきも話したように、どういうわけか、パメラ・ウェブは十六歳になった夏、アイリーンを親友にすると決めたのよ」そこで小首をかしげ、何やら考える顔になる。「あなたの言うとおりかもしれない。たぶんパメラは自分とアイリーンの違いをおもしろいと思ったのよ。きっと、おとなしくて地味なアイリーンがそばにいれば、自分がもっと輝いて魅力的に見えると思ったんでしょうね。いずれにしても、二人は三カ月ほどいつも一緒にいたわ。アイリーンの両親がどうしてパメラとつき合うのを許したのか、みんな理解に苦しんでいたけれど」

「パメラが悪い影響を与えると思っていたんだな?」

マキシーンが顔をしかめた。「最悪の影響をね。おせっかいな人たちは、アイリーンをパメラに近づかせないようにしないと、ろくなことにならないってステンソン夫妻にさかんに警告していたわ。遅かれ早かれ、いい子のアイリーン・ステンソンがセックスや麻薬やロックンロールの邪悪な力の餌食《えじき》になると、もっぱらの噂になっていたの」

「他愛のない若気のいたりってやつだな」

「まあね、古きよき時代だったのよ」マキシーンが認める。「でもどういうわけか、住人の誰一人理解できない理由で、ステンソン夫妻は娘たちの友情を大目に見ているようだった。アイリーンが上院議員の娘と出歩いているのが気に入ってたのかもしれないけれど、わたしは彼らがそんなことを気にするタイプだとは思えなかった」

ルークは木立の向こうにある五号キャビンを見つめた。ほとんどすべての明かりが一晩じゅうついていた。午前四時ごろ最後に見たとき、寝室の明かりが銀色がかった青い薄暗い光になっていて、それでようやくアイリーンが夜間灯をつけたまま眠りについたとわかったのだ。

「続けてくれ」この先は不快な話になりそうだ。勘でわかる。

「ある晩、ヒュー・ステンソンは自宅のキッチンで妻を撃ち殺したの。そのあと同じ銃で自殺した」

「ひどいな」不快な話になるのは覚悟していたはずなのに、思わず口に出た。「アイリーンはどうしていたんだ？」

「その晩はパメラ・ウェブと出かけていたの。帰って遺体を見つけた」そこでいっとき口を閉ざす。「まだ十五歳だったのに、自宅に入ったときは一人だったのよ。もうずいぶんまえの話なのに、それを考えるといまだに背筋が寒くなるわ」

ルークはじっと黙っていた。

「とんでもない悲劇だった。誰もがショックを受けたわ。しばらくすると、エリザベス・ステンソンがダンズリーの誰かと不倫していて、それに気づいたヒューが逆上したという噂が流れたの」

「逆上した?」

マキシーンが真顔でうなずいた。「ヒューは海兵隊にいたころ何度か激しい戦闘を目の当たりにしたせいで、ひどい外傷後なんとかにかかっていたという噂もさかんにささやかれていたわ」

「外傷後ストレス症候群」

「それよ」

ふたたび五号キャビンに目をやったルークは、アイリーンが木立を抜けてロビーへ歩いてくることに気づいた。昨日と同じような格好をしている。しゃれた黒いズボンに黒いセーター。黒いトレンチコートはボタンをかけていない。艶《つや》のある黒い革のブーツの上で、コートの裾《すそ》がひるがえっている。

家族にあったことを思うと、あの美しい瞳に陰りと秘密が浮かんでいたのも無理はない。

「まあ」窓からアイリーンを見たマキシーンが言った。「あれがアイリーン？」

「そうだ」

「言われなければわからなかったと思うわ。すごく……」

「なんだ？」

「なんて言ったらいいのかしら。すごく変わった。お葬式で見た、悲しみに沈んだ哀れな女の子とは似ても似つかない」

「両親が亡くなったあと、彼女はどこへ行ったんだ？」

「じつは、よく知らないの。心中が起きた晩は、ボブ・ソーンヒルという名の警官がアイリーンを自宅につれて帰った。翌日、年配のおばさんが彼女の面倒をみるためにやってきたの。ご両親が埋葬されたあとは、二度と姿を見かけなかったわ」

「今日まで」

マキシーンはアイリーンから目を離そうとしない。「すっかり変わってしまって、びっくりだわ。すごく垢抜《あかぬ》けた。さっきも言ったように、高校生のときはデートもしたことがなかったのよ」

「たぶんいまはデートもしているんだろう」ルークは言った。「たっぷり」

彼女のように謎めいたエレガントな美女を、男が放っておくはずがない。

「あんなにおしゃれで洗練された女性になるなんて、誰が想像できたかしら」コーヒーテーブルに戻り、てきぱきと準備を始める。「たしか、いま三十二歳よね。まだもとの苗字のまということは、一度も結婚してないんだわ。それとも離婚して、また旧姓を使っているのかも」

「夫の話はしていなかった」ルークは言った。もし聞いていれば、覚えているはずだ。「指輪もしていない」

「どうして戻ってきたのかしら」

「パメラ・ウェブに会いに来たらしい」

「それで会いにいったら遺体を見つけた」使用済みのコーヒーの粉をゴミ箱に捨てる。「警官か何かじゃないかぎり、人生で三人もの遺体にでくわす可能性なんて、どれだけあると思う？　ましてや四十歳にもならないうちによ？　ほとんどの人はお葬式でしか遺体を目にしないし、それはぜんぜん話が違うわ」

「きみはお母さんの最期を看取ったんだろう？」

「そうだけど……」どう説明していいか迷っているように軽く眉をひそめる。「母は長く患っていて、ホスピスに入っていた。母の死は予期せぬ突然なものでもなければ、むごたらしいものでもなかったわ。言いたいこと、わかるかしら。ある意味、穏やかなものだったの。むしろ一種の変遷みたいなものだった」

「わかるよ」静かに言う。

マキシーンの言うとおりだ。予期せぬむごい死は、まったく別物だ。不幸にしてなんの前触れも心の準備もないままそれに遭遇した人間には、人並みに時間をかけて恐ろしい現実と折り合いをつける余裕がない。

そして、なかには完全に折り合いをつけるのが不可能なほどおぞましいものもある。その場合、心の奥底に鍵をかけてしまいこむか、破滅するしかない。

「気の毒に。アイリーンが見つけた遺体は、三人とも赤の他人ですらなかったのよ」マキシーンがピッチャーでコーヒーメーカーに水を入れた。「最初はご両親。今度はかつての親友」

そんな可能性がどれぐらいあるだろう？　それは一晩じゅうルークの頭を悩ませていた疑問で、踏み消さなければ山火事になりかねない小さな火種となって今朝もまだくすぶっていた。

点。それはルークを破滅させかねない悩みの種だった。点をつなげてパターンを見つけたいという強い衝動が、悪習になっている。

やめておけ。彼は自分に言い聞かせた。こんなことに関わっている場合じゃない。問題ならすでに充分抱えている。自分は生活を立て直そうとしているのだ。ほかのことにかまけている暇はない。

マキシーンがスプーンでコーヒーの粉をすくい、ペーパーフィルターに入れた。「アイリーンがおばさんに連れられて町を出て行ったあと、彼女の精神的ショックは一生消えないだろうってみんな噂していたわ。キッチンに倒れている両親を見つけた晩を境に、二度と以前のように戻れるはずがないって。決して普通にはなれないということよ、わかる？」

「ああ」ルークはつぶやいた。「わかるよ」

マキシーンは心配そうにアイリーンを見つめている。「むかしあったことを考えると、アイリーンはゆうべパメラの遺体を見つけたことに耐えられないんじゃないかってミセス・ホルトンが言っていたわ。頭がおかしくなってしまうかもしれないって」

ルークは窓のまえを通りすぎてロビーのドアへ歩いてくるアイリーンを見つめた。引き締まった毅然《きぜん》とした表情をしている。断崖から飛びこみそうな不安定な女性には見えない。むしろ、何かを計画している女性の顔だ。

ドアがひらいた。さわやかな朝の空気とともに、アイリーンがロビーに入ってきた。明るく〝おはよう〟と挨拶するのはふさわしくないように思え、ルークは別のもっと的確な言葉をさがした。

「やあ」ぼくだって、当意即妙の気のきいた挨拶ができないわけじゃない。

彼女はうっすら微笑んだが、目には油断ない警戒の表情が浮かんでいた。「おはよう」

「少しは眠れたかい？」

「あまり。あなたは？」

「少し」

軽い会話もここまでらしい。ルークは思った。

「アイリーン」ロビーの向こうからマキシーンがにっこり微笑みかけた。「覚えてる？　マキシーン・スパングラーよ。いまはマキシーン・ボクセル」

「マキシーン」アイリーンの口元が大きくほころんだ。「ここで働いているってルークから聞いていたわ。卒業したら、町を出るつもりなんだと思ってた」

「出たわ。短大で経営学と会計を勉強したの。ハイテク企業に勤めて、そのあと言うなれば〝ミスター・パーフェクト〟と結婚して息子が一人生まれたの」そこでぐるりと目をまわす。「でもうまくいかなかった。わたしはレイオフされて、ミスター・パーフェクトは若いヨガのインストラクターと駆け落ちし、そのあげくに母が病気になった。だから息子のブレイディをつれて母の看病をしに戻ってきたの」

「お母さんの具合はいかが？」

「半年ほどまえに亡くなったわ」

「お気の毒に」同情のこもる声でアイリーンが言う。

「ありがとう」

「お母さんのこと、覚えているわ。とてもいい人だった。わたしの母の友だちだったわ」

「ええ」

「お母さんが亡くなったあと、ここに留まることにしたの？」

マキシーンは一瞬くちごもった。「じつは、ブレイディは都会の高校であまりうまくいってなかったの。父親が出て行ったことで、精神的にひどいショックを受けたのよ。成績が落ちはじめて、問題を起こすようになったの」

「無理もないわ」

「あれやこれやで、ダンズリーみたいに小さな町のほうが息子はうまくやれるかもしれないと思ったの。最近はかなり落ち着いてきたのよ。成績もよくなったし。それに、いいお手本になる男性が二人いるの。サム・マクファーソンは、ときどきあの子をパトカーに乗せて釣りに連れて行ってくれる。ここにいるルークは夏のあいだお客さんを釣りに案内できるように、ロッジのボートの手入れの仕方を教えてくれているの。ブレイディはすっかり興奮してるわ」

「そう」アイリーンがしげしげとルークを見つめた。

ルークは自分が品定めされているような気がした。

「ねえ、パメラ・ウェブのこと、聞いたわ」マキシーンが続けた。「さぞひどい思いをしたでしょうね。ゆうべそんなふうに彼女を見つけるなんて」コーヒーポットに手を伸ばす。

「淹れたての熱いコーヒーとドーナツでもどう？」

言うだけ無駄だ、とルークは思った。アイリーンは外国産の紅茶か、特別な煎《い》り方をした豆を、淹れる直前に挽《ひ》いてつくった専門店のコーヒーしか飲まないように見える。それに、ドーナツなど大嫌いなはずだ。

だが意外にも、彼女はふたたびにっこりとマキシーンに微笑んだ。

「おいしそうね。いただくわ」

マキシーンの顔がぱっと輝いた。コーヒーが入ったマグカップと、段ボールみたいなドーナツがいくつか載った紙ナプキンをアイリーンに手渡す。

アイリーンはコーヒーに口をつけ、まずそうなドーナツを上品にかじった。どちらも楽しんでいるのが見て取れる。

何かおかしい。

「パメラを見つけて、たしかにひどくショックだったわ」彼女が言った。「最近は、ダンズリーに滞在することが多かったの？」

なんだこれは？　内蔵されたトラブル感知器の針が、いっきにレッドゾーンに振れるのをルークは感じ取った。

「これまでと変わらなかった」マキシーンは何も気づいていないらしい。「ここ数年は、たまに週末来るようになっていたの。だいたい男の人か都会の友人数人と一緒だった。でもあまり姿は見かけなかったわ」

「あなたはパメラが戻ってきているのを知ってたの？」

「ええ、知っていたわ。今週のはじめ、カフェのまえを車で通りすぎるのを見た人がいたの」ちらりとルークに目をやる。「ウェブ家の誰かが帰ってくると、その話はあっという間に広がるのよ。あなたは知らないかもしれないけど、彼らは地元の王族みたいな存在なの」

「ダンズリーの役場や公園、病院、主要道路すべてにウェブの名前がついているから、そんな気はしていたよ」

マキシーンが笑い声をあげた。「ウェブ家は四世代にわたってダンズリーと結びついているのよ」

「建物や通りの名前は、すべてヴィクター・ウェブに敬意を表してつけられたの」アイリーンが説明する。「パメラのおじいさんよ。ヴィクターはスポーツ用品の帝国を築いた。お金持ちになると、地元のさまざまな慈善団体やプロジェクトに大金を寄付したの」

マキシーンが自分のカップにコーヒーを注いだ。「ヴィクター・ウェブはこの町のスポンサーみたいなものなのよ。なんらかの理由で彼に感謝している住人が大勢いるわ。そうよね、アイリーン？」

アイリーンがうなずく。「わたしがここに住んでいたころは、間違いなくそうだったわ」

「でも、ここには住んでいないんだな」

「いまはね」とマキシーン。「店をチェーン展開したとき、本社をサンフランシスコに置いたの。その後、会社を巨額で売却して引退し、フェニックスに引っ越した。いまは秋に狩りに来るとき見かけるだけよ。でもダンズリーを忘れてはいない」そこで軽く顔をしかめる。

「息子の上院議員は違うけどね」

「どういう意味だ？」

「それはわたしが説明するわ」ドーナツをほおばりながらアイリーンが答えた。「ライランド・ウェブはむかしから、やたらと上昇志向の強い政治家だったの。ダンズリーに長く滞在したためしはなかった。少なくともわたしがいたころはそうだったわ」尋ねるようにマキシーンに目を向ける。

「いまも同じよ」マキシーンが答え、肩をすくめた。「たまに父親と狩りをしにやってくるけど、それだけ」

アイリーンがひとくちコーヒーを飲んだ。「むかし父が、何かを狙っているライランドの邪魔はしないほうがいいと話していたのを覚えているわ」

「同感だわ」とマキシーン。「でも、ここの住人がライランド・ウェブに対してヴィクターに抱いているような感情を持っていない本当の理由は、選挙に当選するようになったあと、彼がダンズリーに関心を払わなくなったからだと思う」

「一度も地元に恩恵をもたらしたことがないということか？」

マキシーンが片手をあげ、ロビーの窓の外を示す。「まわりを見てよ。ここでは、国から豊富に財政援助を受けたプロジェクトなんて一つもないわ。道路工事の資金はない。地元経済を促進するために計画された開発も行なわれていない」

「個人的には、それこそこの町の魅力だと思うが」ルークはにこりともせずに言った。

マキシーンが笑った。「町議会に言ってやりなさい。この町の問題は、ライランド・ウェブの選挙活動に寄付ができるほど裕福な住人が一人もいないせいで、彼にほとんど無視されていることなのよ」

「パメラはライランドの選挙活動に参加していたんでしょう？」アイリーンが訊く。

マキシーンがうなずいた。「大学を卒業したあと、父親のために働いていたわ。社交の場で女主人役を務めていた。パメラの母親が亡くなったあと、ライランドは再婚していないから、政治家に必要なもてなしの場で彼をサポートする奥さんがいなかったのよ」

アイリーンは何やら考えこんだ顔をした。「でも、その状況も長くは続かないはずだったんじゃない？　ウェブ上院議員は数週間まえに婚約を発表したわ」

「それもそうね」マキシーンのカップが口へあがる途中でとまった。「あなたに言われるまで思いつかなかったけれど、パメラはお払い箱になりかけていたのよね？　ものすごくいい仕事を。だって、ウェブ上院議員の正式なホステスとして、パメラはＶＩＰ扱いだったもの」

「ええ」とアイリーン。「彼女は大勢の有力者の仲間入りをしていた。この州だけでなく、ワシントンでも」

マキシーンの目が丸くなった。「それが自殺の原因だと思う？　重要人物じゃなくなるこ

「とに失望したことが？」

「パメラが自殺したかどうか、まだわからないわ」感情のこもらない声でアイリーンが言う。

もう充分だ。ルークは思った。ここらで主導権を握らなければ。彼はSUVの鍵が入っているポケットに手を入れた。「そろそろマクファーソンに会いに行かないか？　一緒に行くほうがいい気がする」

アイリーンが一瞬迷ってからうなずいた。まるで、彼と同じ車に乗るのが重大な決心であるかのように。

「いいわ」

ルークはコートかけからジャケットを取った。

「どのくらいここにいるつもりなの、アイリーン？」マキシーンが尋ねる。

「しばらくいるわ」

ルークはジャケットに腕をとおした。「もう一泊予約してある」

アイリーンが空のマグカップを置き、紙ナプキンをゴミ箱に捨てた。「当初の予定より、すこし滞在を延ばすことになりそうなの」

ルークは彼女に目を向けた。「どのぐらい？」

「状況しだいね」ドアへ歩いてそれをあける。「出かけましょう。署長との約束に遅れたくないわ」

「行ってくるよ、マキシーン」ルークはドアへ向かった。

「行ってらっしゃい」マキシーンがフロントデスクの向こうへまわった。「ゆっくりどうぞ」

ルークはSUVへ向かうアイリーンのあとを追い、ぎりぎりのところで彼女より先に助手席のドアをあけた。

「ありがとう」

アイリーンはやけに他人行儀に礼を言い、車に乗りこんでシートベルトを締めはじめた。

ルークはドアを閉めて車の反対側へ行き、運転席に乗りこんだ。

「さっきのあれはどういうつもりだったのか、訊いてもいいか?」エンジンをかけながら尋ねる。

「なんのこと?」

「なんでもない」彼は車を出した。「訊くだけ無駄だった。答えはわかってる」

「なんの話をしてるの?」

「きみはマキシーンを質問攻めにしていた」

「質問攻め?」

ルークは皮肉な笑みを浮かべた。「意図的な質問は聞けばわかる。きみは独自に探りを入れようとしていたんだろう?」

アイリーンが彼にちらりと警戒のこもる視線を向けた。「たぶん」

「マキシーンがきみとパメラ・ウェブの関係を話してくれた。ゆうべあんなふうにむかしの友人を見つけたのは気の毒に思う。でもだからといって、彼女の死に見かけ以上のものがあるとはかぎらない」

アイリーンはまっすぐ前を見つめ、町へ続く細いカーブした道から目を離さずにいる。

「わたしがどうしようが、わたしの勝手でしょう」彼女がつぶやいた。

「なあ、たしかにぼくはこの町に来てからほんの数カ月だが、噂に聞くかぎり、サム・マクファーソンは実直な警官だ。正当な理由があるのに本格的な捜査を行なわないと考える理由はない」

「捜査があるはずないわ。ウェブ上院議員が望まないかぎり、捜査が行なわれるはずがない。むしろその逆よ」

「大統領選への立候補の表明が近いからか？」

「ええ。娘の死の捜査なんて、とんでもないと思うに決まってるわ」

ルークはハンドルを握りしめた。「これまでぼくがダンズリーで耳にした噂から判断すると、少々厄介なことになりそうだな」

「長年にわたって、ウェブ家はパメラの過去の薬物乱用や、いわゆる若気のいたりにしっかり蓋をしてこられた。でも本格的な捜査が行なわれたら、ライランド・ウェブの広報担当者たちができればマスコミに嗅ぎつけられたくないと思うような古い話がざくざく出てくるに違いないわ。そうなったら、愛情深い父親というイメージに傷がついてしまう」

「いずれにしても、完全にマスコミから逃れるのは不可能だ」ルークは言った。「上院議員の娘が薬物の過剰摂取で死んだとなれば、マスコミが放っておくはずがない」

「いいえ、ライランドと側近たちなら、その程度のニュースはきっと握りつぶせる。でも、たとえわずかでも、パメラが殺された可能性があるとなれば大騒ぎになるわ」

ルークはゆっくり息を吐きだした。「まいったな。きみの目的はそんなことじゃないかと心配していたんだ」

アイリーンは無言だったが、ちらりと彼女をうかがうと、太腿《ふともも》に置いた手がかたく握りしめられていた。

「本気で殺人だと思っているのか？」口調をやわらげて尋ねる。

「わからない。でも突きとめるつもりよ」

「何者かがパメラ・ウェブを殺害したという仮説を裏づける確たる証拠でもあるのか？」

「ないわ」アイリーンが認めた。「でも、これだけは言える。もしパメラの死に関するわたしの考えが正しければ、それは十七年まえに起きたわたしの両親の死と関連がある可能性が高い」

「気を悪くしたら申しわけないが、陰謀説じみて聞こえる」

「承知のうえよ」

「赤の他人が言うのもなんだが」ルークは穏やかに話しかけた。「ご両親を見つけた晩にきみが経験したことは、心から気の毒に思う。さぞ辛かっただろう」

彼の飾らないいかにも未熟なお悔やみの言葉に驚いたように、アイリーンが不思議そうに目を細めてルークを見た。

「ええ、たしかにそうだったわ」そこで一瞬くちごもり、つけたす。「ありがとう」

ルークはほかに言うべき言葉がないときもあることをわきまえていた。だから運転に集中した。

アイリーンがドアに肘をかけ、手のひらに顎を載せた。「たしかに、パメラが殺されたことを示す確たる証拠は何もないわ。でも、わたしには一つつかんでいることがあるの」

「なんだ?」慎重に尋ねる。

「パメラと友だちになった夏、わたしたちは何か本当に重要なことがあってそれを誰にも知られたくないとき、それをおたがいに知らせる秘密の暗号をつくったのよ」

「で？」

「ダンズリーで会いたいと連絡してきたメールで、パメラはその言葉を使っていた」

ルークはハンドルを持つ手に力をこめた。「悪気はないが、ティーンエイジャーの暗号なんてたいした手がかりにはならないぞ」

「わたしにはそれで充分よ」アイリーンが言った。

6

町の中心街は、ルークがダンズリーに来てから最高のにぎわいを見せていた。郵便局のまえの駐車場は、トラックやヴァンやSUVでいっぱいだ。〈ヴェンタナ・ビュー・カフェ〉の店内に目をやると、満席になっていた。

町長のオフィスと町議会室と警察署が入っている庁舎まえの駐車場に、三つの駐車区画をふさいでぴかぴかの黒い大型リムジンが駐まっていた。ルークはリムジンの隣りに車を駐め、じっと周囲のようすを観察した。

「何か足りないな」彼は言った。

アイリーンが小さく苦々しそうな声を漏らした。「大手のマスコミが、って言いたいの?」

「パメラ・ウェブの死のニュースは、まだ町境を越えていないらしい」

「『グラストン・コーブ・ビーコン』の朝刊は例外だけれどね」アイリーンが誇らしげにつぶやいた。

「ああ、それは例外だ」と認める。「だが、グラストン・コーブの住人以外に『ビーコン』を読む人間がいるとは思えないから、このニュースはまだほとんど知られていないはずだ」

アイリーンがシートベルトをはずした。「『ダンズリー・ヘラルド』は数年まえに破綻《はたん》した。『カービービル・ジャーナル』がすでにこのニュースをつかんでいるとは思えない。そして、『ビーコン』の限られた発行部数に関するあなたの意見は正しい」冷ややかに微笑む。「つまり、これはまだわたしのスクープということよ」

ルークのみぞおちがこわばった。まずいことになりそうだ。

「なあ」彼は慎重に言葉を選んで話しだした。「マクファーソンとの会話をどう進めるか、相談したほうがいいと思う。作戦を練っておいて損はない」

だがその台詞《せりふ》は独り言になってしまった。アイリーンが車をおりて勢いよくドアを閉め、庁舎の入口に向かって歩きだした。大きなショルダーバッグに手を入れ、小さな器械を出している。

録音機だ。見つめるルークの目のまえで、彼女はそれをトレンチコートのポケットにすべりこませた。

「静かに暮らすためにダンズリーに来たつもりだったのに」彼は空の助手席に向かってつぶやいた。

それからSUVをおりてポケットに鍵をしまい、アイリーンを追った。庁舎の玄関で、威勢よく入っていこうとしている彼女に追いついた。

玄関を入ったところで、見覚えのある貫禄たっぷりの長身の男がサム・マクファーソンと小声で話していた。

ライランド・ウェブは、政治家の必須条件と思われる豊かな銀髪の男だった。いかにも議員にふさわしい容貌も備えている。西部男の骨ばったいかつさに、写真写りのいい古風な貴族的な雰囲気がわずかに混ざっている。

隣りに三十代前半の身だしなみのいい魅力的な女性が立ち、愛情深く支えるように彼の手を握っていた。婚約者だ。

ロビーの反対側で、そわそわと落ち着きのない男が携帯電話で話していた。切羽詰まったようすではあるが、声を潜めている。足元に値の張りそうな革のブリーフケースが置いてあった。

「ここの住人の誰もが知るとおり、パメラは深刻な問題を抱えていた」ライランドがサムに言った。沈痛な面持ちで首を振る。娘を助けようとどれほど努力しようが、最後にはこんな結末を迎えるのではないかとずっと恐れつづけていた悲しみにくれる父親らしく。「きみも知っているように、ティーンエイジャーのころから、あの子は内なる悪魔と闘いつづけていた」

「ここ数年は、落ち着いているものと思っていました」感情を抑えた声でサムが答える。

「あの子はまた精神科医に診てもらっていたんだ」とライランド。「だが、結局は病に屈服してしまったらしい」

「違法薬物の過剰摂取とは思えません」サムが眉をしかめた。「テーブルにあった薬瓶は合法的に処方されたものでした。処方した医者に確認しました」

ライランドがうなずく。「ドクター・ワレンだな。長いあいだパメラを診てくれていた。ドクターに落ち度はない。娘が自殺を考えているとは思いもしなかったはずだ」

ブリーフケースの脇にいるせわしげな男が電話を切り、小走りでライランドに近づいた。「お話し中に申しわけありませんが、いま葬儀の担当者と話しました。先ほど病院でお嬢さんのご遺体を引き取り、これからサンフランシスコへ戻るそうです。わたしたちも出発しましょう。じきにマスコミがこの悲劇をかぎつけるはずです。声明を準備しなければなりません」

「わかった、ホイト」ライランドが答える。「サム、またあとで連絡する」

「わかりました」

アイリーンがライランドの目のまえに立ちはだかった。「ウェブ上院議員、アイリーン・ステンソンです。覚えていらっしゃいますか？　むかし、ダンズリーにいたころパメラの友人でした」

ライランドは虚を突かれたようだったが、その表情はすぐに柔和でやさしいものに変化した。「アイリーン。もちろん覚えているとも。久しぶりだね。すっかり見違えたよ。危うくきみとはわからないところだった」そこで顔を曇らせる。「ゆうべパメラを発見したのはきみだとサムから聞いた」

自分の出番だ。ルークは思った。「彼女は一人じゃなかった」彼は言った。「ぼくも一緒だった。ルーク・ダナーだ」

「ダナー」ライランドがわずかに目を細めた。「ロッジの新しいオーナーも現場にいたとサムが言っていたな」隣りの女性を示す。「アイリーン、ルーク、こちらは婚約者のアレクサ・ダグラスだ」

「はじめまして」紹介されたアレクサが、優雅に会釈する。「こんな悲しい状況でお会いすることになって、とても残念に思います」

「失礼ですが、上院議員」ホイトが声をかける。「そろそろ出発しませんと」

「わかった」ライランドが申しわけなさそうな顔をした。「アイリーン、ルーク、こちらは秘書のホイト・イーガンだ。わたしのスケジュールを管理している。ご存知のように、いまは多忙を極めていてね。これから二カ月間は、資金集めの催しが目白押しなんだ」

「あきれた。資金集めの催しと娘の葬儀を比べてごらんなさい」アイリーンがつぶやいた。

「どっちが大事なの？　答えは簡単でしょう」

一瞬、呆気《あっけ》にとられたように全員が黙りこんだ。その場にいる自分以外の全員がぽかんと口をあけているのを見て、ルークはみんなの顎が床に落ちないのを不思議に思った。

最初に気を取り直したのはライランドだった。アイリーンを無視し、ルークに目を向ける。

「きみたちがなぜゆうべパメラに会いに行ったのか、わからないんだが」

「込み入った話でね」ルークは言った。

アイリーンがポケットから録音機を出し、ショルダーバッグの肩ひもにとめた。別のポケットからペンとメモ帳を出す。

「ウェブ上院議員、『グラストン・コーブ・ビーコン』です。ご存知かどうかわかりませんが、お嬢さんの死を朝刊に載せました」

「まさか」ホイトが一蹴《いっしゅう》した。「パメラの死は、まだマスコミに漏れていないはずだ」

「言ったでしょう、わたしは記者なのよ」アイリーンが辛抱強く伝える。「記事は今朝の朝刊に載ったわ。『ビーコン』のホームページでも観られるわ」そこでライランドに視線を戻す。「お嬢さんの死因を特定するために、司法解剖は行なわれるんですか？」

ライランドの顔を怒りがかすめたが、ほんの一瞬だった。彼はすぐさまそれをおおい隠した。「昨夜パメラの遺体を発見して、さぞショックを受けたことだろう。だが、たとえ相手がきみだろうと、マスコミ関係者と娘の死の詳細について話すつもりはない。きみをはじめ誰もが承知しているように、これはきわめて内輪の問題なのでね」

アイリーンは殴られたようにほんの少しだけびくりとしたが、引きさがろうとはしなかった。メモ帳に何かメモしている。

「マクファーソン署長から、わたしがこの町に戻ってきたのは、パメラからダンズリーで会いたいとメールをもらったからだとお聞きになりましたか?」

ライランドは明らかに度肝を抜かれたようだった。「パメラから連絡があった? なんのために?」

「わかりません。ここへ会いに来てほしいとしか書いてありませんでした」

ライランドがくるりとサムに向き直る。「聞いてないぞ」

サムの顔が赤黒く染まった。「重要だとは思いませんでしたので」

「上院議員」ホイトがそわそわと口をはさむ。「本当にそろそろ出発しませんと」

ライランドがアイリーンに視線を戻した。「きみとパメラがいまでも連絡を取り合っているとは知らなかった」

「問題のメールが来るまで、彼女とは十七年音信不通でした」きっぱりと告げる。「ですから、メールをもらってとても驚いたんです」

「きみに会いたい理由がうかがえる内容は、いっさい書いていなかったのか?」とライランド。

「ええ。でもむかしのことと関係がありそうな印象を受けました」

「むかしのこと? きみと娘が友だちだったことか?」目に見えて落ち着きを取り戻している。「なるほど、それならわからなくもない。おそらく古い友人に別れを告げたかったんだろう。自殺をしようとする人間は、そういうことをすると聞いたことがある」

「そうなんですか？　誰から聞いたんですか？」せわしなくペンを走らせている。

「何かで読んだんだ」ライランドが曖昧《あいまい》に答え、録音機に気がかりそうな目を向けた。「パメラは重度の臨床的鬱病《うつびょう》で治療を受けていた」ひとことずつはっきりと発音してつけくわえる。

「わたしには、パメラがお別れを言うために連絡してきたとは思えません」とアイリーン。「わたしの両親であるヒューとエリザベス・ステンソンの死にまつわる状況について、話そうとしていたのではないかと考えています。もちろんあの事件は覚えていらっしゃいますよね」

ライランドが食い入るように彼女を見つめた。「いったいなんの話をしているのかね？」

アレクサが美しくマニキュアを施した指を彼の腕にからめた。「ライランド？」

「なんでもない」ライランドが落ち着きを取り戻した。「むかし、ダンズリーで恐ろしい悲劇が起きたんだ。心中事件。アイリーンのご両親が亡くなった」わずかに声を高め、まっすぐ録音機に向かって話しかける。「痛ましいことに、ここにいるアイリーンが二人の遺体を発見した。その経験から彼女はひどい精神的ショックを受け、完全に回復することはないだろうとみんな話していたものだ。心配ない、パメラの死とは無関係だ」

アレクサがアイリーンに目を向けた。「心からお悔やみを申しあげるわ、ミス・ステンソン」

「ありがとう」アイリーンはライランドから目を離そうとしない。「上院議員、ほんのわずかでも、パメラの死がむかし起きたことに関連している可能性があるとは思われませんか?」

「思わない」ライランドがきっぱり断言した。

ホイト・イーガンが目をむいた。恐ろしいものを見るようにアイリーンを見つめている。

「あなたがおっしゃっていることは無茶苦茶ですよ、ミス・ステンソン。根も葉もない話です。もしあなたの新聞が多少なりともそのような話をほのめかす記事を載せるなら、上院議員は弁護士をたてます」

ライランドがアイリーンをにらんだ。「ダンズリーを出てから、一度もパメラと連絡を取っていなかったと言ったね。それはすなわち、きみはあの子がどれほど不安定な状態だったか知らなかったことを示している。サムは、現場の状況から薬物の過剰摂取以外考えられないと言っている。関係者全員のために、何よりも亡き娘のために、この件はそっとしておいてもらいたい」

アレクサがアイリーンにやさしく微笑みかけた。「ワシントンに戻ったら、ライランドは精神衛生研究のための予算増加案を議会に提出するつもりでいますから、ご安心ください、ミス・ステンソン」

「それを聞いて、とても気持ちが楽になりましたわ」アイリーンが言った。

ルークは彼女の拳が白くなっていることに気づき、バッグの肩ひもに爪が食いこんでいるのを見て取った。

「上院議員は忙しい身です」ホイトが宣言する。「これ以上出発を遅らせるわけにはいきません」

ライランドとアレクサのまえに踏みだし、決然とした足取りでドアへ向かう。

ライランドが戸口で足をとめ、アイリーンに振り向いた。「何よりも、きみがわたしたち家族の友人であることを忘れないでほしい、ミス・ステンソン」

「パメラが親友だったことは決して忘れません」アイリーンが答える。

ライランドが不安で顔を曇らせた。アイリーンの言葉をどう捉えるべきか迷っているのだろう。だがそこでホイト・イーガンがふたたび歩きだし、建物の外へ出るように雇い主を促した。

「『グラストン・コーブ・ビーコン』なんて新聞は聞いたことがありません」ホイトがライランドに話しかけている。「どうせしがない新聞ですよ。ご心配には及びません、面倒なことにはならないでしょう」

三人は階段をおりてリムジンに乗りこんだ。

ルークはアイリーンを見た。「おめでとう、アメリカ上院議員と一悶着起こしたようだな」

「そううまくはいかないわ」彼女はコートのポケットに両手を突っこんだ。「捜査は行なわれないんでしょう、サム?」

自分の存在をまだ誰かが覚えていたことに驚いたように、サムがびくりとした。

「パメラが会いたいと言ってきたメール以外に確たる決め手がなければ、捜査を行なう理由はない」

アイリーンが皮肉な笑みを浮かべた。「かたや、捜査をしない理由は山ほどある。そういうことね?」

サムの口元がこわばった。「わたしが捜査をしないのは、ライランド・ウェブに刃向かいたくないからだと言いたいのか?」

アイリーンが怯《ひる》んだ。「言い方が悪かったわ。でも、ライランドが有力者だというのは事実でしょう」

「ライランドは有力者かもしれないが、それと同時に、故意にせよ事故にせよ娘が自殺したばかりの父親でもあるんだ。むかしきみのお父さんは、遺族はたいてい自殺を表ざたにしたがらないものだと話していたことがある。わたし自身この数年のあいだに自殺を二件扱ったが、お父さんの言ったとおりだった。遺族はその種のことを必死で隠そうとするものだ」

アイリーンがため息を漏らす。「そうね」

「わたしに言わせれば」とサム。「別の考え方をするまっとうな理由がないかぎり、遺族には秘密を守る権利がある」

同意を求めるようにルークを見る。

ルークは肩をすくめた。「秘密によるだろうな。だが、これだけは言える。どんな家族にも秘密はあるものだ」

7

四十分後、アイリーンとルークはサムに見送られて庁舎を出た。アイリーンはまだ心中穏やかではなかったものの、新たな決意を固めていた。どうせ最初から、本格的な捜査を行なうように署長を説得できる可能性はゼロだったのだ。

「少し時間をかけるんだ、アイリーン」サムが言った。「あんなふうにパメラを見つけて、ショックを受けたのはわかる。だが気持ちが落ち着けば、殺人ではなく過剰摂取だったと思えるようになるさ」

「そうね」

ルークが無言で彼女の腕を取り、階段をおりてSUVへ歩きはじめた。彼に助手席のドアをあけてもらい、すばやく乗りこむ。

ルークも運転席に乗りこみ、駐車場を出た。〈ヴェンタナ・ビュー・カフェ〉にいる全員が、自分たちを見つめていることにアイリーンは気づいた。

「悪趣味なやじ馬の群れね」彼女はつぶやいた。

「大目に見てやれよ」ルークがなだめる。「ここは狭い町だ。パメラ・ウェブは上院議員の娘で、かつては地元の不良娘だった。そんな人間が死ねば、みんなの興味を引いて当然だ」

アイリーンは膝に載せたバッグをきつく握りしめた。「両親のお葬式のときと同じ目つきでわたしを見てるわ」

ルークはちらりと彼女をうかがい、道路に視線を戻した。

「こんなことを言うべきかどうかわからないが」しばらく走ったのち、彼が口をひらく。

「マクファーソンの意見は正しいと思う。きみの友人の死は、事故か自殺だ」

「わたしはそうは思わない」

「ああ、それはわかってる。でもマクファーソンを公平に見てやるべきだ。彼はもみ消しに協力しているわけじゃない。きちんと事実をきみに話した。これ以上の捜査をする根拠はない」

「パメラから送られてきたメールはどうなるの？　なぜ無視するの？」

「無視はしていない」ルークが辛抱強く続けた。「ライランド同様、署長もパメラは自殺をするつもりで、古い知人に別れを告げようとしたと考えているんだ」

「じゃあ、なぜパメラはわたしにお別れを言わないうちに自殺したの？」

「自殺しようとしている人間に、普通の人間の理屈は通じない。彼らの頭のなかは、自分の苦しみや悩みでいっぱいなんだ。それだけにとらわれている」

妙に冷静な口調に、アイリーンは寒気を覚えた。

「個人的な経験があるみたいな言い方ね」

「ぼくが六歳のとき、母が自殺した」

同情と悲しみがこみあげ、アイリーンはつかのま目を閉じた。「ルーク」まぶたをひらき、彼に目を向ける。「心からお悔やみを言うわ」

ルークが無言でこくりとうなずいた。

「ゆうべはさぞ辛かったでしょうね」

「きみを尾けたのは、ぼくが決めたことだ」

アイリーンは眉をしかめた。「そもそもなぜ尾けたの？　まだ理由を聞いてないわ」

ルークの口元に苦笑いが浮かぶ。「点を見ると、つなげずにはいられなくなるんだ」

「わたしは点なの？」

「まあね」探るようにアイリーンに視線を走らせ、あきらめたように首を振る。「そっとしておく気はないんだな？」

「パメラの死を？　ないわ」

「なぜそこまで裏があると確信しているのか、訊いてもいいか？　根拠はパメラのメールだけなのか？　それともほかにも何かあるのか？」

アイリーンはつかのま考えこんでいた。「勘よ」

「勘ね」

「ええ」

「勘というのは、あまりあてになるものじゃない」曖昧に言う。

「ゆうべわたしを尾けたのは、わたしが別の点につながる一つの点のような気がしたからだと認めたばかりの人が、そんなことを言うなんて笑わせるわ」

「たしかに、ぼくの負けだ」ルークが認める。「それで、さっきのライランド・ウェブの反応をどう思った？　娘の死には麻薬と酒以外のものがあると彼は確信していて、それを隠したがっていると思ってるのか？」

アイリーンはいっとき口ごもった。「捜査を望んでいないことは確かよ。違う？」

「きみは気に入らないかもしれないが、彼には望まない理由がある」

「わかってるわ」そう言って腕を組む。「言ったでしょう。ライランドは野心家で、頭のなかは自分のキャリアのことでいっぱいなのよ。十七年まえもパメラに時間を割こうとしなかったし、いまだって彼女のことで時間を取られるのを望んでいないに決まってるわ」

「よく聞くんだ、アイリーン・ステンソン。ライランド・ウェブに盾突くつもりなら、充分足場を固めてからにしたほうがいい。彼は手強い男だ」

「わたしが知らないとでも思ってるの？」

ルークはしばらく無言で運転を続けていた。

「サム・マクファーソンは、パメラをよく知っていたのか？」

その質問に、アイリーンは虚を突かれた。「むかしは知り合いだったわ。この十七年どんな関係だったかは知らないけれど」

「彼女に恋愛感情を持っているんじゃないかと感じたことは？」

アイリーンはつかのま考えをめぐらせた。「そんな印象を受けたことはないし、それはパメラも同じだと思う。サムがいくつか年上だったこともあるし。パメラはまだ十六歳で、サムは当時二十代前半だったもの」

「たいした年の差じゃない」

「高校生のときは、かなり離れている気がしたのよ」シートを指でとんとんたたく。「でもいま思うと、二人の関係が恋愛がらみじゃないと感じたのは、彼に対するパメラの態度だと思う」

「どんな態度だったんだ？」

「あくまで友だちとして接していたわ。自分が征服できそうな男としてじゃなく」

ルークが目を丸くした。「パメラには征服した男がいたのか？」

「パメラは征服と捉えていたのよ」苦笑いを浮かべる。「それに、そもそも彼女に征服されたがる男性には事欠かなかったの。パメラはとてもきれいだったし、男性の気を惹くのがうまかった。男たちはハエみたいに簡単に落ちたわ。でもパメラの人気の理由は、美貌とセックスアピールだけじゃなかった」

「ウェブ家の人間だからだな」

「今朝のマキシーンの話を聞いたでしょう。あの一家は地元の王族なのよ」

「サム・マクファーソンも彼女に征服されたかったのに、無視されたのかもしれない」ルークが言った。「彼女に対して不健全な執着をつのらせたのかもしれない。〝彼女を自分のものにできないなら、誰のものにもさせない〟と考えたのかも」

アイリーンは身震いした。「もしそうなら、なぜこれまで彼女を殺さなかったの？」

「わかるわけないだろう？　これはきみの問題で、ぼくは関係ない。ぼくはただ、もしきみが犯人の可能性がある人間のリストをつくるつもりなら、かなり長いリストになりかねないと言っているだけだ」

「わたしはそうは思わないわ」静かにつぶやく。

「どういう意味だ？」

「みんな、パメラがわたしをダンズリーに呼んだのは、別れを言うためだと思ってる。でも、重度の臨床的鬱病を患っている人間が、高校時代にひと夏だけ友人だった人間のことなんか思いだすはずがないわ。パメラがあのメールをよこしたのは、過去に関する重要な話をするためだったのよ」

「きみの両親の死について」

「ええ」

「よし、論理的に考えてみよう」

アイリーンは思わず笑いそうになった。「言い換えれば、わたしの結論を論破しようとしてるのね？」

「そうだ。だが、それはきみの結論があやふやな根拠に基づいているからだ。きみの両親にあったことについて、パメラが何か知っているはずがない。たとえ知っていたとしても、なぜ十七年も黙っていたんだ？」

「どちらの質問にも答えようがないけれど、これだけは言えるわ。パメラ・ウェブはあの晩、わたしが最後に会った人間だったのよ。その……両親を見つけるまえに」

ルークがちらりと彼女をうかがった。「最後の人間？」

「当日の午後パメラから電話があって、しばらく彼女のうちでぶらぶらしてから、カフェで夕食を食べて映画に行かないかと誘われたの。母に訊いてみたら、いつもの約束を守るなら出かけてもかまわないと言われたわ」

「いつもの約束？」

「あの夏は両親と、パメラと一緒にいるときにもし彼女が麻薬かお酒に手を出したら、すぐ家に帰ると約束していたの」

「でも、約束を守ってさえいれば、両親はきみがパメラと出かけるのを反対はしなかった」

「ライランドは娘に見向きもしなかったから、母はパメラに同情していたんだと思う。父は、もしパメラがお酒か麻薬をやりはじめたら、わたしがすぐに迎えにきてほしいと電話をすると信じてくれていた。でも、わたしといるとき、彼女はどちらも一度もやらなかったわ」

「一度も?」

アイリーンは首を振った。「一度も。理由はわからないけれど、彼女は本気でわたしと友だちになりたがっていたの。違法なことをしたら、二度とわたしと一緒にいられなくなるのはわかっていた。何しろ父は警察署長だったから」

「なるほど」

「わたしたちは〈ヴェンタナ・ビュー・カフェ〉で夕食を食べてから映画を観に行った。そのあと彼女の車に乗ったの。まっすぐうちへ送ってもらうはずだった。父が決めたルールがもう一つあったのよ。町から出てはいけないことになっていた。パメラは免許を取ったばかりで、まだ運転に慣れていなかったから。でも彼女はわたしの家へ向かうかわりに、急にレイクフロント・ロードに曲がってカービービルへ向かって走りだしたの」

「きみはどうしたんだ?」

「最初はふざけているだけだと思ったわ。ルールを破ったら、二度とパメラと出かけるのを父が許してくれないことは彼女も知っていたから。本気だと気づいたあとは、戻るように必死で頼んだけれど、パメラは笑い飛ばして運転しつづけた。わたしは腹を立てて、車から飛びおりると脅した。そうしたらパメラはさらにスピードをあげたの。わたしは怖くなった」

「彼女はきみが知らないうちに麻薬を使っていたと思うか？」

「問い詰めたわ。でもパメラはそんなものやっていないと答えた。すごくスピードを出していて、飛びおりるのは無理だったから、わたしは唯一できることをした。シートベルトを締めて、パメラがおふざけにあきてUターンするように祈ったの」

「祈りは通じたのか？」

「いいえ。カービービルに着くと、もうそれほどスピードを出せなくなった。わたしは、車をおりて両親に迎えに来てもらうように電話すると言ったの。そうしたらパメラは泣きだして、謝ってうちに送ると言った。彼女に何もかも台なしにされて、わたしはかんかんに怒っていた。ダンズリーに戻ったころにはおたがい口もきかなくなっていたわ。二度と一緒にいられないのは、彼女もわかっていた」

「きみは何があったか両親に話すつもりだったし、そうなれば外出禁止になるからか？」

アイリーンは悲しげに微笑んだ。「両親に嘘をつこうとしても無駄なのよ。パメラもそれはよくわかっていたわ。とにかく、彼女はわたしをうちまで送り、何も言わずに家のまえでわたしをおろした。わたしがポケットから鍵を出しもしないうちに、走り去っていたわ。それが彼女を見た最後だった」

ひどい寒気を感じ、アイリーンは口を閉ざした。あの晩の話をすると、いつもこうなる。このましゃべりつづけたら、体ががたがた震えだしてしまうだろう。

ルークがロッジに続く道へハンドルを切った。

「悪気はないが」しばらくすると彼が言った。「もしパメラが問題の晩にあったことについて何か重要なことを知っていたなら、これほど長いあいだきみに連絡してこなかったなんて変じゃないか？」

「たぶんこれまで知らなかったなんらかの事情か事実に、最近気づいたのよ」

「それはちょっと無理があるんじゃないか」だしぬけにルークが黙った。口元がこわばっている。「なんの用だ？」

アイリーンは彼がロビーまえに停まっている車を見つめていることに気づいた。二十代前半のハンサムな男性が、建物のまえの石の柱に無造作にもたれている。

「お客さんに対してそういう態度はないんじゃない？」彼女は言った。

「あいつは客じゃない」ルークがもう一台の車の隣りにSUVをとめ、エンジンを切った。

「名前はジェイソン・ダナー。いちばん下の弟だ」

彼に家族がいると知り、アイリーンはなぜか意外な気がした。どうしていないと思いこんでいたのだろう？　いるに決まっているのに。たいがいの人間には家族が大勢いるものだ。

わたしは例外だけれど。数年まえに伯母が亡くなったので、天涯孤独になってしまった。でもだからといって、出会った人全員が自分と同じ立場とはかぎらない。けれど、ルークの持つ何かで、わたしは彼も天涯孤独だとばかり思いこんでいた。おそらく世界を違う尺度で見ているような、他人と距離を置いた雰囲気のせいだろう。ちょうどわたしがそうであるように。

アイリーンは言いようのない好奇心にかられ、SUVの窓ガラス越しにジェイソンを見つめた。血のつながりを感じさせるものはあまり見当たらない。二人の外見はかなり違う。ジェイソンのほうが若いだけでなく、背も高いし、あえて言えばもっとハンサムだ。ルークよりセクシーというわけじゃない。ハンサムなだけ。大きな違いだ。

そのとき気づいた。明らかな年の差と六歳のとき母親を亡くしたとルークが話していたことから判断して、ジェイソンは二度めの結婚でできた子どもに違いない。彼とルークは腹違いの兄弟なのだ。

ルークはすでに車をおりていた。険悪な顔つきをしている。弟に会ってことさら喜んでいるようには見えない。

「ここで何をしてるんだ、ジェス?」彼が言った。「来るなんて聞いてないぞ」

ジェイソンが両腕を広げた。「落ち着けよ、兄さん。モーテルの調子はどうか、ちょっとようすを見に来ただけさ」

笑顔を浮かべているが、兄弟のあいだに流れる張り詰めた空気がやわらぐことはなかった。

ルークが助手席のドアをあけた。「ジェイソン、こちらはアイリーン・ステンソンだ。うちに泊まっている」

「こんにちは、ジェイソン」アイリーンはにっこり微笑み、高いシートからおりた。

ジェイソンが会釈し、好奇心が浮かぶ目つきですばやく彼女の頭からつま先まで視線を走らせた。「よろしく、ミス・ステンソン」

あの視線は個人的なものではない。アイリーンは思った。むしろ好奇心と値踏みが混ざったものに近い。わたしがルークとどんな関係か、考えているのだ。

「複雑なのよ」彼女はぽつりとつぶやいた。

ジェイソンがびっくりしたように目をしばたたかせ、それからにやりとした。「ルークがからむと、いつもそうなんだ」

「なんの話をしてるんだ?」ルークが不機嫌に言う。

「なんでもないわ」すかさず答える。「よかったら、わたしは失礼するから、二人はなんでも話し合わなきゃいけないことを話し合ってちょうだい」

アイリーンは二人に明るい笑みを向け、小道を歩きだした。

どういう事情か知らないが、わたしには関係ない。これは家族の問題だ。

8

ジェイソンはポーチに置かれた椅子の一つに腰をおろし、ルークが注いでくれたコーヒーに口をつけた。渋い顔をする。「なあ」彼は言った。「ハイテクのエスプレッソ・マシンに投資すれば、飲むに耐える本物のコーヒーを淹れられるかもしれないぜ」

ルークは別の椅子に座り、手すりに両足を載せた。「コーヒーに味は求めていない。熱いから、神経を集中できるから飲むんだ」

「いまは何に集中してるのか、訊いてもいいか？」

ルークは五号キャビンに目を向けた。「アイリーン・ステンソンだ」

「やっぱりね。勘違いだったらそう言ってほしいんだけど、彼女は普通の宿泊客とは違う気がするな」

「ゆうべ、一種の絆《きずな》ができたんだ」

「わーお。このあたりでは、そういう言い方をするのかい？」

「その絆とは違う」とルーク。「アイリーンとぼくの絆は、一緒に遺体を見つけた人間同士のあいだに生まれる類《たぐい》のものだ」

「なんだって？」ジェイソンがコーヒーを噴きだした。

「ゆうべ、アイリーンはダンズリーに住むむかしの友人に会いに行った。ウェブ上院議員の娘だ。酒と薬物の取り合わせが悪くて、すでに死んでいた」

「ちょっと待ってくれよ」ジェイソンがゆっくりマグカップをおろす。「ホワイトハウスを狙ってるライランド・ウェブ上院議員のことを言ってるのか？」

「そうだ」

「彼の娘が死んだ？　そんなニュースは聞いてないぞ」

「すぐ聞くさ。『グラストン・コーブ・ビーコン』の今日の朝刊のトップ記事になったはずだ」

「悪いけど、ぼくは『グラストン・コーブ・ビーコン』を取ってない。正直言って、聞いたこともない」

「聞いたことがない人間は大勢いる。だがアイリーンがそこの記者をしているおかげで、特ダネを載せられたんだ。おそらく今日の午後か明日の朝には、大手マスコミもパメラ・ウェブに関するニュースを流すだろう」

ジェイソンが戸惑ったように顔をしかめた。「酒と薬物？」

「状況から判断するとそうだ」

「自殺か？」

ルークは湖を見つめた。「あるいは過って過剰摂取したか。断言はできない」

「遺体を見つけるなんて、さぞショックだろうな」

ルークは自分が歯を嚙みしめているのがわかった。ジェイソンが本当は何を考えているか、手に取るようにわかる。何があったか知ったら、ほかの家族もみな同じことを考えるに違いない。この半年間、家族の全員が自分に対する心配をつのらせている。パメラ・ウェブの死は、彼らの不安をさらにあおるだけだ。

「アイリーンにとってはもっとショックだった」彼は静かに言った。「ぼくは生前のパメラ・ウェブに面識がない。でもアイリーンは高校時代、彼女と親しかったんだ」

「それで、兄さんは彼女がむかしの友人を見つけたとき、たまたま一緒にいたのか?」

「ああ」

「なぜそんなことになったのか、訊いてもいいかい?」

「ゆうべ遅く、彼女が出かけていくのを見て気になったから、あとを尾けたんだ」

「なんとはなしに?」

「ああ」

「しょっちゅうそういうことをしてるのか?」なにげなく尋ねる。

「そういうこととは?」

「お客のあとを尾けまわしているのか?」

「まさか。普段はできるだけ客と顔を合わさないようにしている。たいがいの客はわずらわしいだけだ」

「でも彼女は違う?」

「わずらわしいのは同じだ」コーヒーに口をつける。「でも彼女は違う」話題を変えたほうがよさそうだ。「今日は何をしに来たんだ、ジェス?」

「言っただろう、兄さんのようすを見に来ただけだよ」

「ごまかすな」

ジェイソンがいらだたしそうな声を出し、〈サンライズ・オン・ザ・レイク・ロッジ〉のロビーと周囲のキャビンに手を振った。「しょうがないだろ。親父さんの言うとおりだ。兄さんにここは似合わない。ぼくが三流モーテルの経営に向いてないように、兄さんにも向いてないんだよ」

「ぼくはうちの仕事にも向いてない。試しただろう? うまくいかなかった」

「でも、あれはケイティとのこととごっちゃになったせいだろ」すっかり熱がこもる話し方になっている。「ゴードンと親父さんは、兄さんにもう一度チャンスをやりたがってるんだ」

「いい考えとは思えない」とルーク。

「親父さんは心配してる。みんなそうだ」

「わかってる。ぼくにはだいじょうぶだとしか言えない」

「母さんと親父さんは、ケイティと出かけたときあったことが原因で、兄さんがひどい鬱病にかかっていると思ってる」

「鬱病になどなってない」

「兄さんはいつもそう言うけど、誰も信じてないよ」

ルークは眉をあげた。「哲学的な難問だな。どうやってだいじょうぶだと証明すればいいんだ？」

「ドクター・ヴァン・ダイクの予約を取ればいい」

「断わる。ドクター・ヴァン・ダイクはいい人だし、たしかに優秀な精神科医だが、彼女には話したくない」

「ドクターはうちの家族の古い友人だ。母さんたちが兄さんのことを心配して、彼女に助言を求めたってなんの不思議もないだろ。ドクターは、二人で軽くおしゃべりしようと言っているだけだ」

「その種の助けが必要だと思うようになったら、彼女に電話する」

ジェイソンがぐったりと背もたれにもたれた。「時間の無駄だって親父さんに言ったんだよ」

「ここへ来たのは、彼のアイデアだったのか？」

「ぼくなら兄さんを説得できると思ったんだろう」

「そんなことじゃないかと思っていたよ」ルークは言った。「メッセージは受け取ったと思ってくれ」

「親父さんの誕生日には帰ってくるんだろう?」

「そのつもりだ」

「よかった。大事なことだからね」

「わかってる」

「うちの会社に戻るのがどれだけすばらしいか、しつこく言われるはずだから覚悟しておいたほうがいい」

「備えあれば憂いなしさ」ふたたびコーヒーに口をつけようとしたとき、聞き覚えのあるエンジン音が聞こえ、手がとまった。「くそっ」手すりから足をおろして立ちあがる。「どこへ行くつもりなんだ?」

ジェイソンがびっくりしている。「誰が?」

「アイリーンだ」ルークはポーチを横切って階段をおりた。

「待てよ」ジェイソンも立ちあがり、ついてくる。「どうする気だ?」

ルークは返事をしなかった。キャビンの脇をまわり、細い通路の真ん中に踏みだして黄色い小型車の正面に立ちはだかる。

アイリーンがブレーキを踏んだ。ルークは運転席側の窓に歩み寄り、車高の低い車の屋根に片手をついてかがみこんだ。

アイリーンが窓をあけ、黒いサングラス越しに彼を見た。

「どうかしたの？」心配そうに尋ねる。

「どこへ行くんだ？」

彼女がゆっくりともったいぶってサングラスをはずした。

「これまでずいぶんいろんな宿泊施設に泊まったことがあるけれど、事前に出入りを届け出なければいけないなんて、これがはじめてだわ」

「〈サンライズ・オン・ザ・レイク・ロッジ〉は、よそとは少々違うんだ」

「そのようね」サングラスの縁でハンドルをこつこつたたいている。「ひょっとしたら、これは軍隊方式なのかしら？」

「それを言うなら、海兵隊方式だな、ミス・ステンソン」ジェイソンが助け舟を出した。

「兄さんは数カ月まえに除隊したばかりなんだ。大目に見てやってくれ。まだ一般市民の生活に慣れてないんだ」

アイリーンがこくりとうなずいた。きっぱりと。まるでその情報が、すでに予想していた結論を裏づけたかのように。

「それで納得がいったわ」にっこりとジェイソンに微笑み、それからしげしげとルークを見る。「ゆうべから今朝にかけて、あなたにさんざんお世話になったから、何かお返しをしたほうがいい気がしたのよ」

「そうなのか？」

「今夜、手作りの夕食でもご馳走しようかと思ったの」

予想だにしていなかった返事だった。

「わーお」ジェイソンが感嘆の声をあげる。「料理をするのかい、ミス・ステンソン？」

「こう見えても、『グラストン・コーブ・ビーコン』の〈レシピ交換〉コーナーに載せるレシピをすべて一人で選んでいるのよ」

ジェイソンがにやにやした。「感心するべきなのかな？」

「感心するどころか、わたしが却下したレシピを見たら愕然《がくぜん》とするわよ。うそじゃないわ。ライム味のゼリーパウダーと金時豆で何をする人がいるか、知らないほうが幸せよ」

「信じるよ」とジェイソン。

「ところで、あなたも一緒にどうぞ。今夜は泊まるんでしょう？」

「いま、そうすることにしたよ」

「よかった。五時半に来てね。食事のまえに軽く飲みましょう」そこでルークに視線を戻し、挑むように見つめる。「もしよければだけれど」

「軍では、戦略的なチャンスは活用しろと教えられる」ルークは言った。「一七三〇時にお邪魔するよ」

「それは、現実の時間では五時半ということよね」とアイリーン。「じゃあ、話は決まったことだし、わたしはちょっと出かけてくるわ」

ルークは車から手を放そうとしなかった。「まだ質問に答えてないぞ。どこへ行くんだ？」

琥珀色の瞳に、かすかにおかしそうな表情がよぎった。「そういう態度は軍隊では効果があるかもしれないけれど、宿泊代を払っているお客さんが相手のときは、考え直したほうがいいんじゃない？」

「物事の対処法は二つしかない、ミス・ステンソン。海兵隊式か、そうじゃないかだ」

「はっきり言って、わたしは二つめの方法を選ぶわ。そうじゃないほうを」アイリーンが答える。「でも、わたしは今夜あなたを夕食に招待してることだし、快く質問に答えてあげる。〈ダンズリー・マーケット〉に買い物に行くのよ」

「買い物？」

「ほら、あなたと弟さんに出す食べ物なんかを」

「なるほど、買い物か」

アイリーンが大げさに愛想よく笑って見せた。「買い物リストを見せましょうか？」

「ライム味のゼリーパウダーと金時豆も載ってるのか？」

「いいえ」

「それなら心配する必要はなさそうだ」

「心配する余地はつねにあるものよ、ミスター・ダナー」

アイリーンがアクセルを踏みこんだ。ルークが屋根から手を放すと同時に、小型車は小道を走り去っていった。

短い沈黙が流れる。

「わーお」ジェイソンが言った。「もう少しで手がちぎれるところだったな」

9

〈ダンズリー・マーケット〉の野菜売り場で限られた品揃えのレタスときゅうりとトマトを吟味しながら、アイリーンはほかの買い物客がさりげなく送ってくる好奇に満ちた視線に気づかないふりをしていた。この町でニュースの中心になるのはこれがはじめてじゃない、と自分に言い聞かせる。でも今回、わたしは心が砕け散ったティーンエイジャーではなく、大人なのだ。

それに、五年にわたってグラストン・コーブの町議会を取材したり、〈レシピ交換〉用のレシピを選んだり、〈グラストン・コーブ海草養殖会社〉の所有者のような地元の事業主を取材したりしているうちに、本物の調査報道記者の自覚が芽生えはじめている。

アイリーンは先ほどアデラインと交わした会話を思いだした。

「どういうことなの、アイリーン。その程度じゃ、継続中の捜査に関する曖昧な情報以外うちが使えるものはないし、そもそも捜査が行なわれているとは思えないわ」

「どういう意味？　調査ならわたしがやってるわ」

「でも、もし地元警察に打つ手がないなら——」

「この件にはもっと何かあるのよ、アディ。わたしにはわかるの」

「わかったわ」電話の向こうでアデラインが大きくため息をついた。「わたしのみぞおちもざわざわしているし、これがランチで食べたチリのせいとは思えない。偶然が多すぎるもの。でも用心すると約束して。豊富な経験から言わせてもらうと、政治とセックスと死体が合わさると、ろくなことにならないのよ」

「用心するわ」

「それはそうと、ゲイルとジェニーが一週間分の下着とズボンとシャツを送ったと言っていたわ。今日の午前中には届くはずよ。組み合わせを迷わずにすむように、基本的に黒いものを詰めたそうよ。どれを着ても合うように」

「二人にお礼を言っておいて」

すぐ近くでショッピングカートを引くがらがらいう音がとまり、アイリーンの物思いが破られた。

「まあ、アイリーン・ステンソンじゃない。戻ってきていると聞いていたわ」

その声は、騒音のなかでもなぜか耳につく、不愉快なとげとげしい声だった。ベティ・ジョンソンの耳障りこのうえない声を聞くのは十七年ぶりなのに、すぐに彼女だとわかった。忘れがたい光景がよみがえり、鼓動が速まった。

アイリーンはヘレンおばさんとダークンハム葬儀場の薄暗い戸口に立ち、駐車場の人ごみを見つめていた。土砂降りの雨さえ、ダンズリーの住人の好奇心を削ぐことはできなかった。

「ハゲタカ」アイリーンはつぶやいた。

「この町の人たちは、全員あなたの両親を知っていたし、あなたのことも知っているんですよ」ヘレンが姪《めい》の手を握りしめた。「みんながお葬式に来ても、しょうがないわ」

葬儀屋のベン・ダークンハムは、ヒューとエリザベスを火葬にしたヘレンの選択をよく思っていなかった。遺体を棺《ひつぎ》に収めて埋葬するより、はるかに料金が安いせいだとアイリーンにはわかっていた。

だが、年配の伯母がその決断を下した理由は、料金ではない。

「地元の墓地の墓石は錘《おもり》になって、あなたをいまこの瞬間とこの場所に引き寄せるわ、アイリーン。あなたの両親はそんなことを望まないはずよ。きっと、自分の人生を自由に生きてほしいと思うでしょう」

アイリーンは伯母の分別を受け入れたが、ヘレンの判断は正しかったのだろうかと密かに疑問を抱いていた。ひょっとしたら墓石が試金石となり、奪われた過去につながる具体的な手がかりを示してくれたかもしれない。

その底冷えのする雨の日、葬儀場に付属する小さな教会のベンチは満席だった。でも出席者の大半は両親を悼むためではなく、やじ馬根性と噂《うわさ》話をするために集まっているのだとアイリーンにはわかっていた。

葬儀のあいだ、ベティ・ジョンソンは最前列の席に陣取っていた。いまは数人の列席者と正面ドアのすぐ内側に立ち、白じらしい哀悼の言葉と無意味で陳腐な台詞を口にしようと待ちかまえている。

私道で待っている車がはるかかなたに思われた。

「さあ、アイリーン」ヘレンがそっと言った。「一緒に乗り越えましょう」

アイリーンは深く息を吸いこみ、伯母の手をきつく握りしめた。それから二人で階段をおりていった。前方の人ごみが割れ、道をあけた。同情の浮かぶ顔に、ヘレンがうやうやしくうなずく。アイリーンはまっすぐ前を向き、車だけを見ていた。

車まであと一メートルというとき、周囲のこもった話し声を貫いて、ベティ・ジョンソンの声が聞こえた。

「かわいそうなアイリーン。気の毒に、二度とまともには戻れないでしょうね。あんな経験をしたんだもの……」

アイリーンはことさら慎重にロメインレタスを手に取ると、ゆっくり首をめぐらせ、うしろにいる大きく髪をふくらませた角ばった顔の女性と視線を合わせた。

「こんにちは、ミセス・ジョンソン」礼儀正しく挨拶する。

ベティが上っ面な笑みを浮かべた。「あなただってわからないところだったわ。すっかり変わってしまって」

「まともすぎて？」

ベティがぽかんとした顔をした。「なんですって？」

「なんでもないわ」レタスをカートに入れ、カートのハンドルをつかむ。「ごめんなさい、ちょっと急いでいるの」

ベティが気を取り直し、カートのハンドルをつかむ手に力をこめた。「パメラ・ウェブの遺体を見つけるなんて、さぞショックだったでしょうね」

視界の隅で、別のカートが二台すぐ近くでとまったのがわかった。一人はニンジンを選ぶふりをしている。もう一人は純金製のものでも探しているように、じゃがいもの山を選り分けている。二人とも小首をかしげ、耳をそばだてているのがわかる。

「ええ、ショックだったわ」アイリーンはベティ・ジェイソンをよけてカートを押しはじめた。

「遺体を見つけたとき、ルーク・ダナーも一緒だったんですってね」ベティがすぐさまカートの向きをかえ、あとを追いかけてきた。「彼のロッジに泊まっているんでしょう?」

「ええ」カートを押して通路の端をまわり、ビールの六缶パックとワインボトルが積まれた棚のあいだを進む。

手ごろな値段の白ワインを選んだところで、ふと躊躇《ちゆうちよ》した。ルークはビール党の気がする。

「今朝マクファーソン署長とウェブ上院議員と話したあと、あなたがちょっと腹を立てているのを見た人がいるのよ」うしろでベティが言った。

アイリーンはビールの六缶パックをつかみ、歩きつづけた。ベティのカートがうしろでスピードをあげている。

「パメラ・ウェブはいろいろ問題のある子だったものね」ベティが言った。「むかしから奔放だったわ。古いマリーナにあるボートハウスの一つで地元の子どもたちと麻薬をやっているのを、あなたのお父さんが見つけたことがあったのよ。もちろんすべてもみ消さなければならなかったけれど。なんといってもあの子はライランド・ウェブの娘だものね。でもこの町の人間は、一人残らず何があったか知っていたわ」

もうたくさんだ。アイリーンはだしぬけに足をとめ、カートのハンドルから手を放してすばやく横によけた。

小走りですぐうしろからついてきていたベティ・ジョンソンは、とっさにとまれなかった。彼女のカートがアイリーンのカートにぶつかり、やかましい音が響く。衝撃でベティがよろめいた。

アイリーンは愛想よく微笑んだ。「ちょっと思い違いをしていらっしゃるわ、ミセス・ジョンソン。わたしの父は、一度もライランド・ウェブに便宜を図ったことなんかないわ」

ベティがちっちっと舌を鳴らす。「でもね、パメラがボートハウスで何をしているか、知らない人はいなかったのよ」

「〈タラントの金物屋〉のウィンドウにトラックで突っこんだ晩、あなたのご主人がべろべろに酔っていたことを知らない人がいないようにね」

ベティがぎょっとしたように目をみはった。その表情が怒りに取ってかわる。「エドは酔ってなどいなかったわ。あれは事故だったのよ」

「あれも父がもみ消したと言えるんじゃないかしら。だってエドは逮捕されなかったでしょう？　父はあなたのご主人が解雇されたばかりなのを知っていた。飲酒運転で逮捕されたら、新しい仕事を見つけるのがむずかしくなると思ったのよ」

「あれは事故よ。あなたのお父さんもそう思っていたわ」

「事故ね」アイリーンはあたりを見わたし、通路の端に見覚えのある顔を認めた。「ジェフ・ウィルキンズが友だち二人とハリー・ベンソンの買ったばかりのトラックをうっかり盗んで、ベル・ロードを乗りまわしたときと同じよね」

アニー・ウィルキンズが青ざめた。「なぜそんなむかしの話を蒸し返すの？　あれはただの子どもっぽい悪ふざけよ」

「あれは車を盗んだ重窃盗罪だったわ。ベンソンは告訴するつもりでいた」とアイリーン。「でも父が彼を説得してやめさせたのよ。それからあなたの息子とその友人たちと話して、しっかり縮みあがらせた。そのおかげでどうなったと思う？　ジェフと友だちは、前科がでしきずにすんだのよ」

「大昔のことだわ」アニーが言いつのる。「いまジェフは弁護士なんですからね」

「人生って皮肉なものよね。父が知ったらさぞかしおもしろがると思うわ」アイリーンはゆっくり振り向き、数人のやじ馬から次の標的をさがした。「さて、父がああいう仕事の仕方をしていたおかげで恩恵をこうむった人は、ほかに誰がいるかしら？」

通路の先に集まっていたやじ馬に戦慄《せんりつ》が走った。奥にいる二人の買い物客がふいに向きをかえ、逃げようとしている。

アイリーンは、左にある〝缶詰・果物・野菜〟のほうへあわてて向かおうとしている髪を赤く染めた女性に声をかけた。

「ベッキー・ターナーね？　覚えてるわ。夏休みにやってきて問題ばかり起こす子どもたちとお嬢さんがつき合っていたとき――」

ベッキーが夜道でヘッドライトに照らされた鹿のようにその場で凍りつき、すぐさまレジへ駆けだした。

そのころには、周囲にいる買い物客全員が動きだし、いちばん近い出口を目指してカートを押していた。カートの車輪の音や物がぶつかり合う音がひとしきり鳴り響き、やがてしんと静まり返った。

つかのま、アイリーンはビールとワインの通路にいるのは自分だけだと思ったが、次の瞬間、背後に人の気配がした。

ゆっくり振り向くと、おもしろそうな表情を浮かべた中年の魅力的な女性が立っていた。

「こんにちは、アイリーン」

「カーペンター先生?」

「テスと呼んでちょうだい。あなたはもう生徒じゃないんだから、あらたまる必要はないわ」

テス・カーペンターがカートを押して近づいてきた。この町に来てはじめて、アイリーンは楽しい思い出で心があたたまるのを感じていた。

テスはダンズリー高校の英語の教師だった。彼女はアイリーンの読書欲とものを書きたいという気持ちを熱心に応援してくれた。

白髪を隠すために、蜂蜜色の髪に微妙にブロンドのハイライトが入れてあり、目尻に見覚えのない皺《しわ》があるものの、それを別にすればほとんど年を重ねていないように見える。

「お店を空っぽにしてしまったようね」テスが笑い声をあげた。「おめでとう。パメラならさぞ喜んだでしょうね。彼女は騒ぎが好きだったもの」

「ええ、でも自分が起こしたときだけです」

「たしかに」テスの表情がやわらいだ。「元気にしてるの、アイリーン？　記者になったんですって？」

「海沿いの町の小さな新聞社に勤めています。あなたは？　まだダンズリー高校で教えているんですか？」

「ええ。フィルは自動車修理工場を経営しているのよ」

アイリーンは微笑んだ。「車となると、フィルは魔法使いみたいだといつも父が言っていました」

「お父さまの言うとおりよ」心配と同情がこもる顔でアイリーンを見つめる。「何があったか聞いたわ。町じゅうがパメラのことを知っている。あなたが見つけることになって、心から同情しているわ」

「わたしがここにいるのは、パメラがわたしに会いたがったからなんです。十七年の沈黙ののち、メールをよこして会いたいと言ってきた。でも会えずじまいでした」

「本気で彼女の死に不審な点があると思っているの？」

アイリーンは苦笑した。「噂が広まるのが速いですね」

「ここはダンズリーよ、忘れたの？　町の新聞なんていらないくらい。ニュースは光速で広まるわ」

気立てのよさそうな顔立ちをしたポニーテイルの女性が、通路をやってきた。

「こんにちは、アイリーン。サンディ・ペイスよ、覚えてる？　以前はサンディ・ワーデンだった。ダンズリー高校であなたの一年下だったわ」

「こんにちは、サンディ」アイリーンは言った。「また会えて嬉しいわ。元気だった？」

「ええ、ありがとう。高校を卒業してすぐカール・ペイスと結婚したの。子どもが二人いるわ。カールは湖周辺の建築現場で働いているの。忙しくしているわ」

「よかった」とアイリーン。「お子さんのこと、おめでとう」

「ありがとう。手がかかるし、裸でいさせないためにカールが稼いだお金を全部使うはめになっている気がするけれど、なんとかやってるわ。いま自分たちの家を建てているのよ」

「すばらしいわ、サンディ」

サンディが何かを決意したように背筋を伸ばした。「ねえ、さっきあなたがベティ・ジョンソンやほかの人に言っていたことが聞こえてしまったの。あのおばさんたちをあんなふうに黙らせたのは、当然だと言いたかっただけなの」

「なんだか挑発に乗ってしまったみたい」

「あなたがすかさずやり返すのを見て、すっとしたわ。そもそもこのあたりには、あなたのお父さんに感謝すべき人間が大勢いるのよ。そうよね、テス?」

「そのとおりよ」テスが同意する。「みんなの物忘れの早さにはあきれるわ」

「誰かが刑務所行きになったり前科者になったりしないように、あるいは単に死ぬほど恥ずかしい思いをしなくてすむように、ヒュー・ステンソンが内密にことを運んだ例は山ほどあったわ」サンディが続ける。「そして、あなたのお父さんは秘密の守り方も心得ていた」

アイリーンは感謝の気持ちでいっぱいになった。「ありがとう、サンディ」

「そういう秘密の一つに、母とわたしも含まれていたの。継父のリッチ・ハレルは卑劣な、性根の腐りきった男だった。酔っては母を殴りつけ、そのうちわたしにも手をあげるようになったの」

「知らなかったわ」アイリーンはショックを受けた。サンディの家庭でそんなことが起きていることに、どうして気づかなかったのだろう?

「知らないのも無理はないわ」落ち着き払ってサンディが言う。「わたしは誰にも話さなかったもの。母もそう。母はハレルと別れたがっていたけれど、彼が自分とわたしを殺すんじゃないかと恐れていたの。さっきも言ったように、母はひとことも他言していなかったけれど、なぜかステンソン署長は気づいた。ある日うちにやってきて、パトカーに乗るようにハレルに言ったの。そのまま二人で出かけて、しばらく帰ってこなかった。戻ってきたとき、ハレルは明らかにひどく怯えていたわ。そして、その日のうちに荷物をまとめて町を出て行ったの。それ以降、二度と姿を見ていない」

テスが眉をしかめた。「虐待癖のある男は、ふつう警官と話したぐらいでそんなに簡単に姿を消さないものよ」

「心底震えあがれば消えるのよ」とサンディ。「それから数年たったころ、酔ったハレルが車ごと木に激突して死んだと聞いたわ。母とわたしはお祝いをした。そのとき、ヒュー・ステンソンが二人で話すためにハレルを連れだしたとき、何があったか母が話してくれたの」

「何があったの?」アイリーンは訊いた。

思いだしても痛快だというように、サンディの瞳が輝いた。「どうやったかは知らないけれど、署長はむかしハレルが、サンディエゴのとびきり危険な男をだましてお金をくすねたことを突きとめていたの。南米の麻薬密売組織のボスのために、マネーロンダリングをしている男よ。ハレルはお金をだまし取ったあと、自分が死んだように見せかけていた。あなたのお父さんは、一度でもダンズリーに戻ってきたり、母とわたしに少しでも不審なことが起きたりしたら、金を盗んだ犯人が本当は死んでいないことをサンディエゴの男に連絡するとハレルを脅したのよ」

アイリーンは軽く身震いした。「ぜんぜん知らなかったわ」

「わたしも」とテス。

サンディがわけ知り顔で二人を見た。「言ったでしょう。ヒュー・ステンソンはこの町のいまわしい秘密をたくさん知っていたのよ。そして、それをすべてお墓まで持っていったの」

10

サムはリモコンを手に取り、むやみに元気で一分の隙もない女が夜のニュースを読みあげるやかましい音を消した。リクライニングチェアにもたれ、まぶたを閉じる。

強烈な罪の意識で押しつぶされそうだった。その重さで息がとまりそうな気がする。それも悪くないかもしれない。

この数年はうまくいっていたのに。かなり苦労はしたものの、ようやく罪の意識を深い穴に押しこんで蓋《ふた》ができるようになっていた。たしかにいくつか問題はあった。結婚に失敗したのもその一つだが、それは自分に限ったことじゃない。大勢の人間が離婚を切り抜けている。

プラス面を見れば、自分はかなりいい警官になっているはずだ。ヒュー・ステンソンが生きていたら褒めてくれそうな警官に。自分はダンズリーの治安を守っている。賄賂《わいろ》を受け取ったことは一度もない。もっとも、収入が中レベルから低レベルの小さな町で、賄賂が横行しているわけではないが。それに、ステンソンに教えられたとおり、住人の秘密は守っている。

最近は、女性とのつき合いらしきものを復活させようかとまで考えていた。この半年のあいだ、受話器を取って彼女に電話をしかけたことが何度もある。だが毎回ためらいが出た。彼女はいい人だ。美しく、心のやさしい女性。ただ、彼女のほうは自分を友人だと思っている。こちらがその友情を別のものに変えようとしていると知ったら、彼女がどう反応するかわからない。

サムはかたわらのテーブルに載った電話機を見つめた。一つ確かなことがある。いま彼女に電話するわけにはいかない。アイリーン・ステンソンの帰郷で、状況が一変した。アイリーンの瞳がまぶたに焼きつき、その瞳をひとめ見たとたん、丹念に埋めた罪の意識がいっきに墓からあふれだしてくる。

警察署長として成し遂げてきたことのどれを取っても、十七年まえの自分の行動の埋め合わせにはならない。サムにはそれがわかっていた。

11

アイリーンがジェイソンにビールのボトルを渡したとき、六号キャビンからハードロックのすさまじい大音響が轟《とどろ》いた。

「やっぱり」ルークがよりかかっていた壁から体を起こし、テーブルにビールを置いた。「今日の午後、マキシーンが連中を泊めたときから、きっと何かやらかすと思っていたんだ。すぐ戻る」

そしてポーチのドアをあけ、外へ出て行った。

階段をおり、木立の先にある隣りのキャビンへ歩いていく。

「戦闘モードのルークはなかなか見物《みもの》なんだ」ジェイソンが白い歯をきらめかせ、待ってましたとばかりににやりとした。問題のキャビンがよく見える窓辺に歩み寄る。「いまドアに着いた。音楽がとまるまで最長でも五秒だな。一、二、三――」

だしぬけに音がやんだ。

「三秒だったか」とジェイソン。

「お兄さんは本当に物事のやり方を心得ているわね」アイリーンはしみじみとつぶやいた。

「海兵隊に数年いると、誰でもそうなるのさ」

「そうね」冷蔵庫をあけ、洗ってぱりぱりになっているロメインレタスを出す。「わたしの父も海兵隊員だったの」

ジェイソンが口笛を吹いた。「それでか」

「何が？」

「これまでぼくが会ったほとんどの女性より、ルークを理解しているように見える理由だよ」

意外な意見にアイリーンは顔をあげた。「どうしてわたしが彼を理解していると思うの？」

「きみたちが一緒にいるときの雰囲気かな。ルークが命令する。きみは聞き流す。それでおたがいうまくいっているように見える」肩をすくめる。「夕食の準備を手伝おうか？」

「一人で大丈夫よ、ありがとう。いつまでここにいられるの？」

「明日の朝サンタ・エレナに帰る。業者と約束があるんだ。ここへはルークがどうしてるかようすを見るのと、まだ親父さんの誕生パーティに来る気でいるのか確認しに寄っただけだ」

アイリーンはオーブンの扉をあけた。「親父さんって？」

「父のあだ名さ」アイリーンがオーブンから出したものを興味津々で見つめている。「それはコーンブレッドかい？」

「そうよ。好き?」

「もちろん。でも、ルークとは比べ物にならない。コーンブレッドは兄さんの大好物なんだ。というより、手料理はなんでも好きだな。たぶん戦場で携帯口糧ばかり食べていたせいだろう」

「軍隊が支給しているインスタント食品のこと?」

「ああ」嬉しそうにあたりに漂う香りを嗅いでいる。「いろいろあって、ルークは大学に行くために家を出てからあまり手料理を食べる機会がなかったし、家を出たのはずいぶんまえになる。一度結婚していた時期もあったけれど、奥さんは料理が好きじゃなかった。たいがいはテイクアウト専門だった」

「ルークに奥さんがいたの?」精一杯なにげない口調で尋ねる自分の声が聞こえた。仕事をしているただの記者。背景情報を入手しているだけ。

「心配しなくてもいい、もう関係ないから。別れてから五、六年になる。よくあるつむじ風みたいな結婚さ。五分しかもたなかった」

「そう」

「いや、実際にはもう少し長かったけどね。ルークが海外に配属されるまで、二カ月一緒にいた。彼が帰国すると、奥さんにもようやくルークにはハンサムな軍人以上のものがあるのがわかりはじめた。そして、海兵隊員の妻にはなりたくないと結論を出したんだ」

「それ以来、再婚はしていないの？」

言ったとたん、自分が禁断の領域に踏みこんでしまったのがわかった。ジェイソンの陽気でのんきそうな気さくな顔が、だしぬけにバリアでおおわれた。

「半年まえ、しばらく婚約していたことがある。でも――」いきなり口をつぐむ。そこまで話すつもりはなかったことに気づいたかのように。「面倒がもちあがってね。うまくいかなかった」

アイリーンは胸の奥でなじみのある好奇心が疼《うず》くのを感じた。何か隠しごとがあるのだ。家族の秘密について、ルークはなんと言っていただろう？――これだけは言える。どんな家族にも秘密はあるものだ。

彼女はダンズリー・マーケットで買ってきた三枚のサーモンの切り身に粗塩をふりかけた。ダンズリー・マーケットで魚を買うときの母親のアドバイス――生の魚を買っちゃだめよ。いつのものか、わかったものじゃないわ――を思いだし、冷凍コーナーで買ったものだ。

「お父さまの誕生パーティはどこでやるの？」はずまなくなった会話に勢いを取り戻そうと尋ねる。

「サンタ・エレナだ」話題が変わってほっとしたように、ジェイソンが答えた。「うちの一家はそこで商売をしてるんだ」

「その商売って、どういうものなの？」

ジェイソンが目を丸くした。「ルークはあまり自分の話をしていないんだね？」

「あまりしてないわ」昼間買ってきた安物の白ワインを冷蔵庫から出し、カウンターに置く。「ずっとばたばたしていたから。あまり世間話をする暇がなかったの」

「ああ、たしかにそうだろうね」アイリーンがあけているワインのボトルをしげしげと見つめている。「でも最近のルークがうちの仕事について話したがらないのは、むしろ親父さんとパートナーに家業に参加しろとうるさくせっつかれているからだと思うな。〈エレナ・クリーク・ヴィンヤード〉って聞いたことあるかい？」

「もちろんあるわ。ワイン地方やその周辺に住んでいる人なら、誰でも〈エレナ・クリーク・ヴィンヤード〉のことは知ってるわ。とびきり上等な高級ワイン。たくさん賞を取っている」

「ぼくたちもそう思ってる」とジェイソン。

アイリーンはあらためて手元の白ワインのラベルに目をやった。「いやな予感がするんだけど」

「そのワインを気にすることはないよ。ルークもぼくも気にしない」

「あなたの家族が〈エレナ・クリーク・ヴィンヤード〉のオーナーなの？」

「四十年ほどまえに父とパートナーのゴードン・フットがつくったんだ。親父さんはビジネスのブレイン係を担当し、ゴードンはワインの醸造家だった。二人には夢があって、それを実現したのさ。いまはその夢を次の世代に継がせたがっている」

「次の世代はそれをどう思ってるの？」

ジェイソンが苦笑した。「兄のハケットとぼくはもう手伝っている。ゴードンの娘のケイティも同じだ。正直言って、ぼくたち三人をワインビジネスから引き離すのは不可能だと思う。体に染みついているんだよ」

「でもルークは違う？」

「本人はそう言っているけれど、家族全員、ルークは自分が何をしたいかわかっていないだけだと考えている。彼は長期間一つのことを続けたためしがないからね。大学がいい例だ」

「中退したの？」

「成績はすごくよかったんだ。文学の学士号を取得して大学院へ行った。ぼくたちはみんな、ルークは学問の世界へ進むとばかり思っていた」

「何を専攻していたの？」

「きっと信じないと思うよ」ジェイソンがくすくす笑った。「古典哲学さ」

アイリーンは呆気《あっけ》に取られ、次の瞬間笑いだした。「冗談でしょう。信じられないわ」

「あのゆったりかまえた元海兵隊員の見かけにだまされちゃだめだ。学問的な話を始めたら、誰にも引けはとらない。さっきも言ったように、ルークは象牙の塔を目指しているように見えたのに、ある日突然、軍隊に入隊したと宣言した。青天の霹靂《へきれき》だったよ。ルークはどこかの新戦略と戦闘の訓練プログラムへ派遣された。軍にいるあいだにきちんと博士号まで終えたんだ。でも戦闘に参加した。何度もね」

「何度も？」

「ここ数年、海兵隊は何かと忙しい」

アイリーンは寒気を覚えた。「ええ、そうね」

「とにかく、ルークは半年まえに除隊した。そして親父さんとゴードンに言われるままに、うちのワイナリーで働きだした」

「どうやらその転職はうまくいかなかったようね」

「惨憺《さんたん》たる結果になったと言ったほうが近いだろうね。さっきも話したように、ルークはそのころ婚約したけれど、そっちもだめになった」片腕を振って周囲を示す。「そして、いまはこうしてダンズリーで荒れ果てた釣り宿を経営しているのさ」

「あててみましょうか。家族は心配でいてもたってもいられないのね」

「なかにはすっかり胸がつぶれる思いをしている者もいる」ジェイソンが認めた。「ぼく個人は、ルークは単に、人生で大事なものを見つけるまでしばらく時間がかかるタイプなんだと思ってる。でもみんなは、ルークが下向きのスパイラルに陥っているんじゃないかと心配してるんだ」

アイリーンはジェイソンの言葉をつかのま嚙みしめ、首を振った。「わたしはそうは思わないわ。むしろ正反対じゃないかしら。ルークは別の道を歩んでいるかもしれないけれど、自分がどこへ向かっているかわかっていると思う」

「ぼくもそう思う」ジェイソンがくちごもった。はじめて真顔になっている。「でも家族が心配するのも無理はない。たぶんルークは話していないだろうけれど、この数年のあいだに兄さんは何度かかなりひどいものを目にしてきたんだ」

ルークの自制した鉄壁の瞳の奥に、一、二度垣間見たものがアイリーンの脳裏に浮かんだ。

「なんとなくそんな気がしていたわ」

「ルークはとても優秀だったんだ。抽斗《ひきだし》のどこかに立派な勲章がいくつも入ってる。でもそういうものには代償が必要だ」

「わかるわ」

ジェイソンの顔の緊張がほぐれた。「きっとわかってるんだろうと思ってたよ。さっきも言ったように、きみたちは心が通じているように見えるからね。ルークは意思表示が得意とはいえないから、ちょっと不思議だけど」窓の外へ目をやる。「ただし、命令をするときは別だ。ルークは命令するのはとてもうまい」

いきなりドアがひらき、キッチンにルークが入ってきた。そこで立ちどまり、まずジェイソンを、それからアイリーンを見る。

「なんだ?」彼が訊いた。

アイリーンは涼しい顔で微笑んだ。「たったいま、きわめて素朴な白ワインとしか表現しようがないものを、伝説的なカリフォルニア・ワインをつくっている一族で育った男性二人に出そうとしていることに気づいたところなの」

「ぼくは心配しなくていいと言ったんだ」ジェイソンが説明する。「コーンブレッドがあるから」

「なんだって？」ルークがたったいま宗教的な体験をしたような顔をした。「コーンブレッド？」

「舌が出てるぞ」とジェイソン。「うちの恥をさらさないでくれ」

「大音響でロックをかけていた人たちに、なんて言ったの？」アイリーンはワインのコルクを抜いた。

ルークが肩をすくめる。「このロッジの〝近隣に迷惑をかけるべからず〟の方針について、あらためて念を押しただけだ」

アイリーンはかがんでサーモンをチェックした。「それだけでボリュームをさげてくれたの？」

「ぼくがたまたま隣人の一人であることも念押ししてから、即刻ボリュームをさげなければ、一人ずつ桟橋から湖に放りこむとはっきり言ってやった」

ジェイソンがにやりとする。「言っただろ。ルークは命令をするのがとてもうまいんだ」

「新進のロッジ経営者にアドバイスする気は毛頭ないけれど」アイリーンは言った。「リピーターに来てほしいなら、お客さんに対してもっと愛想よく接したほうがいいんじゃないかしら」

「ルークは海兵隊にいたんだ。外務省じゃない」とジェイソン。「ぜんぜん違う世界だよ」

アイリーンはオーブンからサーモンの切り身を出した。「知ってるわ」

12

ルークは夜更けに目を覚ました。遠くで聞こえるヘリコプターのローターの音が、夢のもろい断片とともに闇へ消えてゆく。

彼はゆっくりベッドの縁に腰かけた。Tシャツの背中と胸が汗びっしょりになっていた。神経がたかぶり、異様に感覚が鋭くなっている。五感が研ぎ澄まされ、戦闘態勢になっている。

この感覚のことならわかりすぎるほどわかっていた。唯一の対処法は歩きまわるしかないと、多少なりともアドレナリンを鎮め、夢以外の何かに無理やり意識を集中するしかないとわかっていた。

今夜はことさら重症だ。ルークはアメリカがまだ建国の祖たちの目に触れていないころから存在している都市の、細い路地や暗い裏通りに戻っていた。その暗がりで、彼と部下たちは命をかけた三次元の戦いをしていた。あらゆる方向から敵が襲ってきかねない戦いを——真上、背後、前方、さらには足元を迷路のように走る地下トンネルから。安全な場所などどこにも存在せず、ほんの一、二時間でも緊張をほぐして酷使した感覚を回復できる場所もない。生き残るには、つねに警戒し、周囲に意識を集中しているしかない。

やめろ。別のことを考えろ。やり方はわかっている。別のことで頭をいっぱいにするんだ。ルークは腕時計の側面についた小さなボタンを押し、時刻をチェックした。文字盤がつかのま緑色に光り、一時十分まえとわかる。

ベッドから出たが、ライトはつけなかった。居間のソファでぐっすり眠っているジェイソンを起こすのだけは避けたい。ルークは窓に歩み寄り、カーテンをあけた。

冷え冷えした月の光が湖面を照らしていた。マキシーンがハードロックマニアに貸したキャビンは真っ暗だ。だがアイリーンのキャビンの窓は、あいかわらずすべて煌々《こうこう》と光り輝いている。

いま全身で脈打っている余分なエネルギーを解放するために、自分が何をしたいかルークははっきりわかっていた。だが、女性客に飛びかかるのは、どう見てもロッジの経営者のルールに反している。

こんなルールがある仕事なんて、あんまりだ。

彼は狭い寝室を横切って壁際に置かれた傷だらけの木のデスクへ行き、ノートパソコンのスイッチを入れた。いくらかでも〝プロジェクト〟に手を入れれば、夢の余波をまぎらせられるだろう。そもそもプロジェクトの主な目的はそれなのだから。ありていに言えば、一つの執着を別の執着に置き換える戦術だ。理屈ではいい戦術に思えるし、実際これまで幾晩も効果をあげてきた。

コンピュータのモニターがまたたき、彼を待ち受けるように明るく輝いた。ルークはファイルをひらき、今週かかりきりになっている章までページを進めた。

ゆっくり走る小型車の静かな音が聞こえ、物思いが破られた。文章の途中でルークは手をとめ、耳を澄ました。六号キャビンの客が町へおもしろいものを探しに行こうとしているなら、さぞかしがっかりするだろう。〈ハリーの溜まり場〉はもう閉まっている。

ルークはようすをうかがっていたが、ヘッドライトが闇を切り裂くことはなかった。車を運転しているのが誰にせよ、ライトをつけずに表通りに向かっている。

「くそっ」ルークは立ちあがって椅子の背からジーンズをつかんだ。「また彼女だ」

すばやくジーンズをはいてハンガーから黒いシャツをむしり取り、ランニングシューズに足を突っこんで寝室を駆けだす。

ソファの横を通りすぎたとき、ジェイソンが頭をあげた。

「こんな夜中にどこへ行くんだ?」眠そうに訊く。

「外だ」

「やっぱりね」ジェイソンが枕に頭を戻した。「コーンブレッドを見た瞬間、兄さんに勝ち目はないってわかってたよ」

13

あの屋敷に戻ると思うだけで、アイリーンはいたたまれない気分だった。こんな時刻となれば、なおさらだ。

彼女は物置部屋の外の階段に落ちる影のなかで足をとめ、トレンチコートのポケットから鍵を出した。懐中電灯を持ってきたが、室内に入るまでスイッチを入れたくない。念のために、車も通りの先の目につかない場所に駐めてきた。

今夜、ウェブ家の夏の別荘の近くにいるところを誰かに見られるわけにはいかない。これからやろうとしていることは、おそらく不法侵入にあたる。それでなくともサム・マクファーソンはわたしをよく思っていないのだ。わたしを町から追いだす口実を与えたくない。

不気味な風が木々の枝を震わせていた。屋敷のなかは暗闇と影に包まれている。昨夜と違い、居間にライトはついていない。

アイリーンは錠をあけてポケットに鍵をしまい、息を詰めて真っ暗な物置部屋に踏みこんだ。そっとドアを閉めてから、小さなペンライトを出してスイッチを入れる。

細い光が暗闇を切り裂き、ようやくまた息ができるようになった。

そろそろと玄関ホールへ踏みだし、居間とダイニングルームを二階へつなぐ階段へ向かう。一階の闇はことさら深いように思われた。そのとき、パメラの遺体が搬出されたあと、誰かが床から天井までの窓にかかるカーテンを閉めたのだと気づいた。たぶんサムだろう。彼の目的が病的なやじ馬根性を持つ人間の阻止にあったことは明らかだが、おかげで通りかかった人間にペンライトの細い光に気づかれる心配をする必要はなくなった。

今夜は見るものすべてが『ハウス&ガーデン』に載っていそうなありきたりなものに見え、アイリーンは薄気味悪い戦慄を覚えた。一人の人間が最近ここで命を落としたことをうかがわせるものがあって当然なのに。でも、とアイリーンは自分に言い聞かせた。パメラの死は明白な暴力や流血を伴うものではない。酒と薬が原因だったのだ。

酒と薬。むかしからよくある自殺の手段。もしみんなが正しくて、わたしの勘違いだったら？　事故にせよほかの理由にせよ、もし本当にパメラの死因が過剰摂取だったら？

いいわ、陰謀説好きだと呼びたければ呼べばいい。

一階でぐずぐずしている理由はない。もしパメラが死ぬまえに何か隠したとしたら、自分の寝室に隠したはずだ。

パメラと親しくしていた夏のあいだに、彼女の寝室のことは自分のもののように詳しくなった。この屋敷の二階で、流行《はやり》の音楽を聴いたり、男の子の噂話をしたり、ファッションや有名人のゴシップでいっぱいの雑誌を読んだりしながら何時間も過ごしたものだ。

アイリーンは階段をあがって二階へ行き、パメラが十代のころ使っていた寝室へ向かった。ドアが半びらきになっている。

それは、十七年まえにはありえなかったことだった。当時パメラはつねにドアをぴったり閉めていて、それにはもっともな理由があった。父親や家政婦に見せたくないものがたくさんあったのだ。ピルやコンドーム、さらに本人の言葉によれば、一流の全寮制学校の周囲をうろついている売人から買ったというデザイナー・ドラッグが入った怪しげな包みなどが。

宝物を隠すために自分が編みだした隠し場所を、パメラはとても自慢していた。事実、自慢に思うあまり、決して口外しないと誓わせたあとでアイリーンに見せてくれた。

寝室に踏みこむと、かすかな期待で胸がときめいた。今夜ここへわたしの足を向けさせたのは、パメラの秘密の場所の記憶だ。なんらかの説明かひらめきをもたらす何かがそこで見つかる可能性はゼロに近いけれど、最初に手をつけるのはそこ以外考えられない。

その部屋のカーテンとブラインドも、ぴったり閉められていた。懐中電灯にさほど注意を払わなくてもいいことに安堵《あんど》しながら、アイリーンはすばやく周囲に光を走らせた。

激しいショックで、期待が掻き消えた。心を乱す薄気味悪いデジャビュで寒気が走る。

何一つ変わっていない。

アイリーンはおののきながらゆっくり部屋の奥へ向かった。一階の部屋も模様替えはされていなかったが、あちらはもとから大人向けにしつらえられていた。十七年まえですら、パメラのピンクと白の寝室は、ませて世間ずれしたパメラ・ウェブにはやけに無垢《むく》でかわいらしすぎるように映ったものだ。今夜は、薄い天蓋《てんがい》つきのベッドもピンクのサテンの枕も、おぞましいだけだった。

またしてもタイムスリップだ。この部屋が一度も改装されていないなんて信じられない。友人を連れてきたとき、パメラは改装したがったはずなのに。

かわいそうに。むかしの自分の部屋を改装できないほど、子ども時代の思い出を大切に思っていたのだろうか？　なんとなくパメラらしくない。彼女はリスクをいとわない人間で、つねにタブーに刺激を感じていた。それにファッションが大好きだった。

でも、パメラは五歳で母親を亡くしているのだ。おそらく彼女のなかには、この部屋で粉々になった絆にすがりつこうとする気持ちがあったのだろう。

パメラには理解できないところがたくさんあった。過ぎ去ったあの夏、なぜわたしを親友に選んだのかさえわからない。当時は自分の幸運を疑問には思わなかった。パメラが持つ、危険できらびやかな輝きの七光りに浴するだけで充分だった。不良のふりをするだけで満足だった。けれど大人になってからは、パメラがわたしに何を見ていたのか、しばしば不思議に思っていた。

アイリーンは寝室を横切っておとぎ話のようなベッドに近づき、ピンク色のサテンの枕を一つ取ってナイトテーブルに置いた。その枕に懐中電灯を立てかけ、壁についた明かりのスイッチに光があたるようにする。

それからポケットに手を入れ、持参したドライバーを出した。スイッチ盤を壁に固定しているねじに、慎重にドライバーの先を差しこむ。

秘密の隠し場所を打ち明けた晩に、パメラが言った言葉が脳裏に浮かんだ。

「スイッチ盤の裏に隠すなんて、いかにも男がやりそうなことでしょ？　女の子がやるなんて、誰も思いつきっこないわ」

たしかに、ピンクと白の王女さまみたいな部屋に住んでいる少女はやりそうにない。二つめのねじをはずしながら、アイリーンは思った。

スイッチ盤とねじをテーブルに置き、スイッチ本体を固定している二つのねじに取りかかる。まもなく本体が壁からはずれた。

心臓をどきどきさせながら、懐中電灯をつかんで壁にあいた穴の奥を照らす。

光が真鍮《しんちゅう》に反射した。自分が見ているのは鍵だと気づき、息が詰まる。

アイリーンは壁の穴に手を入れ、見つけたばかりの小さな物体を取りだした。光にかざしてよく見ると、どこにでもある家の鍵のようで、気が抜けた。

どうしてパメラは秘密の隠し場所に予備の鍵なんか隠したのだろう?

アイリーンは鍵をポケットにしまい、スイッチ盤に手を伸ばした。

最後のねじをとめていたとき、一階でドアがひらく音がした。

全身の血が凍りつく。

この家にいるのは、わたしだけじゃない。

14

足元の厚手の白いカーペットにドライバーが落ちたかすかな音で、アイリーンはわれに返った。

そのときになって、ようやく自分が息をとめていたことに気づいた。

階下の暗闇で床がきしんだ。誰かが家のなかを歩きまわっている。一つも明かりをつけずに。

泥棒。そう考えるのがいちばん自然だ。地元のごろつきが、死んだ女の家に盗むものがあるか見に来たに違いない。

足音は玄関ホールから聞こえてくる。下にいるのが誰にせよ、音をたてまいとする意思はいっさい感じられない。それが、この家にほかに誰かいることに気づいていない証拠であるようにアイリーンは祈った。でももし現金か高価なものを探しているなら、いずれかならず二階へやってくる。

見つかるまえに逃げなければ。強盗と鉢合わせしたら殺される。両親に起きたのもそれだったのではないかと、しばしば考えてきた。

アイリーンは息が詰まりそうなパニックを抑えこみ、集中しようとした。二階から外へ出るには階段を使う以外ないが、階段の下半分は居間とダイニングルームから丸見えだ。そのルートを使えば、間違いなく一階の人間に見つかってしまう。

そのとき、まだペンライトがついたままなのに気づいた。あわててスイッチを切り、暗闇とともにかならず迫ってくる恐怖の波に立ち向かった。

床に膝をつき、落としたドライバーを手探りする。震える指で固いプラスチックの柄をつかんだとたん、説明しがたいアドレナリンが噴きだすのを感じた。たいしたものではないが、いま武器に使えるのはこのドライバーしかない。

そんなことを考えちゃだめよ。取っ組み合いの喧嘩をするわけじゃない。頭を使って、一階にいる人間がここへ来た目的を果たすまで隠れていればいいのよ。

こちらには一つ大きな強みがある。わたしはこの屋敷の間取りに通じている。パメラの寝室にいたら逃げ場がない。隠れる場所もない。

幸い、二階の床はすべてカーペットが敷き詰められているし、一階にいる人間はかなりやかましい音をたてている。慎重にやれば、相手に気づかれずに移動できるはずだ。

アイリーンはすばやくローファーを脱いだ。それを片手で持ち、忍び足で戸口へ向かう。

ふたたび一階を歩きまわる音がしたとき、彼女はその音にまぎれてゲストルームとバスルームがあるほうへ向かった。

階段のてっぺんで足をとめ、壁にぴったり背中をつけてそっと角から一階をうかがう。

階段のふもとの暗闇で、懐中電灯の細い光があちこちに動いているが、懐中電灯を持っている人間の姿は見えない。アイリーンのみぞおちに恐怖の鉤爪《かぎづめ》が食いこんだ。

キッチンのタイルの床を踏む甲高い音にまぎれ、彼女は主寝室に入った。

カーテンがあいていた。ガラスの引き戸から、淡い色のカーペットに月光が斜めに差しこんでいる。湖を見晴らすベランダの手すりが見えていた。

あのベランダが目標だ。あそこは一階の朝食用コーナーの屋根になっている。地面におりる階段はないものの、強盗に気づかれずに外に出られれば、相手がいなくなるまで暗いひさしに隠れていることができる。

アイリーンは一階の物音に合わせて一歩ずつ足を進め、そっとカーペット敷きの床を横切った。

引き戸に着くと、音をたてないように鍵をあけ、そこで一瞬ためらった。キッチンで金属がぶつかるやかましい音がしている。いまを逃したらもうチャンスはない。アイリーンは覚悟を決め、引き戸をあけてベランダに出た。

慎重に引き戸を閉め、ウェブ家が冬のあいだベランダ用の家具をしまっている背の高い物置の陰へ移動する。

次の瞬間、主寝室に懐中電灯の光が差しこんだ。強盗は二階にあがってきていたのだ。光はすぐに見えなくなった。強盗は主寝室をあとにして、廊下をパメラの寝室へ向かっていく。

男の手に口をふさがれるまで、アイリーンはベランダに自分以外の人間がいる気配にまったく気づいていなかった。ドライバーを持つ手をがっしりした手でつかまれ、その力強い手が一度動いただけでドライバーが吹き飛んでいた。

「ぼくだ」耳元でルークがささやいた。「落ち着け」

15

安堵のあまり腰を抜かさないようにこらえるだけで精一杯だった。今夜はショックが多すぎる。もう一度驚かされたら、頭がどうかなってしまうに違いない。人間の体が耐えられるアドレナリンの量には限りがある。

ルークがアイリーンの背後に手を伸ばした。引き戸の把手《とって》をつかんでいる。家のなかに入って泥棒と対決するつもりなのだ。そう気づいたとたん、張り詰めた神経が新たなパニックに襲われた。

アイリーンは両手で彼の腕をつかんだ。

ルークが動きをとめた。月明かりのなか、かすかにこちらへ首をめぐらせた彼の顔に、なぜ引きとめるのか不思議に思っている表情が浮かんでいる。

「気でも違ったの？」アイリーンはささやき、いっそう強く彼の手を引っ張った。

ルークがふたたび耳元に口を近づけてきた。「ここにいろ」

だめよ。そう叫びたかったが、ルークのような男性に心の叫びは通じない。

「銃」アイリーンは論理的な手に出ることに決め、ささやいた。おそらく家のなかにいる人間が持っているであろう銃のことよ、と心のなかでつけくわえる。

ルークが安心しろというように彼女の肩をたたいた。アイリーンには偉そうな態度にしか思えなかった。

あくまで腕を放そうとしない彼女に、ルークは少しいらだったようだった。アイリーンの手をむしり取り、そっと引き戸をあける。

ひらいた扉のすきまから、間違えようのない灯油の臭いがあふれだした。

アイリーンはルークが「くそっ」とつぶやいたような気がしたが、あまりに彼の反応がすばやかったので、確かなことはわからなかった。

ルークが引き戸を閉め、アイリーンの腕をつかんで彼女をベランダの手すりにあがらせた。

そのときになって、ようやくルークの意図がわかった。

アイリーンはその計画を理性的に考えようとした。何カ所か骨折してわずらわしい思いをするだろうけれど、二者択一のもう一方に比べればはるかにましだ。

「だいじょうぶだ。ぼくはさっきここからあがってきた」ルークがささやく。「ぼくの手首をつかんで壁に沿って体をおろせ。できるだけ下までぼくがおろしてやる。下は芝生と茂みだから、たいして衝撃はないはずだ」

「そうでしょうとも」アイリーンは外壁に目をやった。勇気を振り絞ってプールの高い飛び込み台にあがったときの記憶がよみがえる。あのときは、水面までの長い距離をちらりと見たとたん、すぐに階段をおりた。「あなたはどうするの?」

「心配するな。ぼくもきみのあとからすぐおりる。どんな燃焼促進剤を使っているにせよ、あいつはそれを家じゅうにまいている。ひとたび火を放てば、ここは爆弾みたいに炎上する。さあ、行け」

力強い手で手首をつかまれたとたん、勇気がわいた。彼の手は鋼鉄の手錠みたいだ。わたしを落とすはずがない。

あぶなっかしく外壁に沿って体をおろしていくと、地面のすぐ近くまで足がおりた。ルークが手を放し、難なく芝生に着地したアイリーンは、よろめいて尻もちをついた。たいしたことなかったわ。アイリーンはそう思いながらあわてて立ちあがり、両手を払った。

見あげると、ちょうどルークがベランダの手すりをひらりと越えたところだった。つかのまそこにぶらさがっていたが、すぐに朝食用コーナーの窓枠の縁に片足をかけ、軽がると地面に飛びおりた。あの窓枠があるおかげで、彼はベランダまで登ってこられたのだ。男の上半身の力は馬鹿にできない。

彼がアイリーンの腕をつかんだ。「行こう」

二人は木立に駆けこんだ。

かなたを走る貨物列車の音が闇夜をつんざいた。

それ以外にダンズリーの近くを走っている線路はない。

背後の炎のうなりや熱波がなくても、何が起きたかは明らかだった。強盗はすさまじい大火を起こしていた。

ルークがアイリーンを立ちどまらせた。

「ここにいろ。電話を持ってるか?」

「ええ、でも――」

「九一一に電話しろ」彼がもときた道を戻りはじめた。

「待って、どこへ行くつもり?」と呼びかける。

「あいつを捕まえられるかやってみる。向こうも徒歩で来ている。たぶんそのへんの通りに車を駐めているはずだ。きっと追いつける」

「ルーク、はっきり言って、それはまずいと思うわ」

だが、その言葉が発せられた先には夜闇しかなかった。彼の姿はすでに暗闇に溶けこんでいた。

ガラスが破裂した。アイリーンは炎がすさまじい勢いで屋敷を呑みこんでいくのを呆然と見つめていた。ポケットから電話を出し、緊急番号を押す。

遠くで船外モーターがかかる音がした。その瞬間、ルークが放火犯を捕らえるのは不可能だと悟った。強盗は車を目指してはいない。ボートを使ったのだ。

16

「一杯飲みたい」鋭い音をたててしっかりとキャビンのドアを閉めながら、ルークが言った。かんぬきをかけ、狭いキッチンへ向かう。「夕食のビールはまだ残ってるか？」

「冷蔵庫にあるわ」アイリーンは不安な面持ちで彼の動きを追った。ルークの気分がわからない。火災現場でサム・マクファーソンと話したあと、ルークはひとこともしゃべろうとしなかった。サムとの会話がうまくいったとは思えない。そのあとSUVの車内でのルークの沈黙も、気分を楽にはしてくれなかった。「ねえ、こんなことに巻きこんでごめんなさい。そんなつもりは――」

「もう一度言ったら、ぼくは自分の行動に責任を持てないぞ」冷蔵庫をあけ、ビールを一本出して栓を抜く。「生まれてはじめて、因果なんてものが存在するのかもしれないと思いはじめているんだ。そうでなければ、きみが宿泊客として〈サンライズ・オン・ザ・レイク・ロッジ〉へやってくるはめになった説明がつかない」長々とビールをあおり、瓶をおろしてアイリーンに険しい目つきを向ける。「そんな可能性がどれだけあると思う？」

彼はひどく腹を立てているのだ。その不当さに、アイリーンは腹が立った。彼女は部屋の中央に立ち、腕を組んだ。

「ウェブ家までついてきてくれと頼んだ覚えはないわ」

「ああ、頼んでないさ」カウンターにもたれて足首を重ね、ふたたびビールを飲む。「それどころか、きみはぼくに気づかれないようにヘッドライトを消して出ていった」

「あなたには関係ないわ」

「最初はそうだったかもしれないが、いまは違う」ルークが両眉を軽くあげ、問い詰めた。「今夜の火事の犯人がぼくたちの可能性もあると、マクファーソンが考えていることに気づいているのか？」

アイリーンはごくりと喉を鳴らした。「ええ。でも通報したのはわたしたちよ」

「放火犯が火をつけたあと通報し、あたりをうろついてわくわくしながら見物しているのは珍しい話じゃない」

「それもわかってるわ。でも、わたしたちに動機がないのはサムもわかっているはずよ。どちらもウェブ家があそこにかけている保険で利益を得る立場にはないもの」

「放火犯の多くは保険金が目的じゃない。炎のスリルに病みつきになっているんだ。でも今回の火事にそれはあてはまらない。動機を知りたいか？　いいとも、ぼくから始めよう」

アイリーンは顔をしかめた。「あるはずないわ」

「そのとおり」鈍い生徒を励ますようにうなずく。「でも、きみにはある」

アイリーンは怒りで息が詰まりそうだった。「何を言ってるの？」

「きみを有力な容疑者と考えるのは、さほどむずかしくない。この町の住人なら、誰でもきみがパメラ・ウェブ他殺説に執着していることを知っている。マクファーソンに本格的な捜査をさせたいんだろう？」

「ええ、でも――」

「被害者の自宅に火をつければ、サムの関心を引いてなんらかの捜査を始めさせるきっかけになる」

アイリーンはぞっとした。「そんなの動機として弱いわ。弱すぎる」

「本気でそう思っているなら、現実を直視したほうがいい」ハンターの冷徹な抜け目ない瞳でアイリーンを見つめる。「今夜の火事では、どう見てもぼくがきみのアリバイであり、きみはぼくのアリバイだ。ただし、ぼくたちはどちらもダンズリーではあまり信用がない。ぼくは新参者だし、きみをよく知る住人は一人もいない。当然のなりゆきとして、ぼくは容疑者になる。だが、きみにはこの町での過去があるから、もっと立場が悪い。ぼくたちを容疑者と考えなかったら、マクファーソンは無能な警官ということになる」

アイリーンは組んでいた腕を解き、体の両側に広げた。「でも、今夜あの家にはほかに誰かいたわ。男を見たじゃない」そこでふと躊躇《ちゅうちょ》する。「女かもしれないけれど」

「マクファーソンには、ぼくたちの証言しかない」

「オーケイ、よくわかったわ。わたしも一杯飲みたい気分よ」冷蔵庫に歩み寄り、扉をあけて最後に残ったビールを出す。「ところで、今夜あなたのおかげで命拾いしたことはよくわかってるわ」ビールの栓を抜く。「ありがとう」

「ふむ」ルークがビールに口をつけた。

「たしかにベランダに急に現われたときは卒倒しそうだった。でももしあなたがいなかったら、手遅れになるまで強盗が何をしているか気づかなかったかもしれない」

「卒倒しそうだった？　真夜中にきみがウェブ家に押し入るのを見たあと、家のなかにほかにも人間がいると気づいたとき、ぼくがどんな気持ちだったと思ってるんだ？　心拍数を比べたいかい？」

聞き流したほうがよさそうだ。

「わたしを尾けてきた理由をまだ聞いていないわ」しばらくしてから彼女は訊いた。

「説明するまでもないだろう。ぼくは、夜中にトラブルに巻きこまれる傾向がある女性にキャビンを貸してるんだぞ。オーナーとして、きみみたいな客には用心する必要がある」

「本気で怒ってるのね？」

「ああ、本気で怒ってるよ」不機嫌にうめく。「あの家に近づくなんて、もってのほかだ」

「ねえ、そんなふうに部下を怒鳴りつける上官みたいな態度だと、きちんとお礼が言いにくいわ」

ルークはつかのま考えこんでいた。

「どうして今夜、あそこへ戻ったんだ?」

アイリーンはシンクにもたれ、じっとビール瓶のラベルを見つめた。「マクファーソンに説明したのを聞いていたでしょう。パメラが遺書を遺していないことが、ずっと気になっていたのよ。今夜、あなたとジェイソンが夕食を終えて帰ったあと、そのことを考えていた。そして、まだ物置部屋の鍵を持っていたから、あそこへ行って探してみることにしたの。二階を探しているとき、強盗に邪魔されたのよ」

「マクファーソンへの説明は聞いた」口元をゆがめる。「全部嘘だってこともわかってる」

顔が真っ赤になるのがわかった。「どういう意味?」

「きみはパメラの自殺を信じていないから、ウェブ家に行ったのは遺書を探すためじゃない。ほかのものを探しに行ったんだ」そこでいったん口を閉ざし、声を落とす。「そして、ぼくはきみがそれを見つけたと思っている」

困ったときはじっとしているにかぎる。アイリーンは自分に言い聞かせた。

「好奇心から訊くんだけど、なぜそう思うの?」

「ぼくは超能力者なのさ」

「いまのわたしは、あなた以上に軽口を言う気分じゃないんだけど」

「ぼくたちはこの二日間で、おおかたの夫婦の一年分をうわまわるほど充実した時間を過ごしていたるんだ。きみについて多少はわかっているのさ。マクファーソンに説明しているのを聞いたとき、きみは一〇〇パーセント正直に話していないと確信した」

「わたしたちは一緒に女性の遺体を発見し、放火犯が火をつけて炎上している家から逃げだして、さらに地元警察や上院議員と気まずい会話を交わしたのよ。それを充実した時間と呼ぶのはおかしいわ」

「たぶんね」厳しい表情でアイリーンを見ている。「何を見つけたか、話す気はあるのか？」

話さない理由はない。サム・マクファーソンやライランド・ウェブと違い、ルークは少なくともわたしの話をある程度真剣に受けとめてくれている。

「むかし、パメラは自分の寝室に隠し場所を持っていたの」アイリーンは静かに話しはじめた。「明かりのスイッチ盤の裏にある狭いスペースよ。父親や家政婦に見られたくないものを、そこに隠していた。別に、あの二人がパメラの秘密を探ろうとしていたわけじゃないけれど。いずれにしても、パメラはわたしにその隠し場所を教えて、誰にも言うなと約束させた。今夜そのことを思いだして、調べてみようと思ったの」

「スイッチ盤？」納得したようにうなずく。「なるほど、それでドライバーの意味がわかった。きみがどこであれを見つけ、何に使うつもりだったのか不思議に思っていたんだ」

「強盗が屋敷に入ってくる音を聞いたとき、武器になるものはドライバーしかないと気づいたの」ビール瓶を持つ手が震える。アイリーンは指に力をこめた。「もし見つかったときは。

ほかにどうすればいいかわからなかった」

ルークがやけにゆっくりと自分のビールを置き、彼女の震える手からビールを取って横にあるカウンターに置いた。

力強い手でアイリーンの両肩をつかむ。

「いざというときは、立派な武器になったはずだ」低くて無骨な声なのに、なぜか心がなごんだ。

わたしをなぐさめようとしているのだ。このままなぐさめと理解の強靭《きょうじん》な壁にもたれ、安心したい。

理性が彼女を押し留めた。だめよ。何年もかけて自分を守る自制心を培ってきたのだ。この人のまえで取り乱すわけにはいかない――充実した時間を過ごしたかどうかはともかく、ほとんど知りもしない男性のまえで。

「燃え盛っている家に対して、ドライバーはたいして役に立たないわ」淡々と言う。

肩をつかんでいたルークの手が上へ移動し、アイリーンの顔をはさんだ。「ウェブ家で何を見つけたんだ？」

アイリーンはゆっくり息を吐きだし、黒いジーンズの前ポケットに手を入れた。「有力な手がかりにはなりそうにないわ。だからサム・マクファーソンに話さなかったの」

ポケットから鍵を出し、手のひらに載せてルークのまえに差しだす。

彼が顔から手を放し、鍵をつまんだ。

「どこの鍵か心当たりはあるか？」まじまじと鍵を見ている。

アイリーンは首を振った。「いいえ。どこにでもある鍵に見えるわ。そうでしょう？」

「たしかにどこにでもありそうだな。この手の鍵はいろいろな場所で使われている。家、ロッカー、物置、ガレージ」そこで軽く眉をひそめる。「だが、これは高級品だ。合鍵はつくれない。少なくとも、そのへんの鍵屋ではつくれない。どこかに錠前をつけるために、それなりの金を払った人物がいるんだ」

「パメラがいつそれをスイッチ盤の裏に隠したのか、知りようがないわ」アイリーンは言った。「もしかしたら何年もまえに隠したまま、忘れていたのかもしれない」そこであることに思い当たり、くちごもる。「ただ……」

「ただ？」

「その鍵は新しいわ。そう思わない？　まだぴかぴか輝いている。傷がついたり光沢がなくなったりするほど使われていないのよ。それに、スイッチ盤の裏のスペースには薄く埃《ほこり》が積もっていたのに、鍵にはついていない。もし何年もあそこにあったなら、埃がついているはずでしょう？」

「埃のことは確かなのか？　夜だったし、きみは懐中電灯しか持っていなかった」

絶対に間違いないと断言したい。でも彼の主張にも一理あると認めざるをえない。スイッチ盤をはずしたときは、かなり限られた明かりで作業していた。それに、わたしはアドレナリンと不安で神経が高ぶっていた。

「そうね」アイリーンは消えないこわばりを少しでもほぐそうと、右手でうなじをもんだ。

「鍵に埃がついていなかったと断言はできない。もしついていたとしても、ポケットに入れたとき取れてしまったわ」

「どうしてこの鍵をサム・マクファーソンに見せなかったのか、もう一度話してくれ」やけに淡々とした口調でルークが言った。

アイリーンの口元がこわばった。「サムは今夜、いくぶん手加減してくれていたわ。なにしろ過去のことがあるし、ダンズリーの住人の半分は、わたしが外傷後ストレス障害の歩く見本だと思っている。どんな字を書くのかもよく知らないくせにね」ルークの顔に驚きがよぎるのを見て、口を閉ざす。「何？」

「外傷後ストレス障害？」さっきと同じ、感情のこもらない声でくり返す。

「気取った言い方をするとそうなるわ。要は、両親が亡くなったときの状況が原因で、わたしはいわゆる普通ではないと考えている人がここには大勢いるのよ」

「なるほど、普通ね」

「厳密な意味でよ」

「ああ。わかった。続けてくれ」

アイリーンは彼に背を向け、狭いキッチンを出て居間へ向かった。「つまり、わたしが今夜ウェブ家に侵入したとしても、サムに留置場に入れられることはないだろうけれど、パメラのむかしの隠し場所から鍵を取ったと知ったら、彼がどう出るか自信がなかったのよ」

「そんな説明では、とうてい納得できない」

くるりと振り向き、ルークを見つめる。「それはあなたの問題でしょう。わたしには関係ないわ」

「とんでもない。きみはもうぼくにとって大きな問題になってるんだ。どうしてマクファーソンに鍵の話をしなかったんだ？」

「ああ、もう、わかったわよ」一瞬くちごもってから続ける。「なんとなく、サムはパメラの死を捜査しない理由を探している気がするの。鍵を見せても、無視するか処分してしまうんじゃないかと心配だった。いずれにせよ、わたしの手元には二度と戻らない」

意外にも、ルークが考えこんだ顔をした。「驚いたな。マクファーソンが隠蔽《いんぺい》に一役かっていると思っているんだな？」

「その可能性を確かめたいのよ」昂然《こうぜん》と胸を張る。「ウェブ上院議員が捜査を望んでいないのは間違いない。この町の住人の大多数は、喜んでウェブ家のメンバーの意向をくもうとするに決まってる」

「なるほど」ルークがビールを手に取って飲み干した。空の瓶をカウンターに置き、まじまじとアイリーンを見つめてから話しだす。「きみは本当に外傷後ストレス障害なのか?」

「両親が亡くなったあと、しばらく伯母に会いに行かされたカウンセラーはそう診断したわ。そのあと数年にわたって会った複数のセラピストも、同じ診断を下した」

「セラピーに効果はあったのか?」

「多少は」咳払いする。「でも、わたしが理性的に大人の目で事実を見るようにならないかぎり、大きな改善は見こめないというのが衆目の一致するところなの。わたしは、その、それを拒む傾向があるのよ」

「なぜならきみは、自分に降りかかった事実を認められないか、認めようとしないから」ルークの言葉は質問ではなかった。

「父が母を殺したあとで自殺したなんて、とうてい信じられない。それは、わたしが父に関して知っていたことや確信していたことすべてに反しているもの。セラピストたちには、現実を直視しなければ気持ちの整理はつかないと言われたわ」

「きみはなんと返事をしたんだ?」

「わたしの気持ちに整理をつけるものがあるとしたら、それは事実しかないと答えたわ」ため息を漏らす。「いかにも強迫観念にとらわれた社会不適合者が言いそうな台詞に聞こえるでしょうね」

「ああ、だがよくわかる。半年まえ、ぼくも家族に同じ診断を下された」

アイリーンは目をしばたたき、いま聞いたばかりの情報を呑みこもうとした。「そうなの？」

ルークが肩をすくめる。「みんなが間違っているとは言いきれない。最近の自分が少々変なのは間違いない」

冷静な確信がこもる口調に、アイリーンは衝撃を受けた。これまで外傷後ストレス障害について誰かと突っこんだ会話をしたことは一度もない。

「かならずやることがある？」おそるおそる尋ねる。「他人から見たら少し変に見えるのはわかっているけれど、症状が出ないように自分だけで決めたルールみたいなものがある？」

「一晩じゅう明かりをつけておくようなことか？」

アイリーンは怯んだ。「ええ」

「ある」

「ときどき気持ちが落ちこむ？」

「それもある」

「たまに怖い夢を見る？」

「おい、見ないやつなんかいるか？」

「わたしの意見では」穏やかに言う。「〝普通〟と〝あまり普通じゃない〟の境界線は、曖昧になることがあるのよ」

「その点に関しては、完全に、一〇〇パーセント同感だ」アイリーンまでの短い距離を横切り、彼女の目のまえで立ちどまる。「でも、いまここできみにキスするのは、この世でもっとも普通で自然なことのような気がする」

全身がかっと熱くなった。なじみのない激しい感覚に、アイリーンはたじろいだ。彼女は口をひらき、いまの状況は自分にとって普通とはかけ離れたものなのだと言おうとした。けれど、限られた語彙《ごい》でそれ以上の会話を続ける余裕はなかった。なぜならすでにルークが唇を重ねてきて、そのとたん、激しく強烈なめくるめく刺激に襲われたからだ。

過度のアドレナリンと緊張ですでに限界に達していた神経の先端に、びりびりと電気が走った。単に興奮しているだけじゃない。無性に彼がほしい。その飢餓《きが》感はかつて経験したことがないほど激しく、抗しがたいほど心躍るものだった。

ルークが唇を重ねたまま切羽詰まったように何かつぶやき、片手をアイリーンの頭のうしろにあてて、キスを深められる角度に頭を固定した。反対の手を彼女の腰にまわし、二人の下半身をぴったり密着させている。ジーンズのデニム越しに彼の感触が伝わってくる——硬く張り詰め、わたしを求めている。

彼の唇が濃密に動き、唇をひらくように促した。はやる気持ちを抑え、アイリーンは拒んだ。軽はずみに親密な触れあいをしたせいで、すきを突かれてしまった。これはいつもじっくり時間をかける、退屈で用心深いわたしのやり方じゃない。

けれど、ルークはフェンシングの名手が剣を使うように舌を使ってきた――挑発的で思わせぶりなすばやい舌の動きに、思わず爪が彼の背中に食いこんだ。彼女は怖くなるどころか、ルークの挑戦を受けて立ちたくなってきた。

勇気を振り絞り、彼の下唇をそっと嚙《か》む。それに応えるように、彼の手がセーターの裾《すそ》からするりと入ってきた。素肌に触れた手はあたたかく、力強い。

全身に稲妻が走り、アイリーンは彼の体に腕をまわしてきつく抱きしめた。生命力と激情がつま先まで駆けめぐる。

ルークの息遣いが荒くなっている。つま先立ちになって耳たぶをそっとくわえると、彼が身震いしたのがわかった。

どうやらわたしは、自分やこれまでベッドをともにした数少ない男たちが思うほど内気ではないらしい。

ルークが顔をあげ、あらんかぎりの意思の力を振り絞るようにして情熱的な抱擁を解いた。

「歩けるうちに帰ったほうがよさそうだ」彼が言った。「これ以上続けたら、朝までここにいることになる」

ストップをかけたのは彼のほうだと気づき、アイリーンは恥ずかしくなった。わたしったら、もう少しで彼を床に押し倒すところだった。

顔が真っ赤になっているのを意識しながら、咳払いする。「おたがいに、ちょっとわれを忘れてしまったようね。きっとアドレナリンが噴出していたせいだわ。そういうことがよくあると、何かで読んだことがある。思いがけない災難に遭って危ない思いをしたあとの、根本的な生存本能とかそういうことよ。生命の躍動を求める原始的な欲求」

「へえ?」彼の口元がゆっくりほころんだ。「そういうものを調べているのか?」

もはや恥ずかしいどころではない。「いいえ、つまり、いまのはいわゆる親密な関係と呼べるものではないと言いたかっただけ。わたしたち、おたがいに相手のことをほとんど知らないもの」

「さっきぼくが言った、充実した時間のことを忘れてるぞ」

体の重心がおかしい。どういうわけか、まえに倒れてまっすぐ彼の腕のなかへ戻ろうとしてしまう。その衝動をはねのけようと、彼女はだしぬけにソファの肘掛けに腰を落として脚を組み、冷静で世慣れた人間に見えるように強がって見せた。キスしただけよ。取り乱すようなことじゃない。

必死で冷静沈着を装ってつんと上を向く。「話題を変えたほうがよさそうね、違う?」

「きみがそうしたいなら」

「そのほうがいいわ。おたがいに、朝になったらちょっと気まずい思いをするに決まっているもの」

ルークがちらりと腕時計を見た。「安心しろ。もう五時近いが、ぼくはこれっぽっちも気まずい思いはしていない」

「あなたには睡眠が必要よ。わたしにも」

「眠れるとは思えない」ことさら心配しているようには聞こえない口調で答え、玄関へ向かう。「こんな質問をしたらあとで後悔するのはわかっているが、これ以上深夜の予想外な事件は避けたい。ウェブの屋敷が燃え落ちたいま、きみはどうするつもりなんだ?」

その質問に、アイリーンの動きがぴたりととまった。

「わからない」正直に答える。「とりあえず、パメラがあの家の管理を任せていた人を突きとめるつもりよ。彼女が自分で掃除や洗濯をしていたはずがないわ。生まれたときから家政婦のいる暮らしをしてきたんだもの。家政婦なしでどうやって家事を切り盛りするのか、見当もつかなかったはず。それにダンズリーにはほとんど滞在していなかった。あの屋敷に目を光らせている人間が必要だったはずだわ」

ルークがうなずいた。あたかも自分がとっくに出していた結論を言われただけだとでもいうように。

「あきらめる気はないんだな」彼が言った。

「無理よ。いまのままでは」

「だろうな」

彼は本当に理解してくれているのだ。アイリーンは思った。わたしがやっていることが賢明かどうかには大いに疑問を持っているが、理解はしてくれている。

「おやすみ」ルークがそう言ってあけた玄関から、冷たい夜の空気が入ってきた。彼はポーチに踏みだしたところで足をとめ、振り返った。「ところで、さっきのきみの説だが。危うく情熱的な熱いセックスをしそうになったのは、おたがいアドレナリンの名残りに駆り立てられて、原始的な生存本能が働いたとかいう心理学用語の羅列だ」

アイリーンはどきっとして身構えた。「それがどうかした？」

「ぼくに言わせれば、あんなのは戯言《たわごと》だ。ぼくはきみがフロントに来て、小さな銀色のベルを鳴らしたときから、きみと寝たいと思っていた」

アイリーンの頭がふたたびまともに動きだすまえに、ルークは暗い外に出てドアを閉めていた。

17

「家を全焼させた？」ジェイソンが面食らった声をあげ、その拍子に、自分の皿に移そうとしていたバターの塊がぽちゃんとオレンジジュースに落ちた。「てっきりアイリーンのキャビンへ行ったとばかり思っていたよ。コーンブレッドをお代わりをするか何かしに。なのに

「二人で家を燃やしに行ってたのか？」

「そうじゃない」ルークはできたてのフレンチトースト三枚を自分の皿に載せ、テーブルに運んで腰をおろした。「何者かがウェブの屋敷に火をつけたんだ。アイリーンとぼくは、たまたまそのとき二階のベランダにいただけだ」

「わーお、みんなが聞いたらなんて言うか」フォークでオレンジジュースからバターを取る。「まあ、少なくともぼくがここにいるあいだに、兄さんがデートしたことは報告できるな」

ルークはがぶりとフレンチトーストに噛みついた。「アイリーンはそんなふうに思っていなかったと思う」

でも彼女はお休みのキスをしてくれた——ルークは自分に言い聞かせた。しかも、あれは本格的ですばらしく、最高級で極上のキスだった。そしてぼくは今朝、自分でも認めたくないほど幸せな気分になっている。しかも、あれはあくまでただのキスだ。もし今日彼女にベッドに誘われたらどんな気持ちになるか、考えると頭がくらくらする。

「ルーク？」ジェイソンがフォークを振って指を鳴らした。「もしもし？　聞いてるのかい？　質問に答えてくれよ」

「質問？」

「その放火についてだよ。法的な問題になりそうなのか？　だったら親父さんとゴードンに状況を知らせないと」

「うちの家族や仕事には関係ない。誰もぼくを逮捕しようとはしていない。とりあえず、いまのところは」

「それを聞いて安心したよ」そこでふいに沈鬱な表情になる。「燃えた家の所有者は、ライランド・ウェブ上院議員なんだろう？」

「どうやら上院議員はこの放火を表ざたにしたくないらしい。娘の過剰摂取による死が表ざたになるのを望まなかったようにね。資金調達者や寄付をしてくれそうな人間の気持ちに水を差したくないんだ」

「この火事を隠しておくのは、ちょっとむずかしいんじゃないか？」

「今度マクファーソン署長に会ったときには、最近過剰摂取で死んだばかりの女性の自宅でたまたま起きた放火事件をもみ消すための、完璧に筋がとおる説明が用意されている気がするね」ふたたびフレンチトーストにかぶりつき、もぐもぐ嚙みながらオレンジジュースに手を伸ばす。「もちろん、マクファーソンとウェブはアイリーンを数に入れていない。もしこの放火事件を公にする人間がいるとしたら、それは彼女だ」

「ルーク？」

「え？」

「誤解しないで聞いてほしいんだけど、これ以上アイリーン・ステンソンと関わらないほうがいいんじゃないか？ぼくも彼女のことは好きだよ。アイリーンはこれまで兄さんがつき合った相手とはぜんぜん違う。でも、彼女は兄さんのストレスをふやしているように思えてならないんだ」

ルークは戦場で浮かべていた表情で弟をにらみ、フレンチトーストをかじった。

ジェイソンが咳払いする。「ドクター・ヴァン・ダイクが、兄さんが経験してきた状況を考えると、いまはあまり大きなストレスにさらさないほうがいいと父さんに言ったんだよ」

「ドクター・ヴァン・ダイクなんて、くそくらえだ」

ジェイソンが顔をしかめた。「ぼくはそうは思わないな。たぶん彼女がいつも身につけてる実用一点張りな靴と丈夫そうなツイードのスーツのせいだ。想像力が足りないだけかもしれないけど、こっちには勝ち目がない気がする」

「サンタ・エレナに帰って、ぼくの心配をするのはやめるようにみんなに伝えろ。みんなには誕生パーティで会う」

「アイリーン・ステンソンはどうするんだ？」

「ストレスの原因かもしれないが、少なくとも彼女は実用一点張りの靴もツイードのスーツも身につけていない。それとも、あのヒールの高いブーツと黒いトレンチコートにまだ気づいてないのか？」

ジェイソンがぐるりと目をまわし、小さく肩をすくめた。「ああ、あのブーツね、見たよ。黒いトレンチコートも。小さなムチが似合いそうだと思わないかい？」

「さあね。でも、あの火事の謎に答えを見つけるのが、ぼくの目下の使命になっているんだ」

ルークが新婚カップルのチェックインをしていると、アイリーンが入口の扉をあけてさっそうと――〝さっそうと〟としか言いようがない――ロビーに入ってきた。ちらりとうかがっただけで、彼女の気分はわかった。今朝も黒いセーターに黒いズボン、黒い革のブーツとトレンチコートといういでたちだ。ダンズリーとの戦いに備え、ふたたび戦闘服に身を包んでいる。

彼女は無言でフロントデスクの状況を見て取り、そのままロビーを横切って無料のコーヒーが用意されたテーブルへ向かった。ルークは視界の隅で、さっき自分が並べたコーヒーと一日たったドーナツを品定めしている彼女を見ていた。

いまは宿泊客に面倒をかけられることだけは避けたい。アイリーン・ステンソンだけで手一杯だ。

彼は宿泊カードとペンをぎこちない新郎のまえに押しだした。

「氏名、住所と免許証番号を、アディソン」彼は言った。「いちばん下にフルネームの署名。出発日の欄にイニシャルでサイン」

ミセス・アディソンになりたての新婦が、警戒したように目を丸くした。ルークがカウンターを飛びこえて喉に襲いかかってくるとでも思っているように、すばやく一歩あとずさる。なんだ？　ルークは忍耐を振り絞った。簡単な書類に記入しろと、だんなに言っただけじゃないか。

ミスター・アディソンが喉仏を大きく上下させてごくりと喉を鳴らした。

「あ、はい、わかりました」ペンをつかみ、そそくさと書類に記入する。

ロビーの向こうで、包みからティーバッグを出していたアイリーンが手をとめた。眉をしかめている。ルークは見なかったことにした。

「書きました」いかにもほっとしたように、アディソンがカウンターの上で宿泊カードをすべらせた。

ルークはぞんざいにカードを一瞥《いちべつ》し、すべての欄に記入されていることを確認した。「チェックアウトは一二〇〇《いちにまるまる》だ」

ロビーの向こうでアイリーンがあきれたように目をつぶる。

アディソンはぽかんとしている。「ええと、一二〇〇？」

「時だ。正午」

「わかりました」すかさずアディソンが答える。「ご心配には及びません。午前中に発ちますから」

ルークは壁のフックから鍵を一つ取り、彼に渡した。「十号キャビン。ドアの裏側に内規が書いてある。読め」

アディソンが不安そうに目をぱちくりさせた。「内規？」

「規則だ」必死で忍耐をふりしぼる。「いかなる騒音も禁止。違法な行為禁止。正式に登録していない人物は、何人《なんぴと》たりとも宿泊は許されない、など」

「ああ、なるほど。わかりました」アディソンが何度もうなずいた。「問題ありません。ぼくたち二人だけですから」

「ナイトテーブルの上に、このロッジの節電への協力を求める小さなカードが置いてある。その申し出も規則と捉えてくれ。いいな？」

「はい、わかりました」不安そうな妻にすばやく目を走らせる。「ジャニスもぼくも、環境保護にはとても熱心なんです。そうだよな、ジャニス？」

「ええ」蚊《か》の鳴くような声でジャニスが答えた。

「それは何よりだ」とルーク。「ハネムーン・スイートを満喫してくれ」

アディソンが目をしばたたかせた。「ハネムーン・スイート？」

ミセス・アディソンが驚きの表情を浮かべている。「ハネムーン・スイートに泊まれるの？」

「ああ」ルークは言った。「当然だ。ハネムーンなんだろう？　ハネムーン・スイートに泊まるために、ハネムーンだと言っているわけじゃないんだろう？」

「もちろん違います」ミセス・アディソンが断言した。「今朝結婚したばかりなんです。カービービルの裁判所で」

ミスター・アディソンはこれまで以上に不安そうにしていたが、なんとか踏ん張った。

「あの、ハネムーン・スイートの追加料金はおいくらですか？」

ルークはカウンターにもたれた。「きみたちの？　追加料金はなしだ。もちろん、あらゆる内規を守ればだが」

ロビーの反対側でアイリーンが丸天井を見あげた。

「はい。ありがとうございます」アディソンが妻の手をつかみ、出口へ向かった。「おいで、ジャニス。ハネムーン・スイートに泊まれるぞ」

「カービービルに戻ってみんなに話すのが待ちきれないわ」ジャニスは期待で顔を輝かせている。

そして二人は足早に出て行った。

ルークはカウンターの上で腕を組み、ガラス越しに若いカップルを見つめた。「ハネムーン客は大好きだ」

「むしろ、震えあがらせているように見えたわよ」アイリーンが言った。

「なぜそんな必要がある？　結婚すれば、どうせすぐ恐ろしい思いをするんだ。わざわざぼくが早めるまでもない」

「ここにはあまりリピーターは来なさそうね」

ルークは体の脇に両手を広げた。「ぼくが何を言ったっていうんだ？」

「あなたが何を言ったかじゃないわ。言い方の問題よ。あの青年に、新兵訓練所に入ったばかりの新兵にするような口のきき方をしたりして。彼はハネムーン中なのよ。それに、ここに予約したことから考えて、あのカップルはかなり予算が厳しいに違いないわ」

「かんべんしてくれ。ぼくは二人にキャビンを貸しただけだ」

「ハネムーン・スイートを？　ここにそんなものがあるなんて知らなかったわ」

「うちの経営方針では、ここのキャビンでハネムーンを過ごせば、そのキャビンはハネムーン・スイートとみなされる」

「なるほど、もっともな話ね」

「ぼくもそう考えている」

「そうは言っても、アディソン夫妻にもう少しやさしくしてあげてもよかったんじゃない？」

「書類に記入するように頼んだだけだ」

「ルーク、あなたのせいで、あの二人はすごくおどおどしていたわ」

彼はカウンターを出てコーヒーのお代わりを注ぎに行った。「ロッジ経営の最大の問題は、これのような気がしてきたよ」

「なんのこと?」

「お客さ。行儀が悪くて幼稚で予測がつかない」アディソン夫婦がおんぼろのフォードのピックアップトラックに乗りこみ、十号キャビンへ走り去っていくのを見つめる。「客がいなければ、悪い仕事じゃないんだが」

アイリーンが首を振る。「ジェイソンはどこ?」

「朝食後すぐに発った。昼まえに業者と会う約束があるらしい。きみの今日の予定は?」

「ゆうべ、町に住んでいる知人のサンドラ・ペイスに電話して、ウェブの屋敷を管理している人間を知らないか訊いてみたの。コニー・ワトソンだとわかったわ。わたしがここにいたときに、パメラと父親をずっと世話していた女性と同じ人よ」

「ワトソンと話すのか?」

「ええ」腕時計に目を走らせる。「これから彼女の家へ行くつもり。仕事に出かけるまえにつかまえたいの」

ルークはゆっくり息を吐きだした。「つまり、彼女はきみが行くことを知らないんだな?」

「電話して会いたいと言ったら、断わられるかもしれない。おおかたの住人と同じく、コニーはウェブ家に義理があるもの」

「ぼくも一緒に行く」

「一人でだいじょうぶよ」

「一緒に行くと言ってるんだ」

アイリーンが困った顔をした。「これ以上関わらないほうがいいと思うわ」

「ジェイソンも同じようなことを言っていたよ」

彼女の瞳に翳が落ちた。「そうなの？ そうね、彼の言うとおりだわ。なんといっても、あなたはここに住んでいるんだもの。この町で仕事をしている。もっとも、あなたの仕事のやり方を考えると、どうやって税金を払うだけの利益をあげるつもりなのかわからないけれどね。でもそれはまた別の問題よ。肝心なのは、あなたはこのごたごたに巻きこまれないようにしたほうがいいということ。ウェブ家がからんでいると、ダンズリーではリスクが伴うから」

「リスクが伴う、ね」にやりとする。「なんとなく心当たりがあるな」

「冗談で言ってるんじゃないのよ」アイリーンがまじめな口調で言った。「本当にあなたは関わらないほうがいいと思う。ジェイソンも同じように感じているのよ」

「きみとジェイソンはわかっていないようだが、善意のアドバイスはもう遅すぎる。ぼくはもうどっぷりはまっているんだ、その……」ふいに口を閉ざし、咳払いする。「首までね」

「遅すぎはしないわ」彼女が音をたててカップをテーブルに戻し、その勢いで紅茶が飛び散った。ナプキンをつかんであわてて拭き取る。「あなたは意地を張ってるだけよ」

ありがたいことに、そのとき入口の扉がひらき、アイリーンの非難の言葉をさえぎった。

マキシーンが元気よく入ってきた。

「おはよう」マキシーンがコートを脱いだ。「十号キャビンのまえにトラックがとまっていたわ。新しいお客さん？」

「カービービルから来た新婚カップルだ」とルーク。

「本当？」顔を輝かせている。「わたしがここで働くようになってから、新婚カップルははじめてよね。これって、これまで見過ごしていた新たなビジネスになるんじゃない？」

「ルークは二人をハネムーン・スイートに泊まらせたのよ」とアイリーン。

マキシーンが眉をしかめる。「うちにそんなものはないわ」

「いまはある」ルークは言った。「十号キャビンだ」

マキシーンが張りきったようににっこりした。「いい考えがあるわ。無料サービスのものを入れた小さなバスケットを届けるの」

「ぼくならドーナツはやめておくね」ルークは言った。

18

網戸の向こうから、大柄でがっしりしたコニー・ワトソンが疑り深い目でにらんでいた。

仕事で荒れた手に、ふきんを持っている。顔の表情から態度にいたるまであらゆるものが、とうのむかしに人生に何も望まなくなったことを示していた。

「あんたのことは覚えてるわ、アイリーン」そう言って、いらだたしそうな視線をルークに走らせる。「あんたのことも知ってる、ミスター・ダナー。なんの用？」

簡単にはいきそうもないと、アイリーンは思った。今朝の勘は正しかった。まえもって電話をしていたら、コニーは留守にする言い訳を見つけていたに違いない。

「パメラについて、いくつかお訊きしたいんです」彼女は精一杯穏やかで冷静な声で切りだした。「わたしはむかし、彼女の友だちでした。覚えていらっしゃいますか？」

「もちろん覚えてるわよ」ふきんで手を拭く。網戸をあける気配はない。「パメラを見つけたのは、あんたたちなんですってね。ウェブの屋敷を燃やしたのもあんたたちだと聞いたわ」

「何者かが火をつけたんだ」ルークが言った。「ぼくたちはたまたま近くにいただけだ」

「みんなはそうは言ってないけど」コニーがつぶやく。

「本当です」アイリーンは言った。「わたしが家を燃やすような人間だと、本気で思います？」

「あんたはパメラの死について、少々妙な反応をしているそうじゃないか。病的な執着とか、そんなようなものを抱いてるって噂だよ」

ルークが網戸越しにコニーを見つめた。「誰がそんなことを？」

彼女はびくりとし、わずかにあとずさった。そしてすばやく手を伸ばし、網戸に鍵をかけた。「誰でもいいでしょう。町の噂を耳にしただけよ」

アイリーンはルークに渋い顔を向け、よけいな口をきかないように無言で合図した。彼にはたしかに命令したり他人をおじけづかせたりする才能があるが、いまはコニーの協力が必要なのだ。

ルークが目を丸くしてかすかに肩をすくめ、わかったと伝えてきた。

アイリーンはコニーに向き直った。「亡くなる少しまえ、パメラはわたしにメールをよこして、ダンズリーで会いたいと言ってきたんです。彼女が何を話すつもりだったか、心当たりはありませんか？」

「いいや」

「何かに悩んでいたり、動揺しているようすはありました？」

「いいや」

「亡くなった日に、彼女に会いました？」

「いいや」

うまくいかない。アイリーンはルークが自分を見つめ、彼が得意とする、もっと不躾《ぶしつけ》な質問方式を取る許可が出るのを待ちかまえているのがわかった。彼女は記憶をたどり、別の角度から攻める方法をさぐった。

「コニー、ウェブ家に義理を感じているのはわかるし、それはもっともだと思います。でも、わたしの家族にも恩義があるんじゃないですか?」

ふきんを握るコニーの手に力が入った。さらに一歩あとずさる。「あんたの父親には恩義があるかもしれないけれど、もうこの世にいない。神さまのところだよ」

「死ですべての借りが消えるわけではありません」アイリーンは穏やかに言った。「父は亡くなりましたが、わたしは生きています。父の思い出のよしみで、パメラのダンズリーでの最期の日々について、どんなことでもいいから教えていただけませんか?」

コニーの顔から険しさが消えた。あきらめたように大きく息をつく。「あたしから聞いたって、絶対彼に言わないでおくれよ」

「マクファーソン署長に?」ルークが訊く。

コニーがあわてたように目をしばたたいた。「署長に話すのもだめ。きっとすぐに――」そこでぴたりと口をつぐむ。「なんでもない」アイリーンに視線を戻す。「いいかい? あたしはほんとに何も知らないんだ。嘘じゃない」

「知っていることだけ教えてください」

「そうだね、遺体で見つかる四日まえ、パメラから家の準備をしておいてほしいと電話があった。別に不自然なことじゃない。しょっちゅう来ていたわけじゃないけど、こっちへ来るときはあたしに電話をよこして、冷蔵庫に食べ物を入れたりベッドのシーツを交換するようなことを頼んできてたから」

「こちらへ来たあとのパメラに会いました？」

コニーがきっぱり首を振った。「いいや。さっきも話したとおり、あたしは準備を終えたあと屋敷を出た。翌日、誰かが町で彼女の車を見かけたらしい。その二日後に亡くなった。あたしが知っているのは、それだけだよ」

アイリーンは安心させるように微笑んで見せた。「冷蔵庫に入れるように頼まれた食べ物の量は、二人分以上でしたか？」

コニーが眉をひそめた。「いいや」

「じゃあ、誰かが訪ねてくる予定はなかったんですね？」

コニーが首を振る。「たぶんね。都会の気取った知り合いを呼ぶつもりなら、オードブル用のクラッカーやチーズのほかに、お酒もたっぷり用意しておくように念を押したはずだからね」

アイリーンはぎくりとした。「お酒を買うように頼まれなかったんですか？」

「今回は頼まれなかった」

ルークが壁に片手をついた。「ぼくたちが見つけたとき、横にあるテーブルにマティーニグラスと空のピッチャーがあった」

コニーが曖昧《あいまい》に片手を振る。「その話は聞いたよ。あたしはパメラがどこでその酒を手に入れたか知らない。普段はあたしに買いに行かせてた。もちろんワインは別だけどね」

「ワイン？」ルークが慎重にくり返す。

「ワインにはうるさかったんだ。いつも自分で買っていた。でも強い酒は、〈ダンズリー・マーケット〉のジョーと段取りをつけてたんだよ。ジョーはパメラの好みを心得ていて、彼女のためにキープしてた」そこで肩をすくめる。「今回マティーニの材料は、きっと都会から持ってきたんじゃないかね」

「お酒は長持ちするわ」とアイリーン。「最後にここへきたときのお酒が、何本か残っていたのかもしれない」

「それはないね」コニーの返事には確信がこもっていた。「パメラは決してあの屋敷に酒を置いたままにしなかった。ここの人間ならみんな知ってる。そんなことをしたら、湖沿いのティーンエイジャーが盗みに入るのは目に見えてるってパメラはいつも言っていた。酔っ払い運転をしてレイクフロント・ドライブから車ごと湖に突っこんだ子どもの責任をとりたくないってね。父親のイメージに傷がつくと言っていた」

「食べ物はどれぐらい買ったんですか？」

「どれくらい？」両手でふきんをひねくりまわしている。

「二日分ぐらい？　週末を過ごせる程度？」

「ああ、食べ物ね」ふきんを持つ手からわずかに力が抜ける。「そういえば、あれはちょっと変だったね。あたしに電話をしてきたとき、一週間ぐらいもつ量のミルクとシリアルとサラダの材料を買っておくように言われた」

「それのどこが変なんですか？」

「いつもは週末滞在するだけだったんだ。長くても三日。最後にまるまる一週間いたのがいつだったか、思いだせないくらいだよ。それに、一人というのも変だった。ここへ来るときは、いつも男と一緒だったからね」

「いつも？」アイリーンは慎重にくり返した。

コニーが顔をしかめた。「ティーンエイジャーのころのパメラを覚えているだろう？　彼女のまわりには、いつも蜜にむらがるミツバチみたいに男の子たちが集まっていたじゃないか」

「ええ」

「決して変わらないものというのがあるんだよ。パメラの近くには、かならず男がいたんだ」

アイリーンはピンクと白のベッドルームを思い浮かべた。「彼らはどこで寝ていたの？」

コニーが面食らった顔をした。「もちろんあの屋敷だよ。ほかにどこで寝るんだい？」

「あの屋敷のどの寝室で、という意味です」

「パメラはいつも主寝室を使っていた。あそこにはベランダがついていて、湖を見晴らせるからね。友だちは予備の寝室を使っていた。二階と一階に一部屋ずつあるんだ」

「自分の寝室に友だちを泊めたことはなかったの？　自分が子どものころ使っていた部屋に」

「まさか」とコニー。「あの部屋は誰にも使わせなかった」

「どうしてか、訊いたことはあります？」

「いいや」そこでちょっとくちごもる。「あの部屋に関しては、パメラはちょっと変だったんだ。むかしのままにしておくことに、とてもこだわっていた。家具一つ動かすことも許さなかった。きっと感傷的になっていたんだろうね」

「ありがとう、コニー」アイリーンは戸口からしりぞいた。「お時間を取ってごめんなさい。質問に答えてくれて、どうもありがとう」

「もういいのかい？」かすかに声が明るくなっている。

「ええ」

「じゃあ、これで貸し借りなしだね？　あたしとあんたの家族とは」

「ええ」アイリーンは言った。「借りはすべて返していただいたわ」

「借金がどれもこんなふうに返せたら、どんなに楽だろうね」コニーがつぶやき、ドアを閉めようとした。だがぎりぎりのところで手をとめ、閉じかけたドアのすきまからアイリーンを見つめた。声を潜めて言う。「用心しなよ、いいね？　パメラのことをあれこれ聞きまわるのを、快く思っていない人もいるんだ」

「もう少し具体的に言っていただけますか？」とアイリーン。

「あんたにはむかしから好意を持っているんだよ、アイリーン。そして、みんなが噂している外傷後ストレス障害のことも気の毒に思ってる。それに、あんたのお父さんが息子にしてくれたことには心から感謝してるんだ。ウェインはここ数年、まじめに働いている。数年まえに結婚して、こぢんまりした家庭を築いてるんだ」

「それはよかったですね、コニー」

「さっきも言ったように、とても感謝している。でも、あんたが当分ここへ戻ってこなければどんなによかっただろうと思うよ」

重苦しい雰囲気を残し、ドアがぴたりと閉ざされた。

アイリーンはルークと並んでSUVへ戻った。車に乗るまで、どちらも無言だった。

アイリーンはショルダーバッグからメモ帳を出した。「オーケイ、わかったことをまとめるわね。パメラは一週間分の食べ物を用意させ、強いお酒は頼まなかったのに、死因はマティーニと薬の過剰摂取とされている」

ルークが車を発進させ、コニー・ワトソンの小さな家のまえの細い通りを走りだした。

「食べ物の量から考えて、彼女に自殺の意思はなかったようだな」彼が言った。「だが、うっかり過剰摂取した可能性はある」

「そうね」ペン先でメモ帳をたたく。「わたしがいちばん気になるのはお酒よ。たしかに今回はパメラが自分で持ってきたのかもしれないけれど、これまではずっとお酒もほかの買い物と一緒にコニーに頼んでいたのなら、なぜ長年のやり方を変えたの？」

「もっともな質問だ」ルークが認める。「でも、ぼくは男のことが気にかかる」

「男？」

「パメラのまわりには、いつも男がいたとコニーが言っていた」

「でも今回はいなかった」アイリーンはゆっくりつぶやいた。

「少なくとも、コニーが知るかぎり」

アイリーンはその点をじっくり考えてみた。「むかしパメラは、男性をアクセサリーだと思っていたわ。外出したりパーティへ行くとき身につけられるように、いつも一つか二つ手元に置いていた。もしその点は何も変わっていなかったと言ったコニーの話が正しければ、亡くなったときパメラには急な連絡に応えられる男性がどこかにいたのよ」

「その男を見つけられれば、人生最期の日々にパメラが何を考えていたかわかるかもしれない」

アイリーンは微笑んだ。「見事な思考の流れだわ、ダナー」

「それはどうも。頭の中身をほめられるのは、いつでも歓迎だ」ちらりとアイリーンを見る。

「きみのお父さんはコニー・ワトソンの息子に何をしたんだ？」

アイリーンは湖の水面で躍る日差しと影を見つめた。「ウェイン・ワトソンは高校を卒業した次の年、法律的な問題を起こしたの。結局服役することになった。出所したとき、このあたりに彼を雇いたがる者はいなかった。父はカービービルの建築業者にかけあって、彼を雇うように頼んだの。どうやらうまくいったようね」

19

定期的に行なっているオイル交換と点検をしてもらうために、はじめてSUVを〈カーペンター修理工場〉に持ちこんだときから、ルークはその場所が気に入っていた。この世には、美術館や画廊を歩きまわるのを好む人間がいる。ルークはこの修理工場のように、効率的かつ機能的で整然と整った施設に喜びを感じた。フィル・カーペンターは、掃除と整頓と几帳面さの重要性を心得ている。

ルークは戸口を入ったところで足をとめ、明るく照明に照らされたきれいな室内に敬意を表した。コンクリートの床は直《じか》に食べ物を置けそうなほど清潔だ。使われていない工具や器材が、すべてしかるべき場所に収納されていた。ステンレスは銀のように輝いている。社名のロゴが入る清潔な制服を着た男が二人、車両用エレベーターでもちあげたピックアップトラックの下で作業していた。彼らの部屋もきれいに掃除が行き届いているのだろう。個人的な経験から、ルークにはそれがわかっていた。いつも買い置きの洗剤とペーパータオルがたっぷりストックしてあるに違いない。

彼は工場の突き当たりにあるオフィスへ歩きだした。

モップを巧みに操っていた目の落ち窪《くぼ》んだやせこけた男が、通りかかった彼に会釈した。

ルークは会釈を返した。

「元気かい、タッカー?」

「おかげさまで、ミスター・ダナー」

タッカー・ミルズのげっそりやつれた顔は、年齢の判断がつかない。三十歳から六十歳のあいだのいくつであってもおかしくない。艶《つや》のない長い髪はまばらで薄く、灰色になりかけている。ダンズリー社会の序列の最下位もしくはその近くに位置し、町のゴミ捨て場を賢く利用することと、雑用を請け負うことでなんとかしのいでいる。ロッジの悩みの種である無数のメンテナンスや庭仕事となると、彼がきわめて貴重な存在であることにルークは気づいていた。

タッカーは無心に作業台の下にモップをかけている。彼は親しさや会話を求めてはいない。タッカーを雇いたかったら、丁寧な言葉で簡潔にこちらの希望を伝え、そのあとは手間賃を払うときまで放っておくことだ。彼は小切手もクレジットカードも受けつけない。ルークが知るかぎり、タッカーは銀行とも国税局ともいっさい正式な関係を結んでいない。扱うのは現金と物々交換のみだ。

ルークはオフィスに入った。フィル・カーペンターがデスクで分厚いカタログを几帳面にめくっていた。蛍光灯を浴びた剃《そ》りあげた頭が、太陽のようにきらきら輝いている。

フィルはれんがのような体格をしているが、義足をつけているわりには驚くほどのすばやさと敏捷《びんしょう》性を備えている。修理工場のロゴがついた清潔な長袖の制服の下に、海兵隊のエンブレムである地球と錨《いかり》の刺青《いれずみ》があるのをルークは知っていた。左脚を失ったのは、地雷のせいだ。自分とは別の戦争で――ルークは思った。だが今朝コニー・ワトソンが卓見したように、この世には決して変わらないものがある。

「ダナー」フィルがカタログを閉じ、好奇心と嬉しさが半々の顔で背もたれにもたれた。椅子を示す。「座ってくれ。あんたが来るとは思っていなかったよ。噂では、このところ忙しそうじゃないか」

「たしかに暇ではないな」ルークは腰をおろした。「景気はどうだい？」

「まずまずだ。ロッジのほうはどうなんだ？」

「アイリーンにも今朝言ったんだが、客の相手をせずにすめば、ずっと楽しかったと思う」

フィルがわけ知り顔で目を細めた。「自分は客商売に向いていないかもしれないと思ったことはあるか？」

「最近よくその質問をされる」

「なら、おれまで訊くことはないな」コーヒーが入ったガラスポットを手に取り、傷一つない白いマグカップに中身を注ぐ。そしてそのカップをルークのまえにある小さなナプキンの上に置いた。「何か折り入った話でもあるのか？」

「訊きたいことがあるんだ。それにはこの町でここがおそらく最適だと思った」

「たしかに」背もたれにもたれ、頭のうしろで両手の指を組む。「〈カーペンター修理工場〉は世界の中心みたいなものだからな」そこで眉をあげる。「あんたの知りたい情報は、新しい女友だちと関係があるのか？」

ルークはつかのま考えてから答えた。「みんなはアイリーンをそう呼んでいるのか？ぼくの新しい女友だちと？」

「礼儀正しい連中はそう呼びはじめている。それにダンズリーに住むようになってからこの五カ月、あんたにはまったく女の影がなかったから、よけいアイリーンに対する関心が高まっているんだ」

「そうなのか？」

「あんたは女に関心がないんじゃないかという憶測が広まっていた」

「なるほどね」ルークはコーヒーに口をつけた。これまで〈カーペンター修理工場〉で出されたものと同じく、おいしい。

「だがその根拠のない推測は、あんたとアイリーン・ステンソンが楽しんでいると思われる、一風変わったデートに関するもっと突っこんだ議論に変化している」

「一風変わったデート?」

「意外に思うかもしれないが、この町では夜一緒に出かけたカップルが、死体を見つけたり火事に巻きこまれて危うく焼け死にそうになるのはきわめてまれなんだ。ここでは結婚の意思がないカップルは、もっとありきたりなロマンスを求める。車の後部座席でセックスするようなことを」

「わかったよ。アドバイスに感謝する。もう少し普通に見えるように頑張ってみよう」

フィルが肩をすくめた。「おれたちみたいな人間には、普通でいるのがむずかしいことがある」

「そうだな」磨きあげたデスクにリング型の水のあとを残さないように、小さな紙ナプキンの上にカップを置く。「さしあたってここの常連客には、アイリーンに関して無礼な発言をする者がいたら、ぼくがひどく気分を害するはずだと言っておいてくれ」

フィルがまじめな顔でうなずいた。「わかった」コーヒーを飲んでカップをおろす。「それで、何を訊きたいんだ?」

「アイリーンは十代のころ、パメラ・ウェブと知り合いだった」

「たしかひと夏のあいだ親しくしていたはずだが、それだけだ」とフィル。「アイリーンの両親が亡くなったのと同じ夏だ」

「その夏以降、アイリーンとパメラは会うこともしゃべることもなかった。なのにどういうわけかパメラは数日まえアイリーンにメールをよこし、ダンズリーで会いたいと言ってきた。大事な話があるような文面だったらしい。二人がつくった昔の暗号まで使っていたんだ。それらすべてを考え合わせた結果、アイリーンはパメラの死が自殺でも事故でもない可能性があると考えている」

「アイリーンがそう思っていることは聞いている」フィルが言った。「あんたはどう思ってるんだ？」

「ゆうべ何者かがウェブの屋敷に火をつけたのを見て、アイリーンの説は一考に値すると考えているとだけ言っておく」

「サム・マクファーソンは、例の放火はならず者の仕業だと考えている。泥棒と悪党の巣窟《そうくつ》として知られるカービービルの人間だろうと」

「動機は？」

フィルが頭のうしろで組んでいた手を両側にひろげた。「それが放火という犯罪の謎だろう？　放火犯は頭がおかしいんだ。連中に動機が必要ないことはみんな知っている」

「便利な説だな、もしそれが事実なら」

フィルがまじまじとルークを見つめた。「犯人を見なかったのか?」

ルークは首を振った。「黒い人影を見ただけだ。家に火がまわらないうちに、アイリーンをベランダからおろすので手一杯だったんでね。犯人がボートで逃げたことしかわからない」口元がひきつる。「ぼくは犯人はてっきり車で来たものと思いこんで、みすみす逃がしてしまったんだ。こちらが通りに向かっているあいだに、犯人は反対の湖へ逃げていた」

「自分を責めるな。そういう状況では選択せざるをえない」

「ドジを婉曲に言うとそうなる」

「ドジを踏むこともあるさ」

ルークは脚をまえに伸ばした。「話を戻すが、ここへは、パメラの最新の恋人についてなにか知らないか訊くために来たんだ」

「最新の恋人?」

「一人でダンズリーに来るなんて、どう見ても彼女の流儀に反する」

「たしかに」フィルが答え、わずかに眉間に皺《しわ》を寄せた。「だが、今回は流儀を破ったようだな。今回彼女が男友だちを連れてきたという噂は聞いていない」

「連れてきていたら、耳に入っていると思うか?」

「パメラが来ると、町じゅうの噂になる。彼女はウェブ家の人間で、ウェブ一族の行動はつねに住人の関心の的になる」

「今回友人を連れてこなかったのは、すでにここに一人確保していたからだとは考えられないか?」

フィルが鼻先で一笑に付した。「おれに言わせれば、パメラ・ウェブが求める高尚な趣味と教養の基準を満たす男は、ダンズリーに一人もいないと思うね。もちろん、いまここにいる人間は別だが」

「当然だ」

「だが、教養ある上品なおれたちのどちらも彼女とデートをしていないとなると、地元の誰かと彼女が遊んでいたとは考えにくい。間違いない、もし彼女がこのあたりの人間といちゃついていたら、あっと言う間に噂が広がったはずだ」

「そういうこともあるかと思っただけだ」

「もう一つある」しっかりルークの目を見つめながらフィルが言った。「あんたとアイリーンは、一族のつながりによってこの町全体を意のままにできるも同然の、アメリカ上院議員を敵にまわしているんだぞ」

「それは一度ならず頭をよぎったよ」

「はっきり言っておくが、この町の住人全員がウェブの言いなりになるわけじゃない」フィルが静かに告げた。「助けが必要なときは、遠慮なく連絡してくれ」

ルークは立ちあがった。「ありがとう」

「つねに誠実・忠実であれ《センパーファイ》」
「センパーファイ」

20

町から四〇〇メートル離れたあたりで、ＳＵＶのバックミラーにサム・マクファーソンのパトカーが現われ、急速に近づいてきた。思いがけない偶然ではなさそうだったが、ルークはサムが何度かパッシングするのを待ってから路肩に寄って停車した。

じっとバックミラーから目を離さず、近づいてくるサムの姿を見つめる。鏡に映る物体は実物より小さく見えるものだ。だが、だから厄介なことにならないとはかぎらない。

相手が運転席の横までやってくると、彼は窓をあけた。

「スピード違反はしていないはずだが」

サムがＳＵＶの側面に手を置いた。「修理工場を出るところを見かけたんでね。二人で話すいい機会だと思ったんだ」

「アイリーンがいないところで、という意味か？」

サムが大きくため息をついた。「あんたはこの町に来てまだ間もない、ダナー。アイリーン・ステンソンの過去について、少し話しておいたほうがいいと思った」

「たとえば？」

「たとえば、彼女はむかしからおとなしいタイプだった。内気というほどではないが、とてもまじめで、異性より本に関心があるようだった。とても礼儀正しく、一度も問題を起こしたことはなかった」

「パメラと違って。そういうことだな？」

「誤解しないでもらいたいんだが、わたしはパメラを嫌ってはいなかった。気の毒に思っていた。だが、ティーンエイジャーになったころから無軌道な行動をするようになった。わずか五歳で母親を亡くしたうえ、父親はいつも次の選挙のことで頭がいっぱいで、娘に目を配る余裕がなかったんだ。パメラには問題があり、それに疑いの余地はなかった。あの夏、どうしてアイリーンの両親が娘を彼女と出歩かせるのか、わたしには理解できなかった。悪い影響を受けるに決まっている」

「何が言いたいんだ、サム？」

「それをこれから言おうとしてるんだ。アイリーンは不良ではなかった。空いた時間を図書館で過ごす、おとなしい少女だったんだ。父親が錯乱してあんなことをした夜、彼女は粉ごなに砕け散ってしまった。ああいうことから完全に立ち直れる人間はいない。だがアイリーンのように素直で無垢で世間知らずの少女にとっては、よけいにこたえたに違いない」

「彼女には問題があると言いたいんだな」

「十五歳で彼女のような経験をしたら、誰だって問題を抱える。あの晩、最初に通報に答えたのはわたしだったんだ」湖のほうへ目を向ける。「キッチンに入っていくと、彼女が部屋の真ん中に立っていて、大きく見開いた怯えた目でわたしを見た。かわいそうに、あの子は両親に心肺蘇生を施そうとしていたんだ。そんなことをしても無駄だった。二人とも、即死だったに違いない」

「エリザベス・ステンソンはどこを撃たれていたんだ?」

「頭と胸だ」サムの口元がこわばった。「処刑されたように」

「ヒュー・ステンソンは?」

「女房を撃ったあと、自分の頭を撃っていた」

「頭の横を?」

「わたしが見たかぎりでは、そうだ」

ルークは考えをめぐらせた。「銃口をくわえたんじゃないのか?」

サムが彼に向き直る。「なんだって?」

「銃に多少心得がある人間が自殺を決意すると、たいがいは口に銃を入れて発砲する。そのほうが、死に損ねたり植物状態になる可能性が低い」

サムが車から手を放し、体を起こした。「正直に話してほしいか? 細かいことまで覚えていないんだ。わたしは震えあがってしまった。二十三歳で、あんなものを見るのははじめてだった。ボブ・ソーンヒルが到着してアイリーンを彼の車に乗せたあと、木立に入ってもどした」

「警察の調書は誰が書いた？」

サムの動きがぴたりととまった。「ボブ・ソーンヒルだ。彼は署で二番めの地位にあった。しばらく署長の仕事を引き継いでいた」

「ソーンヒルはどうなった？」

「半年後に亡くなった。奥さんを追うように。心臓麻痺《まひ》だ。車ごと湖に突っこんだ」

「そして突然あんたがダンズリー警察の新署長になった」

「署員はわたししか残っていなかった」

「ステンソンの調書を読みたい」

サムが唇を引き結んだ。「無理だ」

「情報公開法にのっとって公開申請をしてほしいのか？」

サムがため息をつく。「見せられないのは、調書がないからだ」

「どうなった？」

サムの顔が赤くなる。「問題のファイルは、ほかの多くのファイルと一緒に、しばらく署で雇っていた臨時秘書がうっかり廃棄してしまったんだ」

「噓をつくな」

「本当だ。署長の仕事を引き継いだソーンヒルが最初にやったのは、短期で誰かを雇って古いファイルを整理させることだった。その女がへまをしたんだ。そういうこともある」ルークは小さく口笛を漏らした。「アイリーンが陰謀説を唱えるのも無理はないな。彼女にはそれを裏づける情報が山ほどある。事件調書はない。父親のあとを継いだ署長は半年後に都合よく死亡し――」

「ボブ・ソーンヒルを巻きこむな。彼は長年不運に苦しんだ善良な男にすぎない。奥さんが癌《がん》で亡くなるまで一年間看病し、そのあと運転中に心臓麻痺を起こして湖に落ちて溺死《できし》したんだ」

「たいした偶然だな、え?」

「いいか、ダナー」穏やかに言う。「アイリーンのおかしな陰謀説をあおるようなまねはするな。噂によると、彼女は戦争に行った兵士がかかるストレスなんとかにかかっているらしい」

「どこで聞いた?」

「このあたりでは秘密でもなんでもない」とサム。「とにかく、彼女の妄想をたきつけるのはやめろ。そんなことをしたら、彼女を本当に厄介な立場に追いこむはめになるかもしれないぞ」

「どういう意味だ?」

サムがくちごもった。「ウェブ上院議員に火事の報告をしたら、まず最初に、火をつけたのはアイリーンだと思うかと訊かれたんだ」

まずい兆候だ——ルークは思った。

「否定したんだろう?」冷静に尋ねる。

「まだ容疑者はいないと答えた。だがここだけの話、パメラの遺体を発見したあとアイリーンは自制を失ったんじゃないかと上院議員は考えている。病的な執着によって、彼女が屋敷に火をつけたとウェブは思っているんだ」

「状況に関するアイリーンの供述はぼくが裏づけた」

「おまえが現場にいたことも、何を見たかも上院議員には話してある」とサム。「問題は、このあたりの住人の多くと同じように、上院議員がおまえはアイリーンと深い仲だと考えていることだ。彼の理論でいくと、おまえは信頼できる証人とは言えない。それに、おまえが新参者である点も彼は指摘していた。おまえをよく知る人間は一人もいないんだ」

「焼け落ちた屋敷を、上院議員はどうするつもりなんだ?」

サムの表情がこわばった。「彼はいま、娘の埋葬の準備をしているところなんだ。これ以上のトラブルは望んでいない。すべて内密に終わらせたいと考えている」

「間違いなくそうなるように、あんたを利用しているようだな」

サムの顔が怒りで赤くなる。「どういう意味だ、ダナー？」

「あんたの仕事は、ウェブ上院議員のために、すべてを内密に終わらせることじゃないだろうと言ってるんだ」

ルークはSUVを出し、ロッジへ続く通りを走りだした。

21

彼らは豊かな香りが漂うひんやりした赤ワインの醸造セラーにいた。カリフォルニアの大手ワイナリーの多くは、赤ワインに現代的なスチール製の発酵タンクを使用しているが、〈エレナ・クリーク・ヴィンヤード〉は創業当初からふんだんにオークを用いている。ヨーロッパから輸入されたオークはカベルネだけでなく、セラーの空気そのものにも独特の個性を与えていた。

ジェイソンは深く息を吸いこんだ。洞窟のようなこの場所へ来ると、いつもそうせずにはいられない。この場所は大好きだ。大きなタンクから、謎めいた発酵過程で生まれるえもいわれぬ香りにいたるまで、すべてが好きでたまらない。

「彼、落ちこんでいた？」心配そうにケイティが訊いた。

「相手はルークだぞ」ジェイソンは念を押した。「落ちこんでいたとしても、表に出すはずがない。兄さんほど感情を上手に隠す人間はいないからね。でも、落ちこんでいるようには見えなかった。むしろヴェンタナ湖ではかなり楽しくやっているようだった」

ケイティの目が丸くなる。「楽しくやっている?」

ジェイソンはにやりとした。「まあね」

ハケットが腕を組み、発酵タンクによりかかった。「どうして楽しめるんだ? 女性の遺体を発見したうえ、火事に巻きこまれて危うく焼け死にそうになったんだろう?」

「ああ、でもルークのことだからね」とジェイソン。「楽しいと思うツボがちょっと変わってるのさ」

「あらゆることでな」ハケットが沈鬱《ちんうつ》に言う。「親父さんはいい顔をしないぞ。母さんも」

「うちのお父さんもよ」ケイティがこめかみをもんだ。「みんなルークを心配しているもの」

「ルークがおんぼろロッジでまずいワインを飲みながら、日がな一日湖を見つめてだらだら過ごしてるわけじゃないと知ったら、みんなも安心するんじゃないかな」ジェイソンはなんとか理屈をつけようとした。「それに、兄さんには新しい女友だちができたんだ。それを聞けば、きっとみんな安心するさ」

ケイティが大いに好奇心を引かれたように彼を見た。「もう深い関係になっていると思う?」

ジェイソンはハケットも興味津々で自分を見つめていることに気づいた。

「どうなんだ？」ハケットが問い詰める。

「それはまだだと思う」ジェイソンは正直に答えた。「アイリーンは二日まえにロッジに来たばかりだ。最初の晩は、二人とも遺体を見つけるので手一杯だったし、二日めの晩には放火が起きた。あっちは少々ばたばたしてるんだよ」

「そしてすごくストレスが多そうね」ケイティがため息を漏らす。「ドクター・ヴァン・ダイクは、ルークはあまりストレスにさらされないほうがいいと言っているわ」

「ルークとアイリーンには、恋を語る時間があまりないんじゃないかと言ってるだけだよ」ジェイソンは言った。「でもあの二人のあいだには、絶対何か生まれはじめてる。同じ部屋にいると、火花が散る音が聞こえる気がするぐらいだ」

ハケットとケイティが、そろってジェイソンに不審に満ちた顔を向けた。

「問題は」とハケット。「きちんと火がつくまでその火花が消えないかどうかだ」

「ああ、半年まえ、ルークにちょっと問題があったのはわかってる」ジェイソンは言った。

「でも、ルークはもうそのことを気に病んでいないと思う」

ハケットの口元がこわばった。ちらりとケイティをうかがい、その視線をすばやくそらす。

「ルークがその話を誰かにするとは思えない」

「これは医学的な問題よ」ケイティが断言する。「彼はお医者さんとその話をするべきだわ」

ジェイソンは両手を広げた。「うちの家族は、ルークがちょっと変わってることをわかってないんだ」

ケイティとハケットがふたたび目を見合わせた。今回は、どちらもあきれたように少し目を丸くしている。

この二人はどうなってるんだ？　ジェイソンは不思議に思った。ときどきテレパシーで意思を伝え合っているように見えることがある。でも最近は、気むずかしい二匹の猫のようにじゃれあっていることが多い。いま一緒に笑っているかと思うと、次の瞬間はいらいらと不機嫌になるのだ。古い試飲室の改造計画から、新しいジンファンデルワインのラベルのデザインまで、あらゆることで口論になる。

みんなが一緒に育ったむかしは、こうではなかった。ケイティとハケットはとても仲がよかった。ケイティが高校の卒業パーティ直前にボーイフレンドにふられたとき、彼女をパーティにエスコートしたのはハケットだった。そして大学時代、ハケットの恋人が彼のルームメイトに鞍替《くらが》えしたとき、彼をなぐさめたのはケイティだった。二人には共通点がたくさんある。どちらもサンフランシスコにオペラを観に行くのが好きで、どちらも新しいレストランや競争相手のワインを味見するのが好きだ。

だが半年まえ、二人の関係は一変した。ケイティが短期間ルークと婚約していたことが、二人に妙な変化を与えてしまったらしい。

「オーケイ、ルークが変わってることはみんな知ってるよ」ジェイソンは言った。「でもぼくは、ルークがぼくたちと違うのは、仕事に対する彼の考え方がぼくたちとは違うせいだと言いたいんだ」周囲に林立する大きなタンクを手で示す。「親父さんとゴードンは、ルークにうちの仕事を手伝わせようとするのをあきらめたほうがいいんだ。ルークがうんと言うはずがない」

ケイティが考えこんだ顔をした。「ルークが安定した、地に足がつくようなものを見つけたと確信すれば、お父さんたちも彼の拒絶を受け入れられるんじゃないかしら。彼らが心配してるのは、ルークが落ち着かないからだもの。いずれ、サンフランシスコの街角で小銭をねだるはめになるんじゃないかと心配してるのよ」

「こんなこと言っても無駄かもしれないけれど、ぼくはルークがおかしなまねをするとは断じて思わない」ジェイソンは言った。「誕生パーティに来るから、会えばきっときみにもわかるさ」

「ルークが納得させなきゃならないのは、ぼくたちじゃない」ハケットがつぶやく。「母さんとゴードンと親父さんだ」

「ああ、だとすると、ちょっと厄介かもしれないな」ジェイソンは言った。

22

アイリーンがいちばんむずかしいポーズを取ろうとしていたまさにそのとき、ルークのSUVが私道に入ってくる音がした。その直後、有無をいわさぬ鋭いノックの音が二度聞こえ、彼の機嫌の悪さが伝わってきた。

「どうぞ」V字型のポーズを保ちながらアイリーンは答えた。両手と両足を宙に浮かせ、つま先を天井に向けて尾骶骨《びていこつ》でバランスを取っている。

玄関をあけたルークが彼女を見つめた。「何をやってるんだ?」

「ピラティスよ」手足を下ろして立ちあがる。「二年まえからやってるの。体幹部をきたえるのよ。大勢のダンサーがやっているわ。一晩じゅう明かりをつけっぱなしにする替わりにはならないけれど、アパートを出るたびに、蛇口を締めたか確認するために何度もキッチンのシンクをチェックする必要はなくなった。どんどんひどくなっていたの」

「何かへの執着を別の執着に置き換えたってことか? ああ、そういうことはぼくにも覚えがある」ドアを閉める。「だが悪いことは言わない。ピラティスをしているところをこのあたりの人間に見られないほうがいい。変人というきみのイメージを強めることはない」

たしかに機嫌が悪そうだ。

「ピラティスをやると、頭がはっきりするのよ」

「しばらくダンズリーから離れれば、頭がはっきりすると思う」キッチンへ向かう。「ドライブでもしないか?」

自分のもののように冷蔵庫をあけている。アイリーンはそんな彼の姿を見つめながら、実際、彼のものなのだと思い直した。

「いいわ」慎重に答える。

ルークがミネラルウォーターのボトルを出し、キャップをあけた。「カービービルで夕食を食べよう」

これはロマンチックな誘いじゃない。でも、湖の向こう側で夕食を食べるのは、最近彼と出かけた二度の外出よりはるかに楽しそうだ。

「わかったわ」アイリーンは言った。「でもそのまえに、何があったか話して」

彼がカウンターにもたれた。「五カ月以上、ぼくはダンズリーで模範的な市民だった。スピード違反のチケットを切られたことさえなかった。なのに今日、警察署長がわざわざ警告してきた」

罪悪感と不安が酸のように全身に広がる。「サム・マクファーソンが脅してきたの?」

「もう少し遠まわしな表現だったけれどね。でも、はっきり言えばそういうことだ。こちらの模範的な態度を考えると、正直少々腹が立った」

「ルーク、全部わたしのせいだわ」

「それも」車のキーを軽く上に投げる。「考えなかったわけじゃない」鍵をキャッチし、アイリーンのほうへ歩きだす。

「さあ、さっさと出かけよう」


ダンズリーが遠のくにつれて、自分がリラックスしていくのをアイリーンは感じていた。町に着いてから、どれほど緊張して体をこわばらせていたか、これまで気づかなかった。あたりは急速に暗くなっている。湖はほとんど真っ黒で、どんより曇った空が夜明けまでに雨が降りそうな気配を漂わせていた。アイリーンは大きな車の前部座席で隣りに座っているルークの存在をひしひしと意識していた。

入り組んだ長い湖岸に沿って延びる二車線道路は、気まぐれにくねくねとカーブしている。ルークはきびきびと正確に運転しているが、スピードは出していない。目的地に早く着こうとは思っていないらしい。

「今日アディと話したの」しばらく走ったころ、アイリーンは口をひらいた。「パメラのお葬式を取材しにサンフランシスコへ行く必要はないと言われたわ。式は周到に計画されているに違いないし、突っこんだ質問ができるはずがないから、行っても無駄だって」

「たぶんそのとおりだろう」

アイリーンはルークを見た。「フィル・カーペンターはなんて言ってたの？」

「ぼくたちがコニー・ワトソンから聞いた話に間違いはないそうだ。パメラが最後にダンズリーに来たとき、男と一緒だった形跡はない」

アイリーンは木立からわきでて残りの世界を呑みこんでいく夜闇を見つめた。「パメラが今回はいつものパターンに従わなかったという点では、みんなの意見が一致しているようね。彼女にはダンズリーに来る特別な目的があったけれど、それは自殺することじゃなかったのよ」

「きみに会いにきたんだ」

「そうよ」

ルークが選んだのは、ダンズリーに越してきた直後に偶然見つけたレストランだった。〈カービービル・マリーナ・カフェ〉は、このあたりのたいがいのレストランより少し高級な店だ。イタリアの宮殿を模した雰囲気を、アイリーンが居心地よく思ってくれるといいのだが、と彼は思った。うちとけてくれればもっといい。このあたりにある施設の例にもれず、その店もこの季節は客がまばらだった。ルークは難なく窓際の席を確保した。

アイリーンが腰をおろし、物珍しげにあたりを見わたした。「新しいお店ね。わたしがダンズリーに住んでいたころは、なかったわ」

ルークはメニューを広げた。「一般の意見に反し、変わるものもあるのさ」

アイリーンがにっこりする。「湖のこちら側ではそうかもしれない。でもダンズリーでは違う。少なくともわたしが知るかぎり。あんまり変わっていなくて、怖いくらい」

「ここへはしばらくダンズリーから離れるために来たんだ。別の話をしないか？」

「いい考えね」彼女がメニューに意識を集中した。「エビのソテーとアボカドサラダにするわ」

「ぼくはスパゲティにする。サラダは同じで」

「〈エレナ・クリーク・ヴィンヤード〉のワインがリストにないわ」

「〈レイン・クリーク〉の欄を見てごらん。手ごろな値段の市場向けに〈エレナ・クリーク・ヴィンヤード〉が使っている名前だ」

「その名前なら知ってるわ。〈レイン・クリーク〉なら買えるもの。なかでもソーヴィニヨンブランが好き」

「〈レイン・クリーク〉は弟のハケットのアイデアだったんだ。ハケットは中間層の客を狙いたがっていたが、親父さんとゴードンを説得するのにひどく苦労していた。あの二人は、長年かけて築きあげた高級イメージが気に入っていた。だからハケットは違うブランド名を使うことを思いついたんだ。それでうまくいった」

「違うブランド名を使うことを、あなたはどう思ってるの？」

ルークは肩をすくめた。「ぼくには関係ない。ずっとまえに、一族の仕事には加わらないと決めたんだ。海兵隊を除隊したあと、親父さんとゴードンに説得されて試してみたが、結果は悲惨だった」

二人は若いウェイターに料理を注文した。彼が立ち去ると、テーブルに重苦しい沈黙が落ちた。アイリーンはワイングラスと暗い湖の景色に心を奪われているように見える。話題を変えたのは、大きな間違いだったのだろうか。ルークは思った。ダンズリーの問題を話していないときの自分は、救いようがないほど鈍くて退屈な男だと思われているのだろう。ほかの男といるとき、彼女はどんな話をするのだろう。

「雨が降ってきたみたいだな」何かひらめかないかと、ルークは必死で話題を探した。

「そうね」

もっと探せ。彼女がうわの空になってるぞ。

ルークはパンのかごに手を伸ばし、グリッシーニを一つ取った。

ようやく一つひらめいた。

「明日の夜、親父さんの誕生パーティに顔を出さなきゃならないんだ」彼は言った。「相棒がほしい」

アイリーンがきょとんとした顔をする。「相棒？」

「女性の連れだ」あわてて言い直す。「誕生パーティに行くのに、女性の連れが必要なの？」

「ちょっとした家族の集まりとはわけが違う。サンタ・エレナでは、親父さんの誕生日はビッグイベントなんだ。一帯のワイン製造者全員にくわえ、街からも大勢客がくる。きみが一緒に来てくれたら助かる」

「楽しそうね」とアイリーン。「ぜひ行きたいわ」

ルークは急に心が晴れ晴れした。「ありがとう。明日の午後、車でサンタ・エレナへ行こう。パーティは遅くまで続くから、〈サンタ・エレナ・イン〉に一泊して翌朝ダンズリーに戻ったほうがいいかもしれない」

「一つ質問させて」

「なんだ？」

「どうしてわたしが行くと助かるの？」

ルークは手に持ったワイングラスを少し傾け、どこまで話すか思案した。「この数カ月、家族がぼくを心配しているという話はしただろう」

「ええ」

「きみを連れていけば、みんな安心すると思う」

「ああ」とアイリーン。「そういうことなの。女性とパーティに現われれば、家族はあなたが外傷後ストレス障害を乗り越えて、正常になりつつあると考えると思っているのね」

ルークはワインをひとくち飲み、グラスをおろした。「あいにく、状況はもう少し複雑なんだ」

「これ以上複雑になれるの？」

「以前も話したように、海兵隊を除隊したとき、みんなはぼくを家族の輪に戻そうと必死だった。当然だ。そのときはいい考えに思えた」

「言い換えれば、普通の暮らしに戻るという考えに、あなたも同意したのね。それのどこがいけないの？」

ルークは彼女に目を向けた。「ぼくは海兵隊員なんだぞ。ぼくは考えに同意するだけじゃ気がすまない。一度《ひとたび》普通になろうと決めたら、一〇〇パーセントその使命に集中する。目標を定め、目的を達成するために戦術を練る。それから正確な予定表にのっとって、戦術の遂行に着手するんだ」

アイリーンが顔をしかめた。「あらあら」

「まさに『あらあら』さ。普通になるのは思ったよりむずかしかった。微妙な違いというやつさ」

「どうなったの？」

「しばらくはうまくいっていた」慎重に言う。「進歩もしていたんだ。最初の目標は達成した。家族のビジネスに参加した。もちろんとんでもなく退屈だったが、やることはやった。山ほど会議に出席し、財務リポートを読み、クライアントを接待した。だが、二つめの目標で、ちょっと問題が起きた」

「二つめの目標？」

「普通になるということには、結婚して家族を持つことも含まれると思ったんだ」

彼を見つめるアイリーンの顔からは、なんの表情も読み取れなかった。「ジェイソンから、うまくいかなかった婚約の話を聞いたわ」

「父のパートナーのゴードン・フットには、ケイティという娘がいる。ジェイソンより二つ年上だ。彼女の両親はケイティが十代のとき離婚した。ケイティはたいがい父親と過ごしていたから、結果的にワインビジネスのなかでダナー家の人間に囲まれて育ったようなものだった。いまは広報部で働いている。ぼくとは幼なじみだ」

「彼女にプロポーズしたの？」

「いま思うと、当時はそうするのがきわめて自然に思えたとしか言えない。ケイティも同じ考えのようだった。プロポーズを受けたからね。みんな大喜びだった。だが、何か足りなかった」

「たとえば？」

ルークはもどかしげに手を動かした。「ロマンス。情熱。セックス」

「セックスはなかったの?」

「友情のキスや抱擁はあったが、それだけだ。訓練を受けた戦略的思考をする人間として、ぼくは家族になりすぎているのが問題だと結論を出した。二人だけで過ごす時間が必要だと考えた。ビーチをのんびり散歩したり、ろうそくの光でディナーを食べたりするようなことが。決まりごとがあるだろう」

アイリーンが何やら考えこんだ顔をした。「はっきり言って、わたしはロマンスに決まりごとがあるとは思わないわ」

ルークは彼女の発言を聞き流し、始めたことを終わらせることにした。「ぼくは、人里離れた海岸沿いにあるホテルで週末を過ごそうとケイティを誘った」

「何か問題が起きたの?」

「すぐに、自分たちは大きな間違いを犯していることに気づいた。ケイティも同じ意見だった。ぼくたちは家へ戻り、みんなに婚約を破棄すると伝えた」

「残念な話だけれど、悲惨というほどじゃないわ。何が問題なの?」

「問題は」淡々と言う。「ケイティを含め家族全員が、婚約破棄の原因は、ぼくが寝室での務めを果たせないからだと考えたことだ」

アイリーンがまじまじと彼を見た。ショックと笑いのはざまで引き裂かれているのがありありとわかる。

「まあ」消え入りそうな声で言う。

「外傷後ストレス障害の診断を突きつけられたら、乗り越えられないほどショックを受けると思うかい？　勃起不全のレッテルを貼られてみるといい」

23

煌々《こうこう》と明かりがついたアイリーンのキャビンのまえでルークがSUVを停め、エンジンを切って外へ出た。

車のまえをまわって助手席のドアをあけにくる彼の姿を、アイリーンは目で追った。怖いような期待と馴染みのないときめきで全身が震える。今夜もキスをするつもりなのかしら？わたしったらばかみたい。初めてデートをしているティーンエイジャーじゃあるまいし。でも、これまでデートでこんな気持ちになったことは一度もない。

助手席のドアがひらいた。車からおりようと体勢を整えているうちに、ルークの力強い両手でしっかりと腰をつかまれていた。そのまま楽々と持ちあげられ、ふわりと地面におろされる。

彼が無言でキャビンのフロントポーチへ歩きだした。これからどうなるのか、考えると息が詰まる。ルークがアイリーンから鍵を受け取り、玄関をあけた。

「サンタ・エレナまで車で一時間だ」彼が言った。「モーテルにチェックインしてから、家族に挨拶してパーティのために着替える時間が必要だ。一五〇〇時に発つのでどうだ？」

アイリーンは戸口をくぐり、彼に振り向いた。「実際の時間では何時になるの？」

彼の唇の片端がぴくりと上を向く。「午後三時だ」

アイリーンは腕を組み、一方の肩をドア枠にもたれた。「じつは、もっと早く発たなきゃならないの」

「どうして？」

「買い物をするからよ。新聞社の友だちが服をまとめて送ってくれたけれど、そのなかに夜のパーティに着られるようなよそゆきはないの。お昼ごろ発ちましょう。サンタ・エレナ周辺には、おしゃれな店がたくさんあるでしょうから」

「買い物？」わかったというようにうなずく。「オーケイ、わかった。昼食のあとすぐ発とう。食事の話で思いだしたが、朝食を重要視する人間同士として、明日の朝、一緒にぼく特製のフレンチトーストを食べないか？」

ゆっくり浮かべた彼の微笑はとても魅力的で、アイリーンはキャビンの狭い玄関先で自分が溶けて水溜まりになってしまわないのが不思議なくらいだった。

みぞおちが激しくざわついている。これって朝まで一緒に過ごしたいということ？　もしそうなら、心を決めなければ。いまここで。ああ、どうしよう。まだ心の準備ができていない。早すぎる。

「いいわ」どうやってこの場を切り抜けるか判断がつかないうちに、そう答えている自分の声が聞こえた。「おいしそうだわ」

ルークが満足そうにうなずき、まえに乗りだして軽く唇にキスをした。そしてほとんどすぐに顔をあげた。「ぼくのキャビンで。〇七三〇時。わかりやすく言うと、午前七時半だ」

「説明してもらわなくても、わかったみたい」

ルークがポーチを横切って階段をおりていく。アイリーンは戸口に立っていた。拍子抜けしているし、少なからず悔しくもある。せっかく大きな決心を下したのに、空振りになってしまった。

ルークが階段のふもとで足をとめた。「玄関に鍵をかけろよ」

瞳に妙な色が浮かんでいる。わたしが拍子抜けしたまま取り残されているのを百も承知なのだ。

「わかったわ」愛想よく答える。「でもどうして鍵をかけなくちゃいけないの？　今夜はたいして注意しなきゃいけないものはなさそうなのに」

彼がにやりとした。「それはわからないぞ」

アイリーンは玄関を閉め、鍵をかけた。のぞき穴に目をあて、ＳＵＶに乗りこむルークを見つめる。

ヘッドライトがつき、暗闇を切り裂いた。馬力のあるエンジンが大きな音をたてて息を吹き返す。SUVはゆっくり堂々と動きだし、私道を出て一号キャビンへ走りだした。

何よ。本当に帰るつもりなんだわ。

「むかつく――」アイリーンはぴたりと口を閉ざした。ルークがふいに帰っていったことに、ここまで取り乱している自分に苦笑が漏れる。ほっとするべきなのよ。ほとんど知りもしない男性とベッドをともにするのは、まだ早すぎたのだから。そういう事態になったら、どうせややこしいことになるのはわかっている。遅かれ早かれかならずそうなる。

いまは明日の夜のことだけ考えよう。ルークはモーテルに泊まると言っていた。同じ部屋だろうか、それとも別の部屋？　明日はドレスと一緒にナイトガウンも新調したほうがいいのかしら？　それに、わたしの問題はどうなるの？

アイリーンはゆっくり玄関を離れた。頭がくらくらし、期待と不安で全身がぞくぞくする。寝室から暗闇が漏れていることに気づくまで、一瞬間があった。

だが、十七年まえに極度に過敏になった自律神経は即座に反応した。脳がデータを処理し終えるまえに、自律神経が瞬時にパニックモードを発動していた。

体の動きも呼吸も途中のまま、彼女はその場で凍りつき、火花となって全身を貫く恐怖を抑えようとした。

寝室のライトが消えている。出かけたときはついていた。夜はかならず、すべての部屋のライトをつけっぱなしにしている。かならず。

たぶん天井の電球が切れたのだろう。

しっかりしなさい。古いキャビンだもの。古い配線。古い電球。

寝室からあふれだしている暗闇のどこかで、床板がきしんだ。

24

あの美しい瞳をよぎったのは失望だった。ルークは口元をほころばせながら、自分のキャビンへSUVを走らせた。間違いない。アイリーンはあわててとりつくろっていたが、いかにも紳士的に立ち去るぼくへの反応を隠しきれていなかった。

彼女は間違いなく、今夜はもう少しぼくと一緒にいてもいいと思っていた。

問題は、駆け引きするには自分が年を取りすぎていることだ。今度彼女に近づいたときは中途半端では終われないし、今夜が彼女にとって早すぎるのはおたがいわかっている。

戦略が鍵だ。いつもそれが肝心なのだ。あいにく、戦略には代償がつきものだ。ルークはあたたかい明かりのついた後方のキャビンをちらりと振り返った。少しぐらい一緒にいてもいいかもしれない。そうだ、そうすればいくらか眠れるだろう。やめておけ。もし今夜始めてしまったら、やめられなくなるのはわかっている。明日の朝、彼女に後悔させたくない。

五号キャビンのようすがどこか変だ。いつもと違う。

寝室が暗い。

かすかな不安が胸をかすめ、ルークはブレーキを踏んだ。レストランへ出かけるときは、まだいくらか日差しが残っていた。きっとアイリーンは寝室のライトをつけ忘れたのだろう。あるいは電球が切れたのか。とりあえず電球を替えようかと声をかけるぐらいはしてもいいかもしれない。リピーターを呼びこむには、しっかりしたサービスが肝心だとマキシーンにいつも言われている。

自分は言い訳を探しているんだろうか？

ルークは車をバックさせた。

キャビンの私道に入ったとたん、玄関が勢いよくひらいた。アイリーンがポーチに飛びだしてくる。三段の階段を駆けおり、SUVを見つけて駆け寄ってきた。

「ルーク」

キャビンの戸口に、男が現われた。片手に何か持っている。

ルークは無意識のうちにドアをあけ、車をおりてアイリーンのほうへ走っていた。

「誰かが」あえぎながらアイリーンが言った。「誰かがなかに——」

ルークは彼女の腕をつかみ、SUVの反対側へ引き寄せて、戸口に立つ男と自分たちのあいだに大きな車体がくるようにした。

助手席のドアをあけ、彼女を押しこむ。「車に乗って、姿勢を低くしていろ」

アイリーンはいっさい口答えしなかった。

男が戸口を抜けてポーチに出てきた。

「ミス・ステンソン」かすれた声で、男があわてたように怒鳴った。「怖がらせるつもりはなかったんです」

「なんだ?」ルークはSUVのまえへ出た。「ミルズなのか?」

タッカー・ミルズが声を落とした。「おれです、ミスター・ダナー。すみません。ここにいるのを誰にも知られたくなかったので」

「いいんだ、タッカー。手に持っているものをおろしてくれないか」相手を怖がらせないように、なにげない口調で告げる。

「はい、ミスター・ダナー」

ミルズが何かを握っていた手から力を抜いた。それは音もなくポーチに落ちた。拳銃でもナイフでもない。

ルークはすばやくキャビンに近づいた。ポーチにあがっていくと、不安そうなミルズがわが身を守るように情けなく両手をあげ、おどおどとあとずさった。「すみません、ミスター・ダナー。悪気はなかったんです。本当です」

自分が凶悪犯になったような気分になりながら、ルークはタッカーが落としたものを見おろした。ニット帽。彼は帽子を拾いあげ、ミルズに差しだした。

「どういうことなんだ、タッカー？」穏やかに訊く。

「タッカー？ タッカー・ミルズ？」SUVをおりたアイリーンが小走りにキャビンへ近づいてきた。

「はい、ミス・ステンソン」

「びっくりした。心臓がとまりそうだったわ」階段を駆けのぼり、ルークの横に立つ。そしてまじまじとミルズを見つめた。「わたしの寝室に隠れて何をしていたの？」

「ここにいることを、誰にも知られたくなかったんです」情けない声で不安そうに答える。

「おれが来たとき留守だったので、裏口の鍵を破って入ったんです。キャビンのなかで待つほうがいいと思って。そのほうが人目につかないから」

「いいのよ、タッカー」アイリーンがやさしく声をかける。「わかったわ。あんなふうに怖がったりしてごめんなさいね。あなたとわからなかったの」

「外で待っていればよかった。すみません、ミス・ステンソン。でも裏のポーチでふらふらしていたら、誰かに気づかれるんじゃないかと不安だったんです。警察に通報されるかもしれない」

「続きはなかで話そう」ルークは言った。

アイリーンがにっこりミルズに微笑みかけた。「お茶を淹《い》れるわ」

十分後、アイリーンは特製ブレンドの紅茶が入った湯気のあがるカップを三つ、キッチンの小さなテーブルに置いた。ざわつく神経が鎮まるにはまだ数時間かかりそうだが、とりあえず心臓の高鳴りは治まっている。

先ほどルークがキャビンじゅうを見てまわり、すべてのカーテンをしっかり閉めた。いまは怖い顔でタッカーの向かいに腰をおろしているが、驚くほど辛抱強く冷静を保っている。タッカー・ミルズをよくわかっているらしい。プレッシャーのもとではうまく反応できないのを知っているのだ。

「最初から話してくれ、ミルズ」ルークが言った。

「はい」タッカーの表情が不安そうにこわばった。どこが最初だかわからないのだ。

「好きなところから始めていいのよ」アイリーンは助け舟を出した。「ゆっくりでかまわないから」

「はい」彼女に感謝のまなざしを向ける。「今日の午後です」

「何があったの?」

「ミスター・ダナーに会いました。ミスター・カーペンターの修理工場で。おれは毎日午後にあそこの床を掃除してるんです。ミスター・ダナーが来て、ミスター・カーペンターと話していた。ミス・ウェブの話をしているのが聞こえました。新しい恋人か、そんなようなものがいたかどうかについて」

ルークはじっとミルズを見つめている。「彼女について、何か知ってるのか？」

ミルズが骨ばった両手でマグカップを握りしめた。「ウェブの屋敷で定期的に働いているんです。少なくとも以前は」そこでいったん口を閉ざす。「火事になるまえという意味です。でも、もうあそこの仕事はなさそうだ」

「続けて」アイリーンは早く話を進めてくれと叫びたい気持ちをこらえ、必死で冷静で穏やかな口調を保った。

「数年まえ、おれはミス・ウェブに雇われたんです。庭仕事とか芝刈りとか、冬のあいだ水道管が凍らないようにチェックしたりするために」

「屋敷の管理だな」とルーク。

わかってもらえて嬉しそうにミルズがうなずいた。「そうです。管理。週に二度、あの家へ通ってました。お二人がミス・ウェブを見つけた前の日にも行った。午前中に」

アイリーンは緊張した。「彼女と話したの？」

「ええ。あの人はいつもおれにやさしかった。むかしから。あなたもです。あなたたちは二人とも、一度もおれを役立たずのように扱わなかった」

アイリーンはショックを受けた。「あなたは役立たずなんかじゃなかったわ。いつだって働いて生活費を稼いでいた。父はいつも、あなたはこの町でいちばん働き者だと言っていたわ」

ミルズの頬のこけた顔が悲しみで曇った。「ステンソン署長はおれに礼儀正しく接してくれました。おれを信頼してくれた。そういう人間はあまりいない。たしかに気さくにはんぱ仕事を頼んでくるけれど、何かなくなると責められるのは誰だと思います？　おれだ。でもあなたのお父さんは決して彼らの話を信じなかった。とにかく、今夜あなたに会いにここへ来た理由の一つはそれです。お父さんに恩を受けたのにそれを返せなかったから、あなたにもなんらかの恩義があると思ったんです」

「ありがとう、タッカー」アイリーンは礼を言った。

「パメラ・ウェブが亡くなる前日、何があったんだ？」ルークが訊く。

ミルズが必死で気持ちを落ち着けているのがありありとわかった。「さっきも言ったように、おれはあそこでいつもどおり庭仕事をしてたんです。ミス・ウェブは家のなかにいました」

「何をしていたかわかるか？」とルーク。

「よくわかりません。でもおれが裏にトラックを駐めるのを見て、挨拶しに外へ出てきました。それから、コンピュータでやっていることを終わらせなきゃならないと言って、また家のなかへ戻っていった。しばらくすると、私道に車が一台入ってきました」

「どんな車だった？」ルークが訊く。

「いい車でした。外車です。おれは建物の横にいたから、運転席にいた男はこちらに気づかなかった。それにさっきも言ったように、おれのトラックは道具を長い距離運ばなくてすむように裏に駐めてあった。とにかく、男が玄関をノックする音が聞こえました」

「パメラはその人をなかに入れたの？」

こくりとうなずく。「男とは顔見知りみたいでした。でも、会って嬉しそうには思えなかった。どうして来たのか理由を訊いていた。腹を立てているみたいでした」

「男性がなんと答えたか聞こえた？」アイリーンは尋ねた。

「いいえ。でも男はすごく怒っているようでした。ミス・ウェブが男を家のなかに入れたのはほんの数分です。たいして長くなかった。二人が何を話していたのかはわかりませんが、言い争っているのはわかった。おれは彼女が男を追いだしたくなったとき加勢ができるように、物置部屋のドアの近くでうろうろしてました。でも間もなく男は帰っていった。猛スピードで飛ばしてましたよ。まだ怒っているようでした」

「そいつの顔を見たか？」とルーク。

「はっきりと」

アイリーンは自分が息を詰めていることに気づいた。

「知っている人間だったか？」落ち着いた穏やかな声でルークが訊く。

「あの日に見たのがはじめてです」

アイリーンは失望のため息をかみ殺し、二十分まえより情報がふえたのだと自分に言い聞かせた。

「どういう外見だったか教えてくれる？」

「背丈は中くらい。ふにゃふにゃしてた」

「ふにゃふにゃ？」意味がわからず、アイリーンは尋ねた。「太っていたという意味？」

「そういうふにゃふにゃとは違います。体格がよくてもふにゃふにゃしてない男を大勢知ってます」脳みそをしぼっているように顔がゆがむ。「太ってはいませんでしたが、簡単に押し倒せそうに見えたんです」ルークに目を向ける。「あなたみたいに強そうじゃなかった、ミスター・ダナー。ふにゃふにゃでした」

「なるほど、ふにゃふにゃね」アイリーンは言った。「続けて、タッカー。それ以外は、どういう男だったの？」

「茶色い髪」記憶をさぐっている。「しゃれた服。それからさっきも言ったように、高級車」

アイリーンはがっかりしてうめきそうになるのをこらえた。体の特徴を訊いているのに。

「見覚えがないということは、このあたりの住人じゃないのかしら？」

「ええ、地元の人間じゃありません。あのときまで見かけたこともなかったんですから」熱い紅茶をひとくち飲む。

三人はしばらく無言だった。アイリーンは希望が薄れていくのを感じていた。こんなに曖昧な説明で、パメラの客を特定できるはずがない。

ミルズがマグカップをおろした。「でも、もう一度見かけました。それから間もなく」

アイリーンの背筋がぴんと伸びた。ルークは指一本動かしていないが、全身が耳になっているのがわかる。

「いつ見かけたんだい？」なにげなくルークが訊く。

「遺体が見つかった翌朝です」

アイリーンはカップを両手で握りしめた。「何をしていたの？」

その質問に、ミルズが戸惑った顔をした。「何をしていたのか、はっきりとはわかりません」

「どこにいたんだ？」とルーク。

「庁舎の外です。ウェブ上院議員と、議員と結婚するという噂《うわさ》のきれいな女性と一緒に大きなリムジンに乗りこんでいました」

アイリーンはルークを見た。息をするのがやっとだ。

「ホイト・イーガン」ルークが言った。「ウェブの秘書だ」

25

それからまもなく、ルークはアイリーンと裏のポーチに立っていた。二人は暗い木立へよろよろ去っていくタッカーを見つめていた。

「あまり期待しないほうがいい」アイリーンの肩に腕をまわすと、体をこわばらせたのがわかった。「イーガンには、パメラに会いに来るもっともな理由があったのかもしれない」

「タッカーの話を聞いたでしょう。二人は言い争っていたのよ」

「だからと言って、彼がパメラを殺したとはかぎらない」一拍置いて続ける。「だが、人生最期の数日間にパメラが何を考えていたか、知っているかもしれない」

「ええ、そうよ」アイリーンが勢いづいた。「きっと二人は恋人同士だったのよ。パメラが関係を終わらせたのに、イーガンは納得しなかったのかもしれないわ」

「その可能性もある」ルークは認めた。「でも、現時点ではあくまで憶測にすぎない。それに、きみはパメラの死が自分の両親に起きたことと関連があると証明しようとしているんだろう?」

「ええ」

「正直言って、ご両親の死にイーガンがからんでいるとは考えにくい。彼は三十代半ばだ。きみとたいして年の差はない。当時はおそらく大学生だっただろう。それに、そもそも彼はこのあたりの出身じゃない。関連があるとは思えない」

「そうね」そのひとことに、未練がずっしりとこもっている。

ルークは彼女の陰謀説を踏みにじっている気がしたが、アイリーンが気づいているかは別にして、彼女のためだと自分に言い聞かせた。

「なあ」アイリーンを抱き寄せる。「行き止まりだと言ってるわけじゃない。何者かがウェブの屋敷に火をつけたとき、ぼくも一緒にいたんだぞ？　何か不穏なことが起きているのは認める。それが過去と関係があると、まだ確信がもてないだけだ」

「あなたはどう思ってるの？」

「麻薬の使用歴から考えて、パメラ・ウェブはかなり質《たち》の悪い連中とつき合いがあったのかもしれない」

「そんな」アイリーンが身震いした。「麻薬の売人？」

「一つの可能性だ。あいにく、ほかの可能性もある」

「どんな可能性が？」

ルークは肩をすくめた。「誰かがパメラの麻薬常用を利用して、彼女を脅迫するか操ろうとしたのかもしれない。あるいは……」

アイリーンがすばやく首をめぐらせ、彼を見た。「何を考えてるの？」

「いま思いついたんだが、内部の情報を手に入れたがっている人間にとって、上院議員の娘はきわめて役に立つはずだ。パメラは父親の知人たちを知っていた。父親の後援者をもてなし、資金集めの催しを取り仕切っていた。この国でもっとも力のある人物の何人かとつき合いがあった」

「それに、彼女は美しいだけでなく、セクシーだった」アイリーンがつぶやく。「そういう重要人物の数人と寝ていたに違いないわ」

「だとすると、さらにおぞましいシナリオの可能性が出てくる」

「まさか」とアイリーン。「パメラが知りすぎていたから、殺されて屋敷に火をつけられたと思ってるの？　体裁が悪かったり、罪に問われたりしそうな情報を彼女が暴露するのを恐れた人物がいたと？」

「わからない」ルークは片手を上に向けた。「いまはあれこれ推測しているだけだ。きみのように」

「でも、わたしに届いたメールはどうなるの？　どうしてもあのことが頭を離れないの。これだけ時間がたってからパメラが連絡してきたのには、何か個人的な理由があったはずだわ」

「たぶん彼女はきみが記者になったのを知っていたんだろう」考えをめぐらせる。「マスコミに暴露したいことがあって、信頼できるきみに連絡したのかもしれない」

アイリーンが眉をひそめた。「わたしは小さな町の新聞社にいるのよ。いまグラストン・コーブでは、町議会が新しいドッグランを承認するか否かをめぐる論争が最大のニュースなの。長年父親をサポートしてきたパメラには、大手マスコミにたくさんコネがあったはず。たとえ大きなスキャンダルをあばくつもりだったとしても、わたしに連絡してくる理由がわからないわ」

「オーケイ、さしあたって、きみに連絡してきたのは個人的な理由があったからだと考えることにしよう」

「その個人的な理由は、わたしの両親の死にまつわる情報と関連があった」胸の下でしっかりと腕を組む。「そうに違いないわ、ルーク。そうでなければ筋がとおらない」

「そうかもしれないし、そうじゃないかもしれない。でも、彼女がダンズリーに来たのはしばらく姿を隠すのが目的だった気がする。少なくとも一週間ぐらい」

「この町とは長いつき合いだから、安全だと思ったんじゃないかしら。住人全員と顔見知りだし、みんなも彼女を知っているもの」

「そうかもしれないが、彼女はあの屋敷に一人で滞在していた。彼女を始末したがっている人間がいたのなら、パメラはずいぶんその人間の仕事を楽にしてやったことになる。怯《おび》えていたなら、信頼できる人間にそばにいてほしいと思ったはずだ」

「ただし」とアイリーン。「知り合いのなかに信頼できる人間がいなければ別よ。わたしに連絡してきた本当の理由は、きっとそれなんだわ。むかしの友人だから、信頼できると思ったのよ」

「なんのために？」簡潔に訊く。

「それを突きとめたいの」

ルークは無言で彼女の肩を抱く手に力をこめた。

「もう、わたしの陰謀説を否定しようとしないのね」しばらくして、彼女が言った。

「残念だが、そう考えればつじつまが合うようになりはじめている。たぶんいい兆候とはいえない」

「おたがいに、壁に詰め物をした部屋で長い休日を過ごすことになりそうだと思ってるの？」

「全体的に見ると、ハワイに行くほうがいいな」

「わたしもよ」いったん口を閉ざし、続ける。「でも、そのまえにホイト・イーガンと話さなければ」

「ぼくも同じことを考えていた。じつは、ちょっとしたアイデアがある」

アイリーンが彼を見た。「聞かせて」

「親父さんの誕生パーティのあと、サンフランシスコへ行ってイーガンをつかまえるのはどうだろう。不意をつけば、何か聞きだせるかもしれない」

「いいアイデアね」アイリーンがきっぱりうなずいた。「気に入ったわ」

ルークは微笑み、腕のなかのアイリーンを自分のほうに向かせた。ポーチの明るいライトのもと、影になった瞳が深い井戸のようだ。

「今夜はタッカー・ミルズに怖い思いをさせられたな」

「悪意はなかったのよ」

「ああ。でも、だからといって起きたことに変わりはない。だいじょうぶか？」

「まだちょっと震えてるわ」無理に小さく笑ってみせる。「寝室のライトが消えていることに気づいたときは、体が凍りついてしまった。ヘッドライトに照らされた鹿みたいに。動けるようになったときは、外へ出ることしか考えられなかった」

「いい戦術だ。状況を考えると」

「きっと、ばかみたいに見えたでしょうね」

「いいや、怯えて見えた」とルーク。「だがきみは行動し、正しいことをした。あんな恐怖にさらされながら、誰でもできることじゃない。凍りついたまま、何もできない者もいる」

「すごく怖かった」アイリーンが消え入りそうな声で言った。

「わかるよ」ルークは彼女のうなじをマッサージし、こわばった筋肉をほぐしてやろうとした。「よくわかる」

まもなくアイリーンが目を閉じた。「とってもいい気持ち」

緊張が解けていくのがわかる。

「きみに訊こうと思っていたことがあるんだ」

「なあに？」

「ライトのことだ。どうして一晩じゅうつけたままにしているんだ？」

「わたしなりのセキュリティ・システムだと思ってちょうだい」目を閉じたまま答える。

「いまこの話題に触れるのはふさわしくないかもしれないが、誰かが侵入するのを心配しているなら、もっとましなセキュリティ対策がある。しっかりした警報システムとか。キャビンのライトをすべてつけていても、ミルズが入るのをふせげなかったのを、今夜自分の目で見ただろう」

アイリーンがまぶたをひらいた。怯えた瞳を見たとたん、ルークは体が冷たくなった。

「あの晩、家じゅうのライトが消えていたの」妙に冷静なしっかりした口調で彼女が話しだした。「わたしは遅く帰宅した。門限をずいぶん過ぎていた。父が決めた厳密なルールの一つを破っていたの。パメラに誘われるままに、カービービルまでドライブしてしまったのよ。わたしは両親と顔を合わせるのをなるべく先に延ばしたかった。ライトが消えているのを見て、両親はもう寝てしまったんだと思ったわ。それでキッチンのドアから入ろうと裏へまわったの」

ルークはマキシーンから聞いた話を思いだした——ある晩、ヒュー・ステンソンは自宅のキッチンで妻を撃ち殺したの。そのあと同じ銃で自殺した。

彼はアイリーンの肩をつかんだ。「すまない。悪いことを訊いた。もう話さなくていい。いまは。今夜はいい」

アイリーンの耳に彼の話は届いていないようだった。もう遅い。彼女は別の世界に入ってしまったのだ。

「こっそり自分の部屋へ行けると思っていたの。用心して、音をたてたりライトをつけたりしなければ、両親に気づかれないだろうと」

やっぱり、まずいことになっている。ルークには、彼女が話しているあいだ抱きしめていることしかできなかった。彼は肩をつかむ手に力をこめた。

「わたしは裏口の鍵をあけた。でもドアをあけようとしたら、何か重たいものがひっかかっていたの。わたしは無理やりあけようとして、強くドアを押した。臭いがしたわ。嗅いだことのないひどい臭いが。野生動物が入りこんで、ごみをあさったんだと思った。でも、そんなはずはなかった。両親が物音に気づいたはずだもの」

「アイリーン」やさしく声をかける。「ぼくはここにいるよ」

「何も見えなかった」感情のこもらない、怖いほど淡々とした口調で話しつづけている。

「真っ暗だった」

「わたしはドアの横の壁にある明かりのスイッチを手探りした。そしてスイッチを入れた」

「ああ」

震える息を吸いこむ。「それでようやく見えたの」

「アイリーン、もういい」ルークは彼女を抱き寄せ、やさしくなだめてやった。「それ以上話さなくていい。すまなかった。許してくれ。ライトのことはもうわかった」

「別の次元に入りこんでしまったようだった」彼の胸に向かってアイリーンが言った。「両親と自分だけでそこにいることができなかったから、しばらくほかの場所へ行っていたの」

「わかるよ」髪を撫でてやる。「ぼくもそこへ行ったことがある」

「ジェイソンから、あなたは戦闘地帯にいたと聞いたわ」

「言っただろう、そこも別世界であることに変わりはない」

「どういうものか、見たことがあるのね？」

ルークには彼女の言わんとすることがわかった。「ああ」

「自分が知っている人たち。大切な人たち。あなたは見たことがあるのね、彼らの姿を……あのあと彼らがどうなるか。そして、どうして自分でなく彼らなのかと考えてしまう」

「そういう経験をしたあとは、世界が変わる」ルークは言った。「二度ともとどおりにはならない。その別世界へ行ったことのない人間には、ぼくたちのようにそこから戻ってきて、何もなかったふりをするのがどれほどむずかしいか、絶対に理解できない」

アイリーンが彼の背中に手をまわし、ぎゅっと抱きついてきた。

二人は長いあいだそこに立ったまま、無言で抱き合っていた。やがてルークはアイリーンをキャビンのなかへ連れて戻った。廊下を進んで寝室へ行き、彼女のために明かりをつけてやった。

アイリーンがわずかに体を離し、二人のあいだに間隔をあけた。弱々しく微笑み、袖口《そでぐち》で濡れた目元をぬぐう。「心配しないで、朝にはいつものわたしに戻っているから」

「ああ」ルークは言った。「でも、もしよければ、ぼくは今夜ここのカウチで寝る」

アイリーンが目をしばたたかせ、それから目を丸くした。「どうして？」

「なぜなら今夜きみはひどく怖い思いをしたうえ、過去についてぼくが尋ねた質問に答えたからだ。本当は、今夜は一人でいたくないんだろう？」

「ええ」

痛々しいほど赤裸々な正直な返事が、ルークの胸に突き刺さった。彼女は他人をこれほど近くにいさせることに慣れていないのだ。

「ぼくも同じ気持ちだ」ルークは廊下にある小さな戸棚をあけ、予備の枕と毛布を出した。「でも、居間のライトを消してもいいか？　いやなら顔にシャツをかけて寝るから、そう言ってくれ」

「かまわないわ」アイリーンが言った。「あなたがいるのがわかっていれば、暗くても怖くない」

26

一時間半後、アイリーンはベッドから起きだして狭い寝室をうろうろ歩きまわった。これで二度めだ。またしてもひどい夜。またしてもいつもの手順。常夜灯の青い光のなか、乱れたベッドと小さなドレッサーを見わたす。ここにはたいして動けるスペースはない。

自宅にいるときは、夜中に不安になると、とりあえず二つの対処法の一つをためす。明るく照明がついたアパートを歩きまわり、窓やドアの施錠を確認するのだ。それでもだめだと、もう一つの対処法——ピーナツバターをたっぷりはさんだソルトクラッカー——をためす。

でも今夜は、ルークがもう一つの部屋のカウチで寝ているので寝室から出られない。今夜はいつも夜中に行なう手順を踏めないと考えるたびに、不安と緊張が高まってしまう。

体を動かさなければ。ピーナツバターをはさんだクラッカーを食べなければ。

アイリーンは戸口に歩み寄り、ドアを細くあけて暗い居間とキッチンへ続く短い廊下をうかがった。カウチのほうからは何も聞こえない。きっとルークは眠っているのだろう。音をたてないように気をつければ、彼を起こさずにキッチンまで行けるかもしれない。クラッカーの箱とピーナツバターの瓶を取り、寝室に持ってくればいい。送ってもらった荷物のなかに、ガウンは入っていなかった。それを思うと、一瞬躊躇した。でも、たとえ偶然目を覚ましたルークに見られたとしても、くるぶしまで丈のある長袖のたっぷりした木綿のネグリジェが、充分な慎ましさと体をおおう役目は果たしてくれるはずだ。彼女はできるだけ音をたてないように居間へ向かいながら、無意識のうちに明かりのついたバスルームへ視線を走らせて、曇りガラスの天窓にしっかり鍵がかかっていることを確認した。

暗い居間に入り、カウチへ視線を向ける。明かりはすべて消してあるが、カーテンのすきまからかすかにポーチの明かりが差しこんでいた。カウチに横たわっているルークの体が見て取れる。

アイリーンは慎重にキッチンへ向かった。キッチンに着くとできるだけ静かに戸棚をあけ、ピーナツバターの瓶をつかんだ。

「一人で全部食べるつもりなのか？　それともぼくにも分けてくれるのかい？」暗闇からルークの声がした。

心臓が止まりそうになり、あやうく瓶を落としそうになった。しっかりと瓶をつかみなおし、くるりと振り向く。

「眠ってるんだと思っていたわ」

「きみが寝室でうろうろ歩きまわっているのに、眠れるはずないだろう」

「まあ、ごめんなさい」クラッカーの箱を出す。「眠れないときは、歩きまわるの。ピーナツバターをはさんだクラッカーを食べることもあるわ」

「ぼくはだいたい長い散歩に出かけてブランデーを一杯飲む。でもピーナツバターも悪くない。それも効果がある」

カウンター越しに彼を見つめたとたん、またあやうく瓶を落としそうになった。裸ではないけれど、白いブリーフと黒いTシャツしか身につけていないから裸同然だ。見ているうちに、彼が暗闇に手を伸ばした。ジーンズだ。ルークがそれをはいた。チャックをあげる音がする。どういうわけか、その小さな音がせつないほどエロティックに聞こえた。

落ち着いて。息をしなさい。いいほうに考えるのよ。ピーナツバターがなくても、高ぶった神経をほぐせるかもしれないわ。

でも、ピーナツバターのほうがはるかに安全だ。

アイリーンは魅力的な彼の姿から目をそらし、通り一遍の食器が入った抽斗《ひきだし》をあけてバターナイフを出した。

「ぼくもピーナツバタークラッカーをもらえるか？」ルークが訊く。

思いきってもう一度彼のほうへ目をやると、自分のほうへ歩いてくるのがわかった。

「え、ええ」

キッチンの照明のスイッチへ手を伸ばしたとき、きちんと服を着ているルークにくらべ、自分はネグリジェしか着ていないことに気づいた。

平気よ。ピーナツバタークラッカーなら、目をつぶっていてもつくれる。

「一緒に何か飲むものがいるな」ルークがカウンターをまわって冷蔵庫へ歩いていく。「さもないと、ピーナツバターが上あごに張りついて舌がくっついてしまう。科学的事実だ」

「待って」アイリーンは咄嗟《とっさ》に言った。

だが、もう手遅れだった。彼はすでに冷蔵庫の扉をあけていた。庫内のライトがあふれだし、アイリーンの全身を照らしている。

どうしてもっとセクシーなネグリジェを持ってこなかったんだろう？　答えは簡単だ。ダンズリーと過去に対決する戦闘服を慎重に選んでいたとき、夜はこれまでどおり一人で過ごすと思っていたからだ。

ルークが肩越しに振り返っている。アイリーンはどうすればいいかわからず、身じろぎ一つできなかった。

彼の顔に、息を呑むほどセクシーな、きわめて男性的な称賛の表情がゆっくり浮かんでいく。

ルークが無言で冷蔵庫の扉を閉めた。一歩で二人のあいだの短い距離を埋め、アイリーンの腰の両側に手を伸ばしてうしろのカウンターをつかむ。そして前にかがみこみ、耳元でささやいた。

「今夜はこういうことはしないつもりだったんだ」彼が言った。「どうやら自分に嘘をついていたらしい」

「いい考えとは思えないわ」消え入りそうな声で答える。

「もっといい考えがあるのか?」

問題はそれだ。もっといい考えなどない。ルークとキスするのは、これまで思いついたなかでいちばんいい考えだ。これ以上のものなんてないかもしれない。

アイリーンはゆっくり彼の首に手をまわし、微笑んだ。「いいえ」

ルークが小さくかすれたうめき声を漏らし、唇を重ねてきた。

火花が走ったように全身がかっと熱くなった。ルークはキスにゆっくり時間をかけ、せきたてはこない。ピーナツバタークラッカーに対するものとはまったく違う渇望がゆっくりと高まり、下半身を締めつけている。

何週間でも何カ月でも、こんなふうに彼とキスをして、その腕のなかでリラックスできそうだ。なめらかでたくましい背中の感触が気持ちいい。ためしにTシャツの下へ両手を入れ、胸に触れてみた。そして、縮れた褐色の胸毛のなかで指を広げた。

「このほうが」ルークがカウンターから手を放してTシャツを脱いだ。「ピーナツバタークラッカーより、ずっといい」

そしてふたたびアイリーンを抱き寄せた。まず、喉に唇が触れるのを感じ、アイリーンは頭をのけぞらせた。そのとき、歯が触れた。ぞくぞくする感覚が何度も体を駆け抜ける。わたしは間違っていた。何週間も何カ月もこんなふうに彼とキスを続けられるはずがない。そんなことをしたら、欲求不満で耐えられない。もっとほしい。それも、いますぐ。

どうやらその気持ちが彼に伝わったらしい。なぜなら次の瞬間、あたたかな力強い手が腰骨へおりていったからだ。手を広げ、やさしくつかんでくる。

ルークは力が強い。この手で何かを壊すこともできる。けれどわたしを傷つけるようなことはしない。アイリーンは本能的にそう確信していた。

わたしが絹と月の光でできているように触れられると、自分が魔法を使える貴重で不思議な存在になった気がする。彼のなかに、驚きと激しいほどの強い欲望があるのが感じ取れる。わたしに男性を欲望で震えさせることができるなんて、これまでそんなふうに思わせてくれた相手はいなかった。

感動と、たったいま発見したばかりの女としての自分の力への自覚が、純粋で激しい快感となって全身を駆け抜け、くらくらして息がとまりそうだ。

アイリーンは彼の体の脇に沿って両手をおろし、親指をジーンズの縁にかけた。そのままゆっくりと手を前へ動かし、驚くほど硬いふくらみに触れる。

「もしわたしがタフなベテラン記者でなかったら、いまごろ妄想の攻撃に負けていたでしょうね」

ルークがかすれたセクシーな笑い声をあげた。「もし厳しい訓練を受けていなかったら、ぼくも同じ運命だったと思う」

彼がアイリーンを抱きあげた。アイリーンは彼の腰に両脚を巻きつけ、しがみついた。ルークは彼女を抱いたままキッチンを出ると、狭い廊下を巧みに通りすぎ、乱れたベッドにアイリーンをおろした。

手早くジーンズとブリーフを脱ぎ、ジーンズの前ポケットから小さな包みを出す。そして包みの縁を歯で嚙み切った。

そしてアイリーンに体を重ねた。大切なところに触れられるように、片脚で彼女の太腿を押さえている。

腰までたくしあげられたネグリジェが、さらに上へ移動して頭から抜けた。視界の隅で、アイリーンはくしゃくしゃに丸められたネグリジェが部屋の隅へ飛んでいくのを捉えた。でも床に落ちるところは見なかった。胸に顔を近寄せてくるルークのことしか考えられなかった。

乳首を軽く嚙まれたとたん、快感のかすかな吐息が聞こえた。それが自分の声だと気づくまで、一瞬かかった。

アイリーンは下へ手を伸ばし、手のひらで彼を包んでその大きさを探った。興奮の度合いが伝わってきて、喜びを感じる。自分に触れられて、さらに硬く大きくなっていく。ルークの片手が太腿のあいだに入ってきた。このえもいわれぬ胸の高まりが消えないうちに急いでとせきたてたいのか、この感覚がもっと高まるようにゆっくり時間をかけてほしいのか、自分でもわからない。わたしは未知の領域に入っている。頼りになるバイブレーターは、グラストン・コーブのベッドサイドの抽斗に置いてきた。

一本の長い指がゆっくりと奥まで入ってきて、そっとつついたり撫でたりしはじめた。別の指があとに続く。太腿のあいだが潤っていくのがわかる。

いまのところはすばらしい。でもバイブレーターなしでは、快感もここまでだろう。でも、悪くない。ちっとも悪くない。

ルークが親指ですてきなことをしたとたん、頭からバイブレーターのことが掻き消えた。びくりと体が痙攣《けいれん》し、アイリーンは彼の指を締めつけた。

「ルーク?」

「んん?」おなかに鼻をこすりつけている。

「来て」アイリーンは彼の背中に爪を立ててせがんだ。「お願い、来て」

彼がふたたび親指を使った。「急ぐことはない」

「いいえ、あるわ」ルークを揺さぶろうとしたが、まるで大きな岩を動かそうとしているようだった。「お願いよ」

「きみはまだ準備ができてない。痛い思いをさせたくない」

「痛くなんかないわ」彼をつかむ手にいっそう力をこめ、彼の手に腰を押しつける。「だって、こんな気持ちはじめてなんだもの。あれを使わない――」アイリーンはぴたりと口を閉ざした。だめよ。そこまで話すことはない。

「まずは、もう少しきみの準備ができるかためしてみよう」

彼はアイリーンの敏感になった肌のあちこちにキスをしながら体を下へ移動させた。

その動きが太腿のあいだでとまる。

「待って、だめよ」アイリーンは息を呑んだ。「戻ってきて」

意地悪な小さな笑い声が聞こえ、そのあとすぐあたたかい吐息と舌を感じた。いつもはバイブレーターに頼っている場所に。

大きな声をあげないようにこらえるだけで精一杯だった。

これはやりすぎだ。ルークは主導権を握り、これまでわたしがどんな男性にも与えなかった降伏を求めている。考えられない。わたしはほとんど彼のことを知らない。もっとも個人的な反応を、彼に見せられるはずがない。

そのとき、全身を激しいクライマックスが駆け抜けた。地震のように深くてとめようのない感覚が。

ルークが体を浮かせ、おおいかぶさってきたのもほとんどわからなかった。そして力強く入ってくると、ぴったりとアイリーンを満たした。

ふたたびクライマックスが訪れるのを感じ、アイリーンは息を呑んだ。新たな痙攣に合わせ、ルークがいっそう強く速く突いてくる。彼の背中は汗で濡れ、筋肉が固くなっていた。古いベッドスプリングが大きくきしみ、リズミカルに抗議の音をたてていた。ヘッドボードが何度も壁にぶつかっている。アイリーンの心は不可解極まる状態になっていた。声をあげて笑いたいのに、目に涙が浮かんでいるのはなぜだろう。いまは自分の腕のなかにいる男性のことしか考えられない。

ありえない気がしたが、クライマックスを迎えたルークのかすれた歓喜の声で、アイリーンは自分もクライマックスを迎えたように純粋な喜びと満足を感じた。

めったにない輝かしいその瞬間、アイリーンは独りぼっちではなかった。

ルークはゆっくりわれに返った。たっぷりと時間をかけ、横で丸くなっているアイリーンの感触を堪能した。彼女の頭が腕に載っている。片手をこちらの胸に載せ、片方の脚はじらすようになまめかしくこちらの脚にかけている。そのつま先が、ルークの感触を楽しんでいるように何度か曲がるのがわかった。

あたたかく、激しく、まばゆい感覚が全身に広がる。最後にこんな気持ちになったのがいつだか思いだせない。おそらく一度もない。彼は頭の下に枕を押しこみ、暗闇に向かって微笑んだ。

「すごい」とつぶやく。

「わたしも同じことを考えていたの」アイリーンが彼の胸の上で腕を曲げ、手のひらに顎を載せた。「男性とこんなふうになったのははじめてよ」

ルークは一瞬戸惑った。「女性とは？」

アイリーンが微笑み、首を振った。「その気になったときは、〝ビッグ・ガイ〟でうまくいくこともあるわ」

「訊かないほうがいい気がするが、その〝ビッグ・ガイ〟とは何者なんだ？」

「バイブレーターよ。でも、ここまで激しい経験をしたことは一度もなかったわ。〝ビッグ・ガイ〟で得られたのはくしゃみ程度だった」

「つまり、ぼくはバイブレーターやくしゃみよりましということか？」

「そういうこと。でもうぬぼれちゃだめよ」

ルークはにやりとした。「むずかしそうだな」

「セラピストの一人に、男性とクライマックスを迎えられないのは、異性と親密な関係を持つのを恐れているせいだと言われたことがあるの。感情的に親しくなりすぎるのを恐れていると」

「結婚したことは？」

「大学を卒業してすぐ、一年半ぐらい。伯母が亡くなったばかりで、どうしても独りぼっちになりたくなかったの」

ルークは指でアイリーンの耳の輪郭をたどった。「わかるよ」

「うまくいかなかったわ。悪いのはわたし。当時は強迫観念がひどくなっていたの。リックは理解しようとしてくれたけど、わたしのセックスに関する問題や、たまに見る悪夢や眠るための風変わりな習慣のせいで、疲れきってしまったの。わたしは三人めのセラピストにかかっていて、彼女は薬を処方してくれた。それを飲むのを拒否すると、リックはあきれて出て行ったわ。彼は悪くない。結婚が終わったとき、どちらもほっとしたの」

「きみは例の別世界へ行っていたんだ」やさしくアイリーンの髪をもてあそぶ。「彼はきみを見つけられなかったのさ」

「そして、わたしも彼を見つけられなかった。さっきも言ったとおり、リックのせいじゃない。わたしは、誰かと一緒に暮らすまえにやるべきことがあると悟った。過去を乗り越えなければならないと。だから努力したわ。必死で努力した。離婚のあと、さらに三人のセラピストに会った。最後には、しばらく薬をためしもした。少しは役に立ったけれど、結局は過去に何があったか知りたいという思いに戻ってしまったの」

「答えを得られないこともある」

「わかってる」アイリーンがくちごもった。「ジャーナリズムの世界に入ったのは、それが理由だと思う。自分の人生で答えを得られないから、別の場所や別の人生で答えをさがす絶好の言い訳を与えてくれる仕事についたのよ」

「ダンズリーに帰ってきたのはたしかにいい考えだが、あくまで個人的な意見を言わせてもらうと、きみがそうしてくれて本当によかった」

アイリーンが軽く首をかしげた。「ここへ戻るのはいやでたまらなかったけれど、ある意味でカタルシスになると思うの」

「結局は答えを得られなくても？」

「わたしはダンズリーで悪魔と闘っているの。負かすことはできないかもしれないけれど――」

「もう悪魔がいないふりをするつもりはない」

「わからないけど、これは進歩の気がするわ」

目を覚ましたルークは、キャビンの外で早朝の朝日がまばゆく輝いているのを見て驚いた。夜のあいだ、アイリーンは一度ももぞもぞ動いたり、ベッドを出ずにいられない気分にはならなかった。そんな素振りがあれば、気づいたはずだ。

彼を愕然とするほど驚かせているのは、自分も同じようにぐっすり眠ったことだった。

27

ホイトがせかせかと腕時計をチェックした。一日に数えきれないほどくり返されるそのささいな仕草を見るたびに、ライランドはいらだちを覚えた。

「葬儀終了後、あらかじめ選んでおいたマスコミ向けに短くコメントすることになっています」ホイトがライランドにフォルダーを手渡した。「ビジネスクラブの昼食会と今夜の資金集めのパーティはキャンセルしましたが、明日からは通常のスケジュールに戻ります」

ライランドはフォルダーをひらき、コメントに目をとおした。悲しみにくれる父親をそっとしておいてほしいと求めると同時に、精神衛生のさらなる研究に向けて資金を提供するよう議会に議案を提出するつもりだと告げる内容は、まさに彼が望んだとおりのものだった。

彼はフォルダーを閉じてアレクサに目をやった。控え目なデザインの喪服とベールつきの帽子を身につけて向かいのシートに座っている彼女は、息を呑むほど美しく印象的だ。いつものように、今日も見事に写真映えすることだろう。

ここ数年の遊説ではパメラが役に立ったが、大統領選挙には妻が必要だ。有権者はホワイトハウスに独身の男が入るのを望まない。

「マスコミにコメントを発表するとき、隣りにいてくれないか」彼はアレクサに声をかけた。

アレクサが膝の上で手袋をはめた手を組んだ。「もちろんよ」

ライランドはホイトに意識を戻した。「『グラストン・コーブ・ビーコン』に載った記事の悪影響はあったのか?」

「午前中に発表するコメントで容易に論駁《ろんばく》できるものばかりです」ふたたび腕時計をチェックする。「『ビーコン』は捜査が行なわれるかのようにほのめかしていましたが――」

「そんなものはでたらめだ」ライランドは一喝した。「マクファーソンは捜査をしていない。わたしは望んでいないと明言した」

「ええ、わかっています。でも『ビーコン』は、パメラの死に疑わしい点があり、地元警察が調べているようにほのめかしています。あるいはそう思わせるような文章を載せています」ちらりとフォルダーを見る。「幸い、あんな取るに足りない三流紙を読む人間はいません。問題はないでしょう」

「問題になられては困る」

だがほぼ確実に問題にはならないだろう。ライランドは自分に言い聞かせた。たとえアイリーン・ステンソンが干渉してこようと。サム・マクファーソンは、表ざたにならないようにするのが自分の務めだとわきまえている。

一つの町を、警察署長を含めてわが物にすることに勝るものはない。ダンズリーは地図上の取るに足りない小さな点にすぎないが、ときには使い道もある。

葬儀が行なわれる教会のまえで、リムジンが静かにとまった。ライランドはスモークガラス越しに教会をうかがった。マスコミ車輌が数台しかないのを見て取り、気持ちが軽くなった。

「アイリーン・ステンソンの姿は見えないわ」アレクサがほっとしたようにつぶやく。「何も問題ないわよ、ライランド。心配しないで。葬儀が終われば、マスコミはすぐこの悲劇に関心をなくしてしまうわ」

「そのとおりです」とホイト。「すべて手配ずみです」

「お父さまがいらっしゃるわ」アレクサが言った。「教会に入っていくところよ」

「ミスター・ウェブの飛行機は、フェニックスから予定どおりに到着しました」とホイト。「さきほど確認しました」

ライランドは、グレーのスーツに身を包んだ貫禄のある父親が教会に入っていくのを見つめていた。

激しい怒りと敵意、そして単純な古い恐怖心がまじったものが彼のなかで渦巻いた。ヴィクター・ウェブが近くにいるとかならず感じる毒素。父親の期待と要求に応えようとする強いプレッシャーに、つねにさいなまれてしまう。あのおいぼれは、決して満足しない。

ヴィクターが早くフェニックスに帰ってくれれば、それに越したことはない。恐喝されていることは、何がなんでもあのろくでなしに知られないようにしなければ。ヴィクターが知ったら激怒するに決まっているし、激怒したときの父親はひどく厄介な存在になる。フォルダーをつかむライランドの指に力が入った。父親に気づかれないうちに、恐喝している人間を突きとめて厄介払いする必要がある。それまでは、謎の海外口座に腹立たしい支払いを続けるしかない。

一つ確かなことがある。恐喝犯の身元を突きとめたら、犯人の命はない。男であろうと女であろうと。

彼は教会のなかに姿を消すヴィクターを見つめた。長年のあいだに、都合のいい死はいくつもあった——妻、ステンソン夫妻、そして今度はパメラ。どの悲劇も、厄介になりかけていた状況から自分を救ってくれた。もう一つふえたところで、何が悪い？

つかのま、ライランドはおのれの勇気に酔った。ヴィクターを始末するか？

長年にわたり、父親の金だけでなく、コネや敵の弱点を突く不思議な能力に頼ってきた。自分の遊説を実際に監督してきたのは毎回ヴィクターであり、父親が影の実力者だった。

自分はもう五十三歳なのだ。もうあのろくでなしは必要ない。自分の力で生きていける。

ライランドは天啓を受けた思いだった。

金は問題にならないはずだ。自分はヴィクターの唯一の相続人なのだから。それにアレクサはもともと裕福だ。

父親は必要ない。そう思うと解放された気分だった。

リムジンのドアがひらいた。ライランドは問題の多い娘を麻薬と酒で亡くしたばかりの父親にふさわしい表情を浮かべると、アレクサに続いて車をおりた。

ヴィクター・ウェブは沈鬱な表情でゆっくり教会へ近づいてくる長男を見つめていた。怒りと激しい後悔が胸をかきむしる。むかし、自分はひどい過ちをおかし、いまとなっては取り戻しようがない。

表向き、ライランドは父親なら誰でも持ちたいと望む息子に見える。自分はある目的を果たすために必要なものすべてを、惜しみなく息子に与えてきた。世界有数の教育や金やコネを。自分の最大の夢が、何世代にもわたって継続するであろう強力な一族を築くという夢が、あと一歩で実現しようとしている。

だが、もっとも恐れていたことが現実となってしまった。息子の人格を鍛えようと手を尽くしてきたにもかかわらず、ライランドには芯《しん》にある欠点を克服するために必要な意志の力が欠けている。本当に大切な本質の部分で、ライランドは弱い。

そもそもの最初に、自分が取り返しのつかない過ちを犯したことをヴィクターは自覚していた。彼には息子が二人いる。ヴィクターはすべてを与える相手として、間違ったほうを選んでしまったのだ。

28

「昨日、ドクター・ヴァン・ダイクと話した。おまえはドクターがかけた電話に、一度も折り返し連絡をしていないそうだな」図書室の向こうから親父さんがルークを見た。「おまえは自分の問題に直面するのを避けているようだと言っていたぞ。一種の否定状態にあると」

ルークは暖炉に歩み寄り、彫刻を施したオークのマントルピースに腕をかけた。周囲の棚を埋めている分厚い学術書や学術論文を見わたす。膨大な数の書籍や雑誌や論文は、すべてワインづくりに関するものだ。ぶどう栽培とワイン醸造学は、彼をのぞく家族全員の情熱の対象になっている。

父親の志を継ぐ努力をしなかったわけではない。父親やゴードン・フットやほかの家族の原動力となっているワインづくりへの情熱や脇目も振らない関心を自分も深めようと、半年まえを含めてこれまで何度も真剣に努力した。けれどだめだった。結局はつねに自分の志に従った。最初は学問の世界に、次は海兵隊に、そしていまは〝プロジェクト〟に。

アイリーンと二人でワインセラーや試飲施設や応接室がある〈エレナ・クリーク・ヴィンヤード〉の広大な敷地に着いたときから、ルークはいずれ父親につかまってドクター・ヴァン・ダイクの話題を持ちだされるだろうと覚悟していた。

彼とジェイソンとハケットは父親を親父さんと呼んでいるが、これは一族で最年長の男性であるジョン・ダナーに対する敬意を示す表現で、年齢を重ねていることには関係ない。そもそも親父さんはまだ六十代後半だ。鷹《たか》を思わせるいかつく若々しい顔立ちをし、規則正しい運動と恵まれた遺伝子とヴィッキの厳格な食事管理のおかげで、体格とスタミナははるかに若い男性にも引けを取らない。

今夜のように上品な仕立てのタキシードに身を包み、〈エレナ・クリーク・ヴィンヤード〉の上等なカベルネワインが入ったグラスを持っていると、生まれながらの成功者に見える。だが実際は、成功に至るまで彼とゴードン・フットは多くの苦労を乗り越えてきたのだ。

「ちょっと忙しくてね」ルークは言った。

ジョンの白髪交じりの太い眉が警戒したように寄った。「アイリーン・ステンソンのことでか？」

「それとロッジで」そこで言葉を切り、すぐ続ける。「それに、本も書いている」

ジョンはロッジと本の話題を聞き流した。「アイリーンのことは気に入った。賢そうだ。頭の回転が速い。かなりの美人でもある」

「あのドレスを見たんだな」ルークは言った。「よく似合ってるだろう？　ピラティスの成果に違いない」

「なんだと？」

「なんでもない」ジョンが小さく鼻を鳴らした。「彼女は記者で、厄介な過去を抱えているとジェイソンが言っていた」

あいつ――ルークは思った。さっそくとっちめてやらなければ。

「ジェイソンは〝厄介な〟と言ったのか？」

「いいや」いかにも残念そうに認める。「だがそういう印象を受けた」

「具体的に、あいつはアイリーンに関してなんと言ったんだ？」

「たいした話はしていない。率直に言って、彼女を気に入っているようだった。だがむかし彼女の父親が母親と無理心中を図ったことと、アイリーンがウェブ上院議員の娘は殺されたというとんでもない話をでっちあげていることを話してくれた」

「パメラ・ウェブの死には、いくつか曖昧な点がある」

ジョンの目つきが鋭くなった。「新聞には、薬とアルコールを過って過剰摂取したのが死因だと書いてあったぞ」

「アイリーンは、もっと何かあると思っているんだ。ぼくもそんな気がする」

ジョンの口元がこわばった。「そう言うんじゃないかと思っていたよ」心配そうに息子の顔をうかがう。「ジェイソンの話だと、彼女がパメラ・ウェブの遺体を発見したとき、おまえも一緒だったそうだな」

「ああ」

「さぞこたえたことだろう。おまえが子どものころ母親にあったことを考えると」

ルークは濃厚なカベルネワインを飲みこんだ。「父さんはドクター・ヴァン・ダイクとあれこれ話しすぎだ」

「おまえも話すべきだ」

「いまは時間がない。さっきも話したように、忙しい」

ジョンがいらだちもあらわに身じろぎした。「上院議員の屋敷が焼失したというのはどういうことだ？」

ルークは皮肉な笑みを浮かべた。「ジェイソンからずいぶんいろいろ聞いたようだな。あいつにひとこと言ってやらないと」

「ジェイソンを責めるな。あの子はわたしの質問に答えただけだ。いいか、おまえが自分が問題を抱えている可能性を認めたくないのはわかる。誰でも自分に精神的な問題があると認めたくないものだ。戦闘を目の当たりにした人間なら、普通の倍は認めたがらないし、海兵隊員なら四倍になるだろう。だが外傷後ストレス障害は怪我だとドクター・ヴァン・ダイクは言っていた。脚に榴散弾《りゅうさんだん》を受けたようなものだと。治療しなければ化膿《かのう》しかねない」

「一度も患者と話したことがないのに、ドクターはどうやって診断を下したのか知りたいものだな」

「だからこそ、ドクターはおまえがアポイントを取るべきだと考えているんだ。確実な診断を望んでいる。おまえは話したがらないが、家族はみんな、海兵隊で過ごした最後の二年間、おまえがひどい経験をしたのはわかっている。そんな経験をして、影響を受けない者はいない」

「影響を受けていないと言った覚えはない。影響を乗り越えつつあると言ったんだ」

「とんでもない。海兵隊を除隊したあと、おまえはここでの仕事に適応できなかった。結婚しようとした女性と普通の親密な関係を築けず、婚約を破棄せざるを――」

「その話はいまはやめてくれ」

「そのあげく、へんぴな土地へ行って三流のおんぼろロッジを買い取り、アメリカ上院議員の娘の死に関して陰謀説をでっちあげようとしているいささかおかしな女性に関わっている。心理学や精神医学の学位がなくても、それが普通と言いきれないのはわかる」
・ルークが返事を考えているうちに、ドアがひらいた。
ゴードン・フットが図書室に入ってきた。その場の光景を見たとたんわけ知り顔を浮かべ、ジョンに向かって眉をあげる。

「邪魔をしてすまない」彼が言った。「しばらくしてから出直そうか?」

「それには及ばないよ」ジョンがうめく。「きみは家族だ。ルークとわたしが言い争っているのを見るのは、これが初めてじゃないだろう」

それは間違いない。ルークは思った。ゴードンはルークが生まれるまえから父親の友人でありパートナーだ。二人の絆《きずな》は、カリフォルニア大学デービス校でワイン醸造を学ぶ熱心な学生だったときに生まれた。二人は一緒に夢を描いた。〈エレナ・クリーク・ヴィンヤード〉は、不景気や世界市場の激変やいくつもの地震を乗り越えてきた。今日《こんにち》の繁栄は、彼らの献身と努力の賜物だ。

多くの点で二人は正反対だった。ゴードンはおおらかで愛想がよく、知らない人間ばかりの部屋に入っても十分もしないうちに全員とファーストネームで呼び合っているような男だ。女性は彼と踊りたがる。男性は彼と一緒にいるのを楽しむ。パーティの主催者は、パーティを確実に成功させるもっとも簡単な方法はゴードン・フットを招待することだと心得ている。

離婚した妻でさえ、彼に好意を持っている。もっとも数年まえ、ワイン市場が何度めかの低迷期を迎えたときに家を出て行ったが。彼女は多くの同業者と同じく、〈エレナ・クリーク・ヴィンヤード〉が破産に向かっていると考えていた。経営が好調になるのがはっきりしたとき、彼女はすでに再婚していた。

ゴードンは屈託なく独身を保ち、仕事と娘のケイティ双方に同じぐらい打ちこんでいる。ルークが見るかぎり、異性に不自由はしていない。

ゴードンが図書室を横切り、栓を抜いたカベルネワインが置かれたサイドテーブルに歩み寄った。同情の表情をルークに向ける。「どっちが勝ってるんだい？」

「いまのところは引き分けだ」ルークはかすかに口元をほころばせた。「どちらも一歩も引けを取っていない」

「いつものことだろう？」ゴードンがわざとらしくグラスを掲げて見せた。「邪魔はしないよ。きみたちの激論はいつも楽しく見させてもらっているからね」

ジョンが話題を変えようと言うように手を振った。「わたしを迎えにきたんじゃないのか？」

「じつはそうなんだ」にやりとし、かちんとかかとを合わせる。「派手なケーキのイベントが十五分後に始まる。きみは、数えきれないほどのろうそくを吹き消さなきゃならない。そのあとヴィッキをフロアに誘って誕生日のワルツを踊るんだ」

ジョンがうめいた。「ろうそくの場面は我慢できない」

ゴードンがくすくす笑う。「伝統には敬意を表さないとね。心配するな、近くに消火器を準備しておく」

ルークはこのチャンスを逃さないことにした。ドアへ向かって歩きだす。「彼女を探したほうがよさそうだ」

「わたしが最後に見たとき、ミス・ステンソンはテラスでヴィッキと話していたよ」ゴードンが教える。

「それだけは避けたいと思っていたのに」とルーク。

ジョンが彼をにらみつけた。「ヴィッキが彼女に興味を持つのは当然だ」

「そのとおりだ」ゴードンが言った。陽気なからかう雰囲気が消え、心配そうな顔になっている。「今夜ミス・ステンソンについてジェイソンから聞いた話によると、彼女は控え目に言っても少々変わっている」

ルークはうなずいた。「そこがいいのさ」

彼はドアをひらき、図書室をあとにした。

ゴードンは、旧友の顔に罪悪感と父親の不安が浮かんでいるのを見て取った。それを示す兆候はごくわずかだ。旧友の口元に寄った白い皺と、ワイングラスを握りしめる手つき。ほとんどの人間は気づかないだろう。だが彼とジョンは長いつき合いだった。

ゴードンはボトルを手に取って部屋を横切り、ジョンのグラスを満たした。

「あまりカリカリするな」穏やかに話しかける。

「無理に決まっているだろう」ジョンがワインをあおり、グラスをおろした。「ルークは本格的に面倒なことになっているんだぞ。ケイティとの婚約を破棄したあと、精神的に参ったことだけでも問題なのに。それが今度は、あの子より大きな問題を抱えていないともかぎらない女性とつき合っている」

「少し距離を置いて時間をやれよ、ジョン」

ジョンが鋭い目で彼を見た。「距離と時間をやったら、ルークを失ってしまうかもしれない。この外傷後ストレス障害というものは、予測がつかないとヴァン・ダイクが言っていた。治療を受けさせなかったら、どうなるかわからない」

ゴードンはジョンの肩に手を置いた。「サラのことを考えているんだな?」

「ああ、そうとも、サラのことがある」椅子から立ちあがり、うろうろと歩きだす。「あの子は彼女の息子だ。ヴァン・ダイクによると、鬱病や自己破壊的な行動をする傾向は、遺伝することが多いそうだ。それに戦闘のトラウマと、ケイティと出かけた週末にあの子に起きたことが合わされば、きわめて危険な状況になる」

「彼はきみの息子でもあるんだぞ。きみの遺伝子を継いでいる。ルークはサラのコピーじゃない」

「わかっている」ジョンは両手を髪に突っこんだ。「だが、あの子が自分一人の力でこの状態から抜けだせると望みをかけるわけにはいかない。ヴァン・ダイクは、ルークはカチカチと音を刻んでいる時限爆弾のようなものだと言っていた」

「きみがつらいのはわかる。わたしもつらい。ルークのことは、あの子が生まれたときから知ってるんだ。わたしが心配していないとでも思うのか? でも、彼は大人だ。もう子どもじゃない。アドバイスしてやることはできるが、無理やりカウンセリングを受けさせることはできない」

「わたしにどうしろと言うんだ？」ジョンが暖炉のまえで立ちどまった。「あの子が自力でよくなっているふりをするのか？　あの子の母親に見た兆候を無視するのか？」

「きみはサラを無視してなどいなかった。彼女は鬱病だったんだ。サラがみずからの命を絶ったのは、きみのせいじゃない」

「それはそうかもしれないが」ゆっくりと振り向く。「だが、もしルークが同じまねをしたら、わたしは自分を許せない」

「ルークはこれまでいつもわが道を歩んできた。それに、ひどく頑固になるときがある」そう言って苦笑を浮かべる。「言っただろう、あの子はきみの息子なんだ」

「今日の午後、またヴァン・ダイクと話した」ジョンの顔が新たな決意でこわばった。「ルークが明日の朝までこちらに滞在すると話したら、もう一つ打つ手があると言われた。だが、それには家族全員の協力が必要だ。きみを含めて」

「なんだか知らないが、いい考えとは思えないな。でもきみはわたしの友人だ。助けが必要なら、いつでも喜んで協力するよ」

29

ヴィッキ・ダナーは、毅然《きぜん》とした自信にあふれる物腰の上品な女性だった。貴族的な顔立ちに、長期にわたるプロの手によるエステの効果が現われている。もちろん、もともと整った骨格をしているということもあるが。体にぴったりフィットする高価なグレーのワンピースを身にまとい、耳と襟元でダイアモンドが輝いている彼女は、趣味のいい高級エレガンスの見本だった。

夕方早いうちにヴィッキを見かけていたアイリーンには、ジョン・ダナーの妻がきわめて魅力的にもなれる女性だとわかっていた。でも、いまのヴィッキは魅力的になろうとはしていない。彼女は答えを求めていて、あくまでもそれを訊きだす意志を固めている。

「あなたはルークの新しい投機的事業に関わっているの？」軽く微笑みながらヴィッキが訊いた。

アイリーンは目をしばたたかせた。「投機的事業？」

「ダンズリーで彼が買った、くだらないモーテルよ」

「ああ、ロッジのことですね」アイリーンはソーヴィニョンブランに口をつけ、どう答えるか考えをめぐらせた。「正直に言って、あれが投機的事業とは思えません。少なくともルークが経営している場合は。でもご質問にあえて答えると、わたしは無関係です。『ビーコン』での仕事に満足していますので。ドーナツもあちらのほうがおいしいし」

「なんですって?」

「なんでもありません」

「ルークとはどうやって知り合ったの?」

「そうですね、きっかけは、わたしがお金を払ったことかしら」

ヴィッキが眉をしかめた。

「彼のロッジの宿泊客だという意味です」あわてて言い添える。

「では、あくまでも軽い関係なの?」

アイリーンは、ルークにはじめて会ったときから人生で最高にセクシーな経験で最高潮を極めるまでの万華鏡のような光景を思い浮かべた。

「いまは違います」すっかり晴れやかなゆったりした気持ちで答える。

ヴィッキの笑顔には、いっさいあたたかみがなかった。「ルークの父親が〈エレナ・クリーク・ヴィンヤード〉を半分所有していることは、いつ知ったの?」

「先日、ダンズリーにルークを訪ねてきたジェイソンから聞きました」

「そして、あれよあれよという間にルークはあなたを家族の内輪の集まりに連れてきた。不思議ね」

アイリーンは、ワイナリーの華麗な広い応接室に大勢集まっている裕福な客たちをガラス越しに見つめた。「招待客名簿に数百人がリストアップされるイベントを、家族の内輪の集まりとは考えにくいですけれど。あの人たちは全員親戚なんですか？」

ヴィッキが狐につままれた顔をした。「なんですって？」

アイリーンは咳払いした。「気のきいたしゃれなんでしょう？　家族の集まり。親戚。わかります？」

ヴィッキがアイリーンの右肩のうしろへ目をやった。「ケイティがきたわ。もう会ったわよね」

「ええ」アイリーンは覚悟を決めて振り返り、テラスをこちらへ歩いてくるきれいな女性に微笑みかけた。

金髪に青い瞳の華奢《きゃしゃ》なケイティ・フットは、男たちが輝く鎧《よろい》を身につけて竜を退治しに行きたくなるような、現実離れした印象の優雅な女性だった。けれど会って五秒もしないうちに、アイリーンは彼女に好意を抱いていた。

ケイティは、ひとめで一流デザイナーの手によるものとわかる淡いブルーのシルクのドレスを着ていた。もちろん、これみよがしなところはないが。

今日の午後、デパートのセール品コーナーでようやく見つけたひどいデザインの黒いドレスを着た自分は、きっと堂々とした女王と愛らしいおとぎ話の王女の横に立っているグラストン・コーブの意地悪な魔女に見えることだろう。

このドレスがセールになったのにはわけがあるのよ。アイリーンは自分に言い聞かせた。ほしがる人間がいなかったから。でも、おそらく二度と着る機会はないと知りながら、苦労して稼いだ金で今夜のために途方もない金額のドレスを買う気にはなれなかったのだ。

「ケイティ」ヴィッキが声をかけた。「アイリーンにルークとのなれそめを聞いていたところだったの。彼女はダンズリーの彼のロッジに泊まっているんですって」

「ええ、知ってるわ」ケイティが笑い声をあげた。「ロッジの主人をしているルークなんて、想像できないわ」おもしろそうにアイリーンを見る。「ルークはお客さん用に、ルールの長いリストをつくっているの？」

ちょうどそのとき、アイリーンは自分たちのほうへやってくるルークに気づいた。父親とジェイソンとハケットが一緒だ。

「〈サンライズ・オン・ザ・レイク・ロッジ〉では、チェックアウトの時刻は厳密に守られているとだけ言っておくわ」彼女は言った。

振り返って近づいてくる三人を見つめる。ハケットとジョンには、さっきルークと到着したとき会っている。ジェイソンと挨拶もした。けれど、ダナー家の男性四人がそろっているのを見るのははじめてだ。一人ずつでも印象的だが、特注のタキシードを着た四人がそろっていると、どんな女性も目も引かれずにはいられない。

ジョン・ダナーの三人の息子は、全員父親ゆずりの猛禽《もうきん》のような目をしているが、それをのぞくと似ているところはほとんどない。ハケットとジェイソンがヴィッキの貴族的な整った顔立ちを受け継いでいるのは明らかだ。

四人が足をとめた。アイリーンはハケットがまずケイティに目をやったことに気づいた。二人は無言のメッセージを交わしている。ケイティが先に目をそらせた。美しい顔に悲しげな表情がよぎるのを、アイリーンは見た気がした。

「また一年たったなんて、信じられない」ジョンがヴィッキの手を取り、指をからませた。妻を見おろして微笑む。「時間はどこへ行ってしまったんだ?」

「親父さんの話はまともに聞かなくていいよ」ジェイソンがアイリーンに言った。「毎年言ってるんだ」

「毎年そう思うからだ」ジョンがヴィッキの頰に愛情をこめて軽くキスをする。「だが、少なくともこのくだらん誕生パーティのおかげで、この世でもっとも美しい女性とダンスを踊る言い訳はできる」

ヴィッキの表情がやわらいだ。夫を愛しているんだわ。アイリーンは思った。そして夫も妻を愛している。両親もよくあんなふうに見つめ合っていた。

「あなたは年を取っていないわ」ヴィッキが明るく言う。「どんどん貫禄がついているだけよ」

「そうかな」ジェイソンがまじまじと父親を見る。「年を取っているように見えるけど」

「年齢と狡猾《こうかつ》さは、つねに若さと生意気な口に勝つ」ジョンが言い返した。

「ここにいたのか」ゴードン・フットが小走りでテラスを横切ってきて、ケイティの腕をつかんだ。「ケーキのろうそくに火をつける用意ができてるし、ワルツの演奏も始まるぞ。行こう」

ジョンがヴィッキを連れて応接室へ歩きだした。そこでふと足をとめ、ルークに振り返る。

「言い忘れるところだった」彼が言った。「明日おまえが帰るまえに、ハケットとジェイソンとゴードンと五人で〈ヴィンヤード〉で朝食を食べることにした。あの店は知ってるな。モーテルの正面にある。個室を予約した」

アイリーンの体に緊張が走った。ルークの父親はやけになにげなく誘いの言葉を口にした。裏がありそうで、神経が逆立つ。彼女はルークの反応を見ようと彼をうかがった。

「ぼくたちは、朝早く発つつもりなんだ」明らかに気づいていないようすでルークが答えた。

「かまわない」とジョン。「朝食を早くすればいい」

「すてきなアイデアだわ」にわかに勢いこんだようすでヴィッキが言った。「あなたたちが個室に集まっているあいだ、ケイティとわたしがレストランの普通の席でアイリーンに朝食をごちそうするわ。男同士で充実した時間が過ごせるようにしてあげる」

「どうせ朝食は食べるんだろう？」ジェイソンが明るく言い聞かす。「兄さんは朝食にこだわりがある」

「発つまえに食べても同じさ」ハケットが言い添えた。

ルークが肩をすくめた。「かまわないかい、アイリーン？」

「わたしのことは気にしないで」アイリーンはすかさず答えた。どういうことかわからないが、これは家族の問題だ。関わらずにいたほうがいい。

「彼女のことは、わたしたちにまかせて」ヴィッキが保証した。「そうよね、ケイティ？」

「ええ」ケイティがにっこりする。「いい考えだわ」

「ありがとう」どう答えていいかわからないまま、アイリーンは言った。

「じゃあ、決まりだな」ジョンがふたたびヴィッキをうながした。「行こうか？」

彼女がしっかり夫の腕をつかむ。「ええ」

二人はひらいたフレンチドアへ歩きだした。ゴードンとケイティ、ハケットとジェイソンが足早にあとを追う。

気づくとアイリーンはルークと二人になっていた。二人は応接室へ入っていく六人を見つめていた。

「さっきのあれは、なんだったの？」

「さあ。朝になればわかるだろう。朝食こみなら、それほど悪い話じゃないはずだ」

「まじめに訊いてるのよ、ルーク」

「まじめに？　ぼくの勘では、明日の朝食の席で、一族の仕事に戻るようにまた断われない誘いを受けることになる気がする」

アイリーンの緊張が少しほぐれた。「ありそうな話ね。あなたの家族は心からあなたのことを心配しているのよ」

「わかってる。でも、ぼくにできることはたいしてない」彼がアイリーンの手を取った。「さて、そんなことより、ケーキを食べて、もっとワインを飲んでダンスをするのはどうだい？」

「すてきだわ」

30

数時間後、ルークはアイリーンに続いてモーテルの部屋に入った。すばやくあたりを見わたす。先ほど部屋を出るとき、アイリーンは寝室とバスルーム両方の明かりをつけていった。各部屋の壁のコンセントに一つずつ、常夜灯も差しこんである。出かけたときと同じように明るく照明がついているのにほっとした彼女の体から、かすかに力が抜けたのがわかる。

「全体的に見て、かなりうまくいったわね」ベッドの縁に腰かけながらアイリーンが言った。

「でも、いくつか訊きたいことがあるの」

ルークはかかとの高いセクシーな黒いミュールを脱ぐ彼女を見つめていた。親密な雰囲気で気持ちが高まり、頭がくらくらする。すばらしい。一緒に帰ってきて服を脱ぐ彼女を見るのは、なんともいい気分だ。

「何を訊きたいんだ?」彼はタキシードのジャケットを脱いだ。

「まず、ハケットとケイティはどうなってるの?」

ぴたりと手が止まる。「ハケットとケイティ?」

「何か問題でもあるの?」

「ぼくが知るかぎりはない」鏡のまえに立ち、ネクタイをはずす。「どうして何かあると思うんだ?」

彼女が背筋を伸ばし、鏡のなかの彼と目を合わせた。「あなたの弟は、一晩じゅう彼女を見つめていたわ。そして彼がそばにいるときのケイティからは、決まって緊張感みたいなものが伝わってきた」

「見当もつかないな。でも、心配するようなことは何もないと思う。あの二人は幼なじみだ。たとえ問題があっても、乗り越えるさ」

「それもそうね」首を軽く傾け、きらきら輝くイヤリングをはずす。「いずれにせよ、わたしには関係のない話だわ」

ルークは振り返り、おもむろに彼女に歩み寄った。「それは違う。きみにも関係がある」

アイリーンが驚いた顔をした。「どうして？」

「きみはぼくといるからだ」手を伸ばし、やさしく立たせる。「好むと好まざるとにかかわらず、一緒にいるあいだ、きみはぼくの家族と関係がある。だから何か言う権利がある」

「本当にそう思っているの？」

「ああ」

「そう、それなら言うけれど、あなたの家族はとてもいい人たちだと思うわ」

「そうかい？」ルークはおかしくなった。「ぼくは〝興味深い〟とか〝おせっかい〟とか〝押しつけがましい〟と思うけれどね」

アイリーンが笑い声をあげた。「そうとも言えるわね。それが家族というものよ」

ルークは彼女の黒いドレスの背中に手をまわし、ゆっくりとチャックをおろした。「ありがたいことに、いま近くに家族は一人もいない。だから教えてくれ。きみはいつも黒い服を着てるのかい？」

「いいえ」とアイリーン。「何も着ていないときもあるわ」

「いいね」

アイリーンは乱れたシーツの上でもぞもぞと身じろぎした。愛し合ったあとは体から骨が抜けたようになってしまう。心の底から満ちたりて、不思議なほど気持ちが穏やかになる。この感覚は長くは続かないけれど、いまはこれで充分だ。

常夜灯の明かりで、隣りにうつ伏せに横たわっているルークが見えていた。枕に載せた顔は向こうを向き、白いシーツが無造作に下半身にかかっている。かたわらに横たわっている彼は、エキゾチックで謎めき、とても男性的に見えた。わたしのもっともセクシーな空想から現われた、すばらしい夜の生き物。

彼女はなめらかな彼の背中を撫で、そこから発散しているぬくもりと力強さを堪能した。

「起きてる？」そっと尋ねる。

「いま目が覚めた」ルークが仰向けに寝返りを打ち、頭のうしろで手を組んだ。「どうかしたのか？　眠れないのか？」

「ほかにも訊きたいことがあるの」

「なんだい？」

「この話題を持ちだすべきじゃないのはわかってる」彼女は言った。「しかもこんなときに。どのアドバイス本にも、むかしの関係について話すのは間違いだと書いてあるもの。とくにベッドでは」

ルークが片手を伸ばし、彼女の手を取ってキスをした。

「ケイティのことだな?」

「ええ、なんとなく不思議な気がするの」アイリーンは認めた。「今夜のあなたたちは、友だちに見えたわ。どう見ても敵意は感じられなかった。それどころか、とても仲がよく見えた。どうしても訊かずにはいられないの。なぜあなたたちはうまくいかなかったの?」

つかのま、彼は答えるつもりがないような気がした。答えを探しているように、寝室の天井を見つめている。

「ぼくのせいだ」やがて彼が口をひらいた。

「どういうこと?」

「海兵隊を除隊したとき、現実世界に適応できるように戦術を練ったと話しただろう?」

アイリーンはうなずいた。「ケイティとの結婚は、その戦術の一部だったのよね?」

「すぐにはわからなかったが、そのうち彼女がぼくとの結婚に同意したのは、やさしさとぼくへの心配が強すぎて、断われなかったからだと気づいたんだ」

アイリーンは一瞬言葉を失った。「間違いないの?」

ルークが大きくため息をつく。「家族は全員、結婚に大賛成だった。みんなでケイティにさんざんプレッシャーをかけた。たぶん彼女は、もし断わったら、ぼくが橋から飛び降りかねないと思うようになったんだろう」

「それであなたは、あいにくな結果に終わった週末旅行のあいだにそれに気づいたの?」

「そうだ」遠くを見る目になる。「ぼくは自分の戦術のほかの要素と同じように、その週末もすみずみまで計画を立てていた。ハネムーン・スイートを予約した」

「まあ」

「きみにもあの部屋を見せたかったよ。ばかばかしいウェディングケーキみたいだった。部屋じゅう、金色をちりばめた淡いブルーと白だらけでね。ベッドは丸くて、くだらないレースのドレープがついていた。バスルームは大理石で、備品は金色だった」

「すごい。〈サンライズ・オン・ザ・レイク・ロッジ〉のハネムーン・スイートとはずいぶん違うみたいね」

ルークがぎろりと横目でにらむ。「この話を聞く気があるのか?」

アイリーンは両膝を折って抱えこんだ。「ぜひ続きを聞きたいわ。それからどうなったの?」

「ぼくはバスルームで服を脱いだ。それが次にあったことだ」

「それで?」とうながす。

ルークが咳払いした。「鏡に映る自分を見たとき、自分はケイティには年を取りすぎていると気づいて天啓を受けたんだ」

アイリーンは片手で口をおおい、こみあげてくる笑いを抑えた。「目に浮かぶようだわ」

「新婚初夜に、不安でバスルームを出られない新婦の話を聞いたことがあるだろう?」

「ええ」

「バスルームに隠れているのが新郎だと、冗談にもならない。ぼくの場合は婚約者だが」

アイリーンは両手に顔をうずめた。

「笑ってるんだな？」不機嫌に言う。「こうなると思っていたよ」

「ごめんなさい、我慢できなくて。あなたたち二人にとっては、とんだことだったわね」

「きみはゆがんだユーモアのセンスを持ってるな」

アイリーンは顔をあげた。「あなたはどうしたの？」

「どうしたと思う？　しばらく考えたすえ、ぼくはバスルームのドアをあけて、ケイティにうまくいきそうにないと言った。彼女は内心ほっとしていた気がする。だがケイティは、ぼくがあそこでやめたのは、勃起不全が原因で肉体的に問題が起きたせいだという結論に飛びついたんだ」

「それで、そこから会話は下火になったのね？」

「そうだ」

「あなたは自分が勃起不全であるように思わせたの？」

ルークが一方の眉をあげた。「たまたまそうなっただけだ。ぼくに問題はない」

「ああ、そうね」

「自分にそんな問題がないことを、どうやって証明すればいいんだ？」

「わかるわ」

「ぼくはケイティに、自分はまだ女性と親密な関係を築く気になれないと話した。立ち直るまで少し時間が必要だとか、そういうことをべらべらしゃべった。ケイティはわかったと言い、すべてなかったことにしようと意見が一致した」

アイリーンは今夜のケイティの印象を思い浮かべた。「彼女はあなたを悪く思っていないようね」

「言っただろう、ケイティは窮地を脱して、内心ほっとしていたんだ」ため息をつく。「ぼくとつき合ったのは罪悪感と心配からだともっと早く気づくべきだったが、ぼくは自分の戦術で頭がいっぱいだったんだ」

アイリーンはじっと彼を見つめた。「あなたは彼女のことを、どう思っているの？」

「ケイティは妹みたいな存在だ。実際、いまから思えば、それがいちばんの理由だったんだろう」肩をすくめる。「いずれにしても、家に帰ってみんなに婚約を破棄したと言うと、なんだかひどくおかしな雰囲気になって、それがぼくのせいなのは明らかだった。それでぼくは冬に仕事をやめ、ダンズリーに引っ越してロッジの経営を始めた。そして気づいたら、ドクター・ヴァン・ダイクの電話を避けるはめになっていた」

「誰なの？」

「家族の古い友人の精神科医だ。母が亡くなったあとの数カ月、何度か父に彼女のところへ連れて行かれたことがある。悲惨な結末を迎えた週末のあと、ヴィッキと親父さんが彼女に連絡して、相談したんだ」

「ご家族が早合点したのも無理はないわ」

「そうかもしれない。だが今回みんなが出した結論は、なんとも不愉快だった」

「そうね、何が言いたいか、よくわかるわ」

ルークがゆっくり口元をほころばせ、アイリーンの腰に腕をまわして胸に引き寄せた。

「とはいえ、幸いなことに、ハネムーン・スイートでの大失敗以来、ぼくの症状の少なくとも一つは改善したと断言できる」

「知ってるわ」シーツのなかに手を入れ、うっとりするほど硬くて大きなものに触れる。

「でも、この誤解は、いちばん身近で大切な人たちとなにげない会話をするなかで解けるようなものじゃないでしょう？」

「この問題だけは、家族とも精神科医とも誰とも話したいとは思わない。ぼくにしてみれば、この話題が出なければ出ないほど嬉しい」

「わかったわ」アイリーンはそっと彼にキスをした。「じゃあ、どんな話をしたいの？」

ルークがやさしく彼女を仰向けにし、アイリーンの両手を頭の上で軽くおさえた。ゆっくりと唇を近づけてくる。

「何か考えてみよう」彼が言った。

31

翌朝、絵のように美しいサンタ・エレナの町の周囲に広がるゆるやかに起伏のある土地に、小雨が降り注いでいた。住宅地を取り囲んで丘へと延びるぶどう畑が、こぬか雨でけぶっている。

なんて安らかで心が落ち着くのどかな景色だろう。ルークは思った。物心ついたときから見てきた景色。ハケットやジェイソンのように、この美しい土地に落ち着けない自分が残念でならない。ワインづくりに捧げる人生はいいものだが、自分にはそれに傾ける情熱が欠けている。

でも、ぼくには情熱を向ける別の対象がある。いまのところ、そのリストのトップにいるのはアイリーンだ。

彼女が傘の下から彼をうかがった。「どうかしたの？」

「いや、考えごとをしていただけだ」

「どんなことを？」

「自分はワイン醸造には向いていないと」

「何に向いていると思うの？」

「ぼくもそれを考えていたんだ」アイリーンの肩に手をまわしたルークは、彼女を守ってやりたいという気持ちだけでなく、独占欲まで感じている自分に驚かされた。「どうやらいまは、その質問の答えを探している最中らしい」通りの反対側にある、窓にあたたかいライトが灯るレストランを見つめる。「行こう。朝食の時間だ。四十五分で店を出るぞ」

「たった四十五分で？」

「できるだけ早く出発したい」腕時計をチェックする。「ぼくは食事をしながら、新しい仕事のオファーに耳を傾ける。それから丁重にそれを断わり、二人で店を出る」

「わたしはかまわないけれど、あなたの家族はそれではちょっと短すぎると思うんじゃない？」

「今朝は長居をする気がないと、親父さんには言ってある。サンフランシスコまで、車で一時間かかる。ホイト・イーガンがアパートにいるあいだにつかまえる計画だっただろう？」

アイリーンの表情がこわばった。「そうね」

〈ヴィンヤード〉は、早朝の朝食客で混み合っていた。ジーンズと白いシャツを着た若い女性が、ほがらかに二人を出迎えた。

「やあ、ブレンダ」ルークは言った。「アイリーン・ステンソンを紹介しよう。アイリーン、こちらはブレンダ・ベインズだ。お父さんのジョージがこの店のオーナーをしている」

「はじめまして」とアイリーン。

「いらっしゃい」ブレンダがメニューを手に取った。「お待ちしていたわ」ルークを見る。

「お父さんとミスター・フットと弟さんたちが、奥の個室でお待ちかねよ」

「場所はわかる」ルークは言った。

「こちらへどうぞ、ミス・ステンソン」ブレンダがアイリーンに向き直った。「ミセス・ダナーとケイティが窓際のテーブルにいるわ」

「ありがとう」

「四十五分だぞ」ルークは念を押した。

彼女はおもしろそうな顔をして見せると、ブレンダについて店の反対側へ歩いていった。ルークはしなやかに美しく揺れる彼女の腰をつかのま見つめていた。それからカウンターからサンフランシスコの新聞の朝刊を取り、見出しに目をとおしながら店の奥へ向かった。

ウェブの選挙本部は、パメラの死が表ざたにならないように手を尽くしたらしい。三面までできてようやく、葬儀が行なわれた教会から手に手を取って出てくるライランド・ウェブとアレクサ・ダグラスの写真が掲載されていた。どちらも地味で上品な仕立てのいい喪服を着ている。

ライランドとアレクサのうしろに、年配の白髪の男が立っていた。説明書きには、パメラの祖父のヴィクター・ウェブとある。みんなに好かれているとマキシーンが言っていたのは、おそらくこの男だろう。ダンズリーの住民に大いに貢献したウェブ家のメンバー。ルークは写真に添えられた短い記事を読んだ。予想外のことや驚くようなことは、いっさい書かれていなかった。

……内輪の葬儀のあと、ウェブ上院議員はマスコミ向けに短くコメントを発表し、遺族のプライバシーを尊重してほしいと述べた。また、ワシントンに戻ったら、精神衛生と麻薬依存への取り組みを目標に据えた法律の制定を目指す意思を明らかにした。「このような悲劇は、この国の多くの家族に起こっています」と述べ、「いまこそ政府が行動を起こさなければ……」

ルークは個室のまえで足をとめた。新聞を脇にはさみ、両開きの扉をあける。親父さんとジェイソン、ハケットとゴードン・フットが磨きあげた木のテーブルについていた。テーブルにコーヒーは載っていない。食器もナプキンもメニューもない。まずい兆候だ。ルークは思った。

テーブルを囲む四人は、さまざまな不安と決意のこもる顔で彼を見つめていた。部屋の一方にある狭い配膳室から、ほっそりした女性が現われた。ツイードのスーツと実用本位の靴という、仕事モードの服装だ。やけに大きな黒ぶち眼鏡が、学究畑の人間らしい雰囲気を高めている。彼女は親身で心がこもっているが、固い決意を秘めた顔でルークを見た。

「おはよう、ルーク」ドクター・ヴァン・ダイクが静かに言った。「久しぶりね」

「つまり、朝食は食べられないということか？」ルークは訊いた。

「これは介入と呼ばれているの」ヴィッキが言った。

ちょうどたっぷりバターを塗ったマフィンを口に入れたところだったアイリーンは、むせそうになった。「なんですって？」

「介入よ」すかさずケイティが説明する。「自己破壊的な行動パターンを見せる人と対面するために使われる、心理学的なテクニックなの。その人に、自分は問題を抱えていて、助けが必要だと認めさせるのが目的よ」

「介入が何かは知っているわ」アイリーンは急いでマフィンを飲みこみ、驚きながらケイティとヴィッキを見つめた。「でも、あなたたちはわかっていない。ルークは今朝、朝食を食べながら仕事のオファーを受けると思っているのよ」

「うちの仕事に戻るようにルークに頼めたら、さぞよかったでしょうね」ヴィッキが言った。

「それはもうジョンがやったわ。結果は悲惨だった」

「精神科医に彼を待ち伏せさせるなんて、あまりいい考えではない気がするわ」不安を覚える。

ヴィッキが顔をしかめた。「とんでもない。あの部屋で起きているのは、待ち伏せではないわ。ジョンとみんなは、ルークを解放しようとしているのよ。彼を根本的な問題に立ち向かわせる、最後の試みなの」

「ほかのことはすべて試したのよ」ケイティが言い添える。「ルークは自分の問題について話そうとしない。問題があることすら認めようとしないわ」

「ジョンはドクター・ヴァン・ダイクから、介入が最後の手段だと言われたの」とヴィッキ。

アイリーンは近くにいるウェイターに合図した。ウェイターが小走りで近づいてきた。

「はい?」

「ほうれん草とフェタチーズのオムレツをテイクアウトでお願い。急いで用意するように、調理場に伝えていただける?」

「承知しました」ヴィッキとケイティに顔を向ける。「お二人はどうなさいますか? ご注文なさいますか?」

ヴィッキがまごついた顔をした。「いまはコーヒーだけでいいわ」

「わたしも」ケイティがあわてて言う。

「わかりました」ウェイターがアイリーンに向き直った。「お客さまのご注文は、急いで用意させますのでご安心ください」

「ありがとう」

ウェイターが立ち去るのを待ってから、ヴィッキがアイリーンをにらんだ。「なぜ急いでオムレツをつくるように頼んだの?」

「だって、あまり長くここにいられないような気がするもの」アイリーンは残りのマフィンを口に押しこみ、にっこりヴィッキに微笑みかけた。「パンのかごを取っていただけます?」

「ルーク、あなたの家族と友人がこの場をセッティングしたのは、みんなあなたのことを心から心配しているからよ」ドクター・ヴァン・ダイクが言った。「わたしたち全員が」

「一つ断わっておく」ルークは言った。「朝食も食べないうちに、自分の精神的な問題について話すつもりはない」

背後でジョンがテーブルに拳をたたきつけた。「ルーク、この部屋を出ていくのは許さんぞ」

「ぼくはどこへも行きませんよ。とりあえずいまのところはね。なかなかおもしろい状況だ。一風変わってはいるが」廊下をせかせか歩いている白ジャケットの青年に声をかける。「コーヒーとカップを持ってきてくれるかい、ブルース?」

「はい、ミスター・ダナー。すぐお持ちします」

「ありがとう」

彼はあらためて扉を閉め、室内の人間に向き直った。「さて、この待ち伏せはどういうことなんだ?」

ジェイソンが渋い顔をした。「介入だ。ぼくとしては、ここにいる全員にうまくいくはずはないと伝えたことを言っておきたい」

ハケットが背もたれにもたれ、両手をポケットに押しこんだ。「ぼくも似たような話をした。具体的には、〝とんでもなく馬鹿げたアイデア〟と言ったと思う」

ルークは親父さんとゴードンとどこから見ても大胆不敵なドクター・ヴァン・ダイクが、会話の方向をおもしろくなく思っていることに気づいた。

「あなたには助けが必要だという点で、わたしたち全員の意見が一致しているのよ、ルーク」ヴァン・ダイクがほかのメンバーに念を押す。

「そのとおりだ」重苦しい声でゴードンが言う。「ルーク、海兵隊を除隊してから、きみはようすがおかしい。自分でもわかっているはずだ」

「おまえは抑鬱《よくうつ》状態にある」ジョンが真顔で告げる。「われわれは取り返しがつかなくなるまえに、それをとめようとしているんだ。ドクター・ヴァン・ダイクにアイデアがある」

「アイデアはいいものだ」とルーク。「ぼくにもいくつかある」

ノックの音にさえぎられた。ルークは振り返って扉をあけた。ブルースがトレイを手に立っていた。

「コーヒーとカップをお持ちしました」

「ありがとう」トレイを受け取る。

ブルースがルークの背後に目を向けた。「もっとカップをお持ちしましょうか？」

「いや」ルークはつま先で一方のドアを閉めた。「ほかのみんなはコーヒーに関心がないらしい。介入するので頭がいっぱいなんだ」

もう一方のドアも閉め、ポットとカップをテーブルに運ぶ。

ジョンの顔が怒りでこわばった。「いい加減にしろ。おまえは問題を抱えている。認めるんだ」

ルークはカップにコーヒーを注いだ。「誰にでも問題はある」

「あなたのような問題はないわ」有無を言わせぬ冷静な声でドクター・ヴァン・ダイクが言う。「あなたにあったことを考えると、不安や気鬱、勃起不全や注意過敏性をともなう外傷後ストレス障害になっても不思議ではないわ」

ルークは口に近づけていたカップを途中でとめた。「注意過敏性？」

「神経過敏になって、すぐぎくりとすることよ」ヴァン・ダイクが説明する。

「なるほど」ルークはうなずいた。「コーヒーで治そう」

視界の隅で、ジェイソンとハケットが目配せし、ハケットが警告するように無言で首を振るのが見えた。ゴードンは表情をこわばらせている。親父さんは椅子の上で少し沈みこんだように見えた。

みんなが早くもあきらめはじめているのが、ルークにはわかった。だが、どうやらドクター・ヴァン・ダイクの精神はもっと強靭《きょうじん》にできているらしい。室内の雰囲気の変化にはおかまいなしに、ドクターは突き進んだ。

「あなたの問題に建設的に取り組む最良の方法は、ただちにセラピーを始めることよ」と宣言する。「まず、今日を皮切りに週に三回会いましょう。それとは別に、不安と気鬱をやわらげる薬を処方するわ。勃起不全に効く薬もあるのよ」

「それは何よりだ」ルークはコーヒーに口をつけた。

アイリーンはヴィッキを見た。「ミセス・ダナー、ルークの母親として、彼を心配しているのはわかります」

「わたしはあの子の母親ではないわ」

「義理の母という意味です」あわてて言い直す。

コーヒーカップの華奢《きゃしゃ》な把手を持つヴィッキのきれいにマニキュアを施した手に、力が入った。「はっきりさせておくわ、アイリーン。ルークがわたしたちの関係について、あなたに何を話したか知らないけれど、あの子がわたしを母親とも義理の母とも思っていないのは確かよ。わたしは彼の父親の妻なの」

「ええ、それはそうですが――」

ヴィッキがため息を漏らす。「最初から、ルークは自分に母親は必要でもないしほしくもないことをはっきりさせたわ。ジョンにはじめて紹介されたときの第一印象は忘れない。十歳だったのに、四十歳のようだった」

ケイティがかすかに眉をしかめた。「ルークはあなたが大好きよ、ヴィッキ。わかっているでしょう」

「最初はそうじゃなかったわ」ヴィッキが硬い表情で言う。「そもそも、あの子が失った母親のかわりになろうとしたのが間違いだったのよ。でも、そのときまでルークは数年間、ジョンとゴードンの三人で男だけで暮らしていた。彼はその状況が気に入っていたのよ」手に持つカップがかすかに震えている。「あの子を家族から追いだしたのは、わたしじゃないかとよく思うの」

アイリーンはかごからもう一つマフィンを取った。「どういう意味ですか?」

「わたしが現われなかったら、わたしが父親の関心をここまで引かず、腹違いの弟を二人も産んだりしなければ、ルークは学究生活に入ったり、そのあと海兵隊に入隊しようなどという気持ちにならなかったかもしれない」いったん口を閉ざし、続ける。「そして、あの子がそんなことをしていなければ、いまのような状態になっていなかったかもしれない」

「そんな、ちょっと待ってください」アイリーンはヴィッキの悲しげな顔のまえで盛大にナプキンを振った。「落ち着いて。ルークの話をしてるんですよ。彼はあくまで自分の意思に従う人間です。つねに自分で選択をする人間。彼が海兵隊に入隊したのも、ロッジを買ったのも、それ以外に彼が自分で決めて行なったどんなことも、あなたのせいじゃありません」

「ジョンはあの子のことをとても心配しているの」ヴィッキがつぶやいた。

「ルークはだいじょうぶです」とアイリーン。

ヴィッキが確認を求めるように彼女を見た。「本当に？　うちのビジネスに戻ってくると思う？」

アイリーンはいっとき考えてから答えた。「もし〈エレナ・クリーク・ヴィンヤード〉に深刻な問題が起きて、自分にはそれを解決できるとルークが思ったら、戻ってくるはずです。このビジネスが家族全員にとってどれだけ大切なものか、彼はわかっています。彼の忠誠心と責任感を考えると、必要とあればかならず助けようとするでしょう。でも、それ以外の場合はノーです。彼には自分の計画があるんです」

「〈サンライズ・オン・ザ・レイク・ロッジ〉の経営？」とヴィッキ。「そんなの馬鹿げているわ。ルークはホテルの経営者になんて向いていない。ワインづくりに向いているのよ」

ケイティが何やら考えこんだ顔をした。「でも、アイリーンの話にも一理あるわ。半年まえ、みんなと同じようにわたしもルークをサンタ・エレナでの暮らしになじませようと必死だった。ジョンおじさんや父やあなたが、そうするのが彼にとっていちばんいいと思っているのを知っていたから。でもいまから思うと、彼にうちのビジネスや結婚を迫ったのは間違いだったのかもしれない。わたしたちがしていたことは、きっとあの時点で彼がいちばんしたくないことを無理強いしていただけだったんだわ」

今度はケイティの顔のまえでナプキンを振る番だった。「それも言いすぎだわ。家族のビジネスにくわわったり、結婚したり普通に振る舞ったりするように、ルークに無理強いしたと自分を責めるのは間違いよ。本人にその気がなければ、あそこまで話が進んでいたはずがないもの。それとも、彼が簡単に他人に操られないタイプだと、気づいていないの?」

ケイティが苦笑した。「うちの家族のなかに、簡単に操られる男は一人もいないわ」

ヴィッキが顔をしかめる。「頑固でわからずや。一人残らずね」

アイリーンはナプキンを膝に戻した。「ルークは自分が何をしているか、ちゃんとわかっているわ」そのとき、レストランの奥からこちらへ歩いてくるルークが見えた。「たいへん、もう行かなくちゃ。運転手が来たわ」

「え?」ケイティが振り返って彼に気づく。「まあ、介入はうまくいかなかったようね」

ヴィッキが不安な顔で彼を見る。「ジョンはドクター・ヴァン・ダイクから、介入は少なくとも一時間は続くし、できればそのあとすぐに一対一のカウンセリングを始めたいと言われていたのに」

「誰かがドクター・ヴァン・ダイクに、ルークはいつも自分の意思で行動すると警告するべきでしたね」とアイリーン。

ルークがテーブルまでやってきて足をとめた。「おはよう、みなさん。介入にはもってこいの日だと思わないかい?」アイリーンに目を向ける。「きみはどうか知らないが、ぼくはなかなか楽しかったよ。帰ろう」

「そう言うと思っていたわ」あわてて席を立ち、新しいナプキンをつかむ。「ちょっと待って」

テーブルの上でナプキンを広げ、パンのかごをつかんでナプキンの中央で逆さにし、残りのマフィンを載せる。そして手早くマフィンを包み、ナプキンの端を結んだ。

ウェイターがテイクアウトの箱を持って戻ってきた。「オムレツの用意ができました。プラスチックのナイフとフォークにナプキンも入っています」

「ちょうどよかったわ、ありがとう」アイリーンはウェイターから箱を受け取り、椅子の背にかけてあるコートをつかんで肩にバッグをかけると、にっこりルークに微笑みかけた。

「いいわよ」

「行こう」彼が言った。

ジェイソンとハケット、ゴードンとジョンが小走りで近づいてきた。四人のうしろには、ツイードのスーツに身を包み、デザインよりはき心地を重視したと思われる靴をはいた女性がいる。ドクター・ヴァン・ダイクに違いない。

「ルーク、待ちなさい」ジョンが一喝した。

「悪いな、父さん」ルークがアイリーンを出口へうながした。「サンフランシスコで用事があるんだ」

ツイードスーツの女性がアイリーンのまえに立ちはだかった。非難の波を発散している。

「彼を説得なさい」ヴァン・ダイクが静かに言った。

「それはどうかしら」アイリーンは答えた。「ルークは自分がしたいことしかしません」

「彼にとって何がいちばんいいか、わかっているでしょう。みんなそれはわかっています。だからわたしがここにいるんです」

アイリーンは周囲の心配そうな顔をすばやく見わたし、ルークを気にかけているのがありありと伝わってくる人たちを安心させる言葉を探した。そして、ふと思いついた。

「こう言ってみなさんの気が楽になるかどうかわかりませんが」と話しだす。「ルークの勃起不全を心配する必要がないことは保証できます」

「アイリーン」ルークが小声で言った。「そういう話は――」

「そちらのほうは、まったく正常です」言いたいことがきちんと伝わるように、早口で続ける。「それどころか、平均よりずっと大きいわ」

レストラン全体が、水を打ったように静まり返った。アイリーンは、全員が唖然《あぜん》とした顔で自分を見つめていることに気づいた。

ジェイソンがにやりとする。「わーお」

〝大きい〟という表現は適切じゃなかったかもしれない。

「つまり、平均以上という意味です」あわてて言い直す。

その瞬間、咄嗟に選んだ言葉も適切でないと気づいた。

「なんだか頭がくらくらするわ」ルークに言う。

「不思議だな。ぼくは薬のコマーシャルに出ている気分だ」とルーク。「どうやら、戦略的退却と呼ばれる状況らしい」

「ええ、そうしましょう」

彼はアイリーンを出口へ向かわせ、目を丸くしているブレンダからすばやく傘を受け取った。

まもなく、アイリーンはそぼ降る雨のなかに立っていた。

一瞬、重たい沈黙が落ちる。

アイリーンは咳払いした。「朝食も仕事のオファーもなかったようね」

「ああ」

「期待はずれだったわね」

「ぼくに言わせれば、これで今日はもう上向きになるしかない」

「〝まだグラスに半分水が残っている〟みたいな楽観的な発言ね」

ルークは彼女の言葉を聞き流した。「その箱には、何が入ってるんだ?」

「ほうれん草とフェタチーズのオムレツよ。介入の話を聞いて、あまり長居はできそうにないと思ったの。マフィンに雨がかからないように気をつけて」

ルークが白い歯をきらめかせて、にやりとした。「ぼくは自分の勃起不全についてわざわざ人前で話そうとは思わないが、あんな切羽詰まった状況で朝食を確保できる女性には、たしかに感心せざるをえないな」

32

静かな住宅街のはずれの空いたスペースにルークがSUVをとめたとき、サンフランシスコにはまだ朝もやがかかっていた。彼はエンジンを切ってハンドルの上で腕を組み、あたりの状況をうかがった。

ホイト・イーガンが住む通りの両側には、成功した独身者や将来有望な人間向けに建てられた現代的なアパートが並んでいた。どの建物も、正面がしゃれたイタリア風になっている。だがうわべの装飾に目をつぶると、精巧な彫刻を施した窓や戸口の下にあるのはありきたりの四角い箱だとわかる。

「本当にこの住所で間違いないの？」助手席のドアをあけながら、アイリーンが訊いた。

「今朝、インターネットで調べた」

「まだ自宅にいるのは確かなの？」

「今日のイーガンの予定を訊いたとき、彼のオフィスの人間はとても親切でね」

「なんて言ったの？　ウェブの選挙活動に大口の寄付をするとでも？」

「そんな印象を与えたかもしれない」

ルークは車をおり、歩道でアイリーンを待った。それから二人でイーガンのアパートの入口へ歩きだした。凝ったつくりの錬鉄製の門についた派手な表示で、アパートの名前が〝パラディウム〟とわかる。

アイリーンがコートのポケットに両手を突っこんだまま足をとめ、インターホンを見つめた。「どうやって入れてもらうの？」

「心配ない。イーガンはあっと言う間にロックを解除して、ぼくたちをなかへ入れるはずだ」

「どうして？」

「震えあがるからさ。いつも効果がある」

彼女の表情がまばゆい笑顔に変わる。「あなたに震えあがるのね。それならわかるわ」

ルークは愉快になった。「誤解しないでくれ。信頼してくれるのはありがたいが、今日はその手は使わない。今回は、悪い評判への恐怖を利用する。イーガンは、ホワイトハウスを目指している上院議員を担当する責任者なんだ。彼の仕事は、被害をいかにうまく未然に防ぐかにかかっている」

「なるほど。わたしたちは被害になりかねない危険性をはらんでいるのね」

「そういうことだ」ルークはインターホンのボタンを押した。

一度ボタンを押しただけで、スピーカーから耳障りにざらついた男の声がいらだたしそうに答えた。

「三〇一号室」イーガンが言った。「配達か？」

「そうとも言える」ルークは答えた。「ルーク・ダナー。アイリーン・ステンソンと一緒だ。覚えているか？」

インターホンの向こうで、イーガンがつかのま息を呑んだ。

「なんの用だ？」とげとげしい声になっている。

「話がある」とルーク。「時間がなければ――」

カチリと鍵があく音がした。アイリーンが把手をまわし、ゲートを押しあけた。

「あがってこい」イーガンが不機嫌に告げる。

それきりインターホンは黙りこんだ。

ルークはアイリーンに続いてゲートを抜け、噴水と、植物が植えられた陶器の植木鉢がいくつも置かれた狭いタイル張りの中庭に入った。中庭を横切り、分厚いガラスの両びらきドアを抜けて狭いロビーに踏みこむ。一方に〝管理人〟と書かれたドアがあった。ドアは閉まっている。

アイリーンがエレベーターに向かって歩きだした。ルークは彼女の腕をつかんだ。

「階段で行こう」

「いいわ」怪訝《けげん》な顔をしている。「何か理由があるの？」

「そのほうが、この建物の構造がわかる」

「なぜ知りたいの？」

「むかしからの習慣だ」ルークは答えた。「自分にさほど好意を持っていない相手に会うときは、情報が多いに越したことはない」

「なるほど」わけ知り顔で答える。「諜報活動というわけね」

「海兵隊が使うおおげさな言い方だが、せっかく身についているんだから利用しない手はない」

三階の廊下に敷き詰められたカーペットが二人の足音を消していたが、イーガンはのぞき穴から外をうかがっていたらしく、ノックしようとルークが手をあげると同時に三〇一号室のドアがひらいた。

「なんの用だ？」イーガンがぶっきらぼうに尋ね、二人を鏡のある狭い玄関ホールに招き入れた。「一連の会合の準備で忙しいんだ」

イーガンは値の張りそうなドレスシャツとズボンを身につけていた。靴は磨きたてだ。まだネクタイはしていないが、会合の話は本当なのだろうとルークは思った。

「手短にすませる」彼は言った。

「こっちだ」イーガンが居間のほうへ首をかしげる。

ひとめ見ただけで、イーガンに〈パラディウム〉のイタリア風の雰囲気に合わせてインテリアをコーディネートする気がなかったことがわかった。それどころか、ルークが見るかぎり、その部屋にはなんのテーマも感じられなかった。あえて言えば、〝仕事中毒の政治家秘書風〟とでも言おうか。

固定電話が四台あり、イーガンのベルトにも一つ電話がついている。一方の隅にファックス、反対側にコピー機。壁のほとんどが、各界のVIPと一緒に写るウェブ上院議員の写真が載った新聞や雑誌の切り抜きでおおわれている。

アイリーンが散らかった居間の中央で足をとめ、コートのポケットに両手を入れた。

「わたしたちがパメラの遺体を見つける前日、あなたと彼女がなぜ口論していたか教えてちょうだい」彼女が言った。

イーガンは、目のまえでアイリーンが宇宙人に変身したような顔をした。「いったいなんの話をしてるんだ？」

「おまえが彼女に会いにダンズリーに行ったことはわかってるんだ」ルークは近くの壁に歩み寄り、博物館から出てくるライランド・ウェブの写真を見つめた。アレクサ・ダグラスと九歳ぐらいの少女が一緒に写っている。ルークはちらりと肩越しに振り向いた。「おまえたちが言い争っていたのはわかっている」

イーガンは直立不動だった。頭のなかでさまざまなシナリオが駆けめぐり、この不測の事態にどう対処すべきか考えをめぐらせているのが目に見えるようだ。

「証明はできない」イーガンが言った。

「ダンズリーは小さな町よ」アイリーンがうっすら微笑む。「誰にも見られずに、真っ昼間に町でいちばん有名な一族の一人に会いに行けると本気で思っているの？」

「あそこには、わたしやわたしの車を知っている人間は一人もいない」咄嗟《とっさ》にイーガンが答えた。本人も、それが無実の人間の発言には聞こえないと気づいたらしい。「わたしは別にこそこそしようとしていたわけじゃない。ああそうとも、きみたちには関係のないことだが、あの日、わたしは彼女に会いに行った。何かをでっちあげようとしても無駄だ。パメラが死んだとき、わたしはダンズリーの近くにいなかった。あの家を出たとき、彼女はぴんぴんしていた」

「パメラと何を言い争っていたの？」アイリーンが訊く。

イーガンの顎がこわばった。「話す必要はない」

ルークは彼を見た。「口論の原因を話してもらえないと、ぼくたちは勝手に結論を出すし、その結論のいくつかはアイリーンの新聞に載るかもしれない。そうなってもいいのか？」

「わたしを脅すつもりなのか？」

ルークは両手を横に広げて見せた。「まあね。どうやら答えを聞くには、それしか方法がないようだ。もっといいアイデアはあるかい？」

アイリーンが二人をにらんだ。「もういいでしょう、二人とも。ホイト、お願いよ、これは大事なことなの。パメラとなぜ口論していたか、どうしても知りたいの」

「なぜだ？　彼女の死をわたしのせいにできるからか？　冗談じゃない」

アイリーンがしげしげと彼を見つめた。「パメラと深い仲だったのね？」

イーガンがくちごもる。今度も頭のなかで計算しているのが見えるようだった。

「しばらくそういう仲だった」ゆっくりと答える。「ほんの数週間だけだ。秘密でもなんでもない。それがどうかしたのか？」

「パメラのほうから終わらせたんでしょう？」アイリーンが言った。声が穏やかになっている。「十代のころ、男性との仲を終わらせるのは、いつもパメラだったもの。その点は、変わっていなかったはずだわ」

イーガンの顔が深紅に変わった。つかのま、ルークは彼が怒鳴りだすのではないかと思ったが、どうやらがっくり気落ちしたようだった。

「自分でも、長くは続かないとわかっていた」沈んだ声でイーガンが言った。

「わたしはウェブの下で二年近く働いているんだ。男とつき合うパメラを見たことがある。パターンはわかっていた。だが、これまで彼女に魅了されてきた男たちのように、わたしも自分だけは違うと思っていた」首を振る。「パメラは照明のようだった。誰かがほしくなると、スイッチを入れて相手を照らすんだ。飽きるとスイッチを切る。何が起きたかわからない相手を、暗闇に置き去りにする」

「二人の関係が終わったのはいつ？」とアイリーン。

「彼女がダンズリーへ行く二日前だ」口元がこわばる。「いきなりだった。その晩、わたしたちは一緒に資金集めのパーティに出席していた。わたしは彼女とベッドをともにするつもりで、パメラを送っていった。彼女はアパートの玄関で足をとめ、楽しかったがもう終わりだと言ってきた。おやすみと言って、こちらの顔のまえでドアを閉めた。正直、度肝を抜かれたよ」

「そのあとどうしたんだ？」ルークは尋ねた。

「そんな状況の男はどうすればいい？　わたしはここへ戻り、大きなグラスにスコッチを注いだ。翌日、彼女に連絡を取ろうとしたが、サンフランシスコのアパートに電話をかけても応答がなかった。それで湖の屋敷にかけてみた。パメラは電話に出たが、決心を変えるつもりはないことをはっきり伝えてきた」

「それでもあなたは、とりあえず彼女に会いに行ったのね?」

「あれで会ったと言えるかどうか」窓辺へ行き、ポケットに両手を入れる。「彼女はわたしにサンフランシスコへ帰れと言った。自分にはやることがあると」

「やること?」

イーガンがうめき、窓から振り向いた。「自殺しようとしている人間がするようなことだろう」

「過剰摂取は故意だと思ってるのか?」ルークは訊いた。「事故ではないと?」

イーガンが首を振る。「わたしにわかるはずないだろう? わたしが故意だと思うのは、パメラが薬と酒の量を間違えるとは思えないからだ。彼女はもう何年も、依存の問題をなんとか克服していた。なぜいまになってそれを無駄にするんだ?」

「ダンズリーの屋敷を出たとき、パメラは自殺しそうに見えた?」アイリーンが訊く。

「まさか」イーガンが顔をしかめた。「もし自殺しそうな気配を感じたら、何か手を打っていた」

アイリーンが彼を見つめる。「たとえば?」

イーガンがポケットから片手を出し、横にはらった。「とりあえず、彼女の父親に連絡したはずだ。ウェブはパメラの医者に相談しただろう。きっと医者と二人で彼女を私立病院に入院させる手配をしたに決まっている。でも、あそこを出るとき、パメラが自殺をするような精神状態だとは、まったく気づかなかった。わたしに飽きて、ほかの男に鞍替《くらが》えするつもりなんだろうと思っていた。さっきも言ったように、それがいつものパターンだった」

アイリーンの褐色の眉が中央に寄った。「新しい相手がいるのか、訊いてみたの?」

「ああ。答えはノーだった。少し休むつもりだと話していた。それだけさ。わたしは車に戻ってここへ帰ってきた。そうしたら夜中の三時にウェブから電話があって、ダンズリーの警察署長からたったいま連絡を受けたと言われたんだ。パメラが死んだから、遺体を引き取る手配をして葬儀を行ない、マクファーソン署長と会わなければならないと」アイリーンをにらむ。「そのあと、わたしは自分の務めを果たした。パメラの死を家族のプライベートな問題にとどめるように、全力を尽くした」

ルークは、最近ひらかれた資金集めの催しで大統領と話しているライランドとアレクサの写真を見つめた。「ウェブの婚約者をダンズリーに連れてきたのは、誰のアイデアだったんだ?」

「アレクサ本人が一緒に行くと言ったんだ。一人娘を失った上院議員のそばにいてやるべきだと感じていた。正しい判断だったよ。マスコミは葬儀に出席している彼女に夢中だった」

ルークは軽く両眉をあげて見せた。「深刻な問題を抱えていた娘の悲劇的な死を深く悲しむ候補者に寄り添う、やさしく忠実な婚約者」

「政治では印象がすべてだ。日常生活と同じように」イーガンが乾いた声で言う。

ルークはアイリーンがぴたりと動きをとめたことに気づいた。

「アレクサ・ダグラスは、実際には忠実でもやさしくもないと言ってるの?」彼女が訊く。

イーガンが驚いた顔をした。「まさか、その正反対だ。アレクサ・ダグラスには、ウェブが大統領執務室を目指す以上の夢がある。彼女はすでにファーストレディ用の服を選んだり、大統領や外交官が自分の子どもを通わせているワシントンのしゃれた学校にエミリーを入学させる準備をしている気がする」

「エミリー?」

「彼女の娘だ」とイーガン。「アレクサは未亡人なんだ」

アイリーンが壁の写真に目をやった。「アレクサはライランドよりかなり年下だわ」

「三十三歳だ。正確には」小さく鼻を鳴らす。「だが、年下なのが女の場合、二十歳の年の差のようなささいなことを気にする人間はいないものだ。違うか?」

「恋愛結婚なの?」

「政略結婚さ」平然と答える。「ホワイトハウスを目指すなら、ウェブには妻が必要だ。有権者は独身の大統領を好まない」

「そんなこと、考えもしなかったわ」アイリーンが認める。「でも言われてみれば、たしかに配偶者がいることは、大統領を目指す政治家にとって大きな強みでしょうね」

「アレクサはウェブにとって、またとない相手だ。良家の出、一流校出身、スキャンダルはなし。聡明で弁がたつ。そのうえ、夫から膨大な遺産を相続している。さらに……」声が小さくなる。

「さらに、なんだ？」ルークは催促した。

「ウェブの父親は何年もまえから、再婚して男子の子孫を残すようにライランドをせっついていた。自分が生きているあいだに、ヴィクター・ウェブが一族の名前と財産を孫息子に継がせたがっているのは別に秘密でもなんでもない。ここだけの話だが、婚約を発表するまえに、アレクサは妊娠可能であることを確認するために徹底的な検査を受けた。さらに、結婚から一年のあいだに、妊娠するようあらゆる手を尽くすと定めた婚前契約も交わしている」

「すごいプレッシャーね」アイリーンが言った。「アレクサをうらやましいとは、これっぽっちも思わないわ」アレクサが写る写真の一つに目をやる。「彼女はパメラと同い年よ。二人はうまくいっていたの？」

「最初、パメラはアレクサをウェブがこれまでつき合った女と同じように扱っていた」とイーガン。「要するに、無視していたんだ。だがウェブが婚約を発表すると、パメラはアレクサを深刻に受けとめるようになった」

「どういう意味？」

「パメラは急に、アレクサに敵意を見せたんだ。噂によると、数週間まえにひらかれた資金集めの催しで、パメラは化粧室で彼女相手に一悶着起こしたらしい。何を言い争っていたのかはわからないが、おそらくパメラはアレクサと父親との結婚を望んでいないとはっきり告げたんだろう」

「パメラは彼女に嫉妬《しっと》していたのかしら」アイリーンはゆっくり壁に沿って歩きながら、写真を見ている。「彼女は多くを失いかけていた。父親の政治活動のなかで、パメラが長年果たしてきた役目はアレクサが引き継ぐことになる。結婚後は、アレクサがウェブのホステスとなり、もっとも身近な助言者になる。パメラがほしいままにしていた力と社会的地位は、アレクサが受け継ぐ」

イーガンがいらだたしそうな顔をした。「パメラが何を考えていたかなんて、誰にわかる？　わたしはまったく彼女を理解できなかった」

十分後、ルークはアイリーンが助手席に座るSUVに乗りこんだ。

「で？」イグニッションにキーを差しながら尋ねる。

「よくわからない」アイリーンが答えた。「でも、もしパメラとアレクサが仲たがいしていたのなら、有力な容疑者が現われたことになるわ。アレクサはかなり野心的な女性のようだし」

「パメラに邪魔をされそうだから、始末したのかもしれないと思っているのか？　結婚を白紙に戻すように、ウェブを説得しかねないと？」

「ありえない話じゃないわ」窓越しにイーガンのアパートを見つめている。

ルークは縁石から車を出した。「だが、なぜ屋敷を燃やしたんだ？　放火は証拠を消したい人間がやることのような気がする」

「そうよ」アイリーンが言った。「きっとそれが目的なのよ。でも、家を燃やす必要がある証拠って、どんなものかしら？」

ルークはつかのま考えをめぐらせた。「殺人犯には見つけられなかったが、あの家にあるはずだと犯人が考えた証拠だ」

「たぶん小さなものね」

「あるいは、そうとううまく隠されているか」

「ねえ」小さな声でつぶやく。「ホイト・イーガンは信用できないわ」

「ぼくもそう思う。ぼくたちに何も話したくないにしては、かなりいろいろ話していた」

「彼のことをもっと知りたいわ。インターネットで調べてみる」

ルークは慎重に角を曲がった。「ぼくたちがインターネットで調べるより、はるかに早くイーガンのくわしい素性を調べられる人間に心当たりがある」

「誰？」

「海兵隊の仲間だったケン・タナカだ。いまは私立探偵をしている。主に企業向けの仕事をしているが、ぼくの頼みなら聞いてくれるはずだ」

アイリーンは彼の提案をしばらく考えていた。「あなたと同じ経験をしたお友だちが、たくさんいるの?」

「それほど多くない。数人だ」

「その人たちと、その話をする?」

「あまり」

「おたがいに相手もわかっているのがわかっていて、それで充分だからね?」

「ああ」

33

その晩の五時半、ルークが五号キャビンの玄関先にやってきた。ドアをあけたアイリーンは、彼が手ぶらではないことに気づいた。髭剃《ひげそ》り道具と小さなダッフルバッグ、それにパソコンを持っている。

「気のせいかもしれないけれど、今夜は夕食だけで帰るつもりじゃなさそうね」屈託のない冗談に聞こえるように、彼女は言った。

ルークの表情はほとんど揺らがなかったが、アイリーンはどこかで鋼鉄の扉が閉まる音を聞いた気がした。屈託のない冗談もこれまでだ。

「ぼくたちはこの二日間、一緒に夜を過ごした」感情のこもらない声で彼が言った。「ぼくは何か勘違いをしているのか?」

玄関先に立っている彼を見ていると、人生を変えるような決断を迫られている気がした。そんなだいそれた問題であるはずがない。わたしたちは、最近共有した強烈な経験に大いにたきつけられて、のぼせあがった関係になっているだけだ。この関係がいつまでも続くはずがないけれど、続いているあいだ、ルークはわたしをセックスの女神になった気持ちにさせてくれる。最後に男性にセックスの女神の気分にさせてもらったのは、いつだろう?

「いいえ」アイリーンはにっこり微笑んだ。「勘違いなんかしてないわ」

彼女は一歩さがり、ルークを招き入れた。彼の顔から冷たい翳りが消えている。鋼鉄の扉がふたたびひらいたのがわかる。

キャビンに入ってきたルークは妙に満ち足りたようすで、自宅に帰ってきた男のように見えた。

その晩遅く、アイリーンはそっとベッドを出て行くルークの気配で目が覚めた。じっと横たわったままぶたをあけると、足音を忍ばせて廊下を居間へ歩いていく彼が見えた。片手にジーンズを持っている。

ルークの姿が見えなくなってから、アイリーンは寝返りを打ってテーブルの時計を見た。午前二時半。

彼女はしばらくそのまま待っていた。彼がキッチンで軽く何かをつまむか、トイレを使える程度のあいだ。ルークは戻ってこない。

アイリーンは起きあがり、ふとんをはねのけて立ちあがった。彼にも秘密を持つ権利はある。けれど、これは絶対に変だ。彼が眠れないなら、わたしも眠れない。アイリーンは室内ばきに足を入れ、居間へ向かった。

寝るまえにつけておいたエンドテーブルのランプの明かりのなかで、ルークがソファの端に腰かけていた。目のまえのテーブルに、ひらいたノートパソコンが置いてある。真剣な表情から、入力に集中しているのが伝わってきた。

「真夜中にチャットをする趣味があるなら、いまのうちに教えてね」アイリーンは声をかけた。

ルークが顔をあげた。ほんの一秒か二秒のあいだ、そこにアイリーンが立っていることに驚いたようだった。それから苦笑を浮かべた。

「きみを起こすつもりはなかったんだ」と答える。「いくつか思いついたことがあったから、忘れるまえに書いておきたかった」

「思いついたこと？　ウェブのこと？」

「いや」クッションにもたれ、両脚をテーブルの下に伸ばしてジーンズの腰に親指をかける。

「書いている本の内容だ」

「本？」胸の奥で好奇心が芽生える。「小説？」

ルークが見せたためらいで、本の話をするのに慣れていないのがわかった。

「違う」しばらくして、彼が口をひらいた。真剣な顔でモニターを見つめている。「完全なノンフィクションだ。教科書やマニュアルに近い」

「本当？　テーマは何？」

「考え方と戦略の立て方について」

アイリーンはテーブルに近づいた。「軍事戦略？」

「戦略は戦略だ。どこで使おうと関係ない。ぼくが自分の部隊と自分自身を一度ならず救ったのは、軍事訓練のおかげだけでなく、海兵隊に入隊するまえに学んだ哲学の力もあると話しても、誰も信じようとしない」

それを聞いたとたん、事情が呑みこめた。「あなたは哲学から、何を考えるかではなく、どう考えるかも学んだのね」

「そして戦争からは……また別のことを学んだ。ぼくは、この人類の二つの試みから、教訓を引きだそうとしているんだ」

「とても厳粛な感じがするわ」

彼の口元がひきつった。「そうなるのを避けようとしているんだ。難解とか深遠とかいう印象を読者に与えたくない」

「難解で深遠。ものものしい表現だこと。あなたのゆったりしたうわべの下には、生まれながらの学者の魂が脈打っているんだとジェイソンに警告されたわ。どうして学問の世界を去って海兵隊に入隊したの？」

ルークはあたかも質問の答えを探しているように、じっとモニターを見つめていた。「うまく説明できない。ぼくのなかには、学問の世界に惹かれるものがあった。でも……未完成という感覚もあったんだ。自分の学術面と釣り合いを取るものが必要な気がした」そう言って肩をすくめる。「あるいはそれに似たものを」

「あなたは自分が何か知ってる？」

彼が目をあげた。「え？」

「ルネサンス時代に戦う学者と呼ばれた男の、二十一世紀版よ」

「ものものしい表現をしてるのは、どっちだ？」

「そしてその本」確信をこめて続ける。「それは、あなたの二つの人格を併合するためなのね？　あなたなりのセラピーなのよ」

ルークがモニターに視線を戻す。「まいったな、そのとおりかもしれない」

アイリーンはソファの彼の隣りに腰をおろした。「ダンズリーに来たのは、本を書くのに最適な静かな場所を探すためだったんでしょう？」

「そのつもりだった」

「どうしてこのロッジを買ったの？　お金が必要だったと言っても無駄よ。利益を出そうともしていないんだから」

「経済的には困っていない。数年まえから、二、三件確実な投資をしている」アイリーンの片手に自分の手を重ねる。「ロッジに関してだが、水辺の不動産は失敗しようがないと言うだろう？」

「ダンズリーでは違うわ。伯母が両親の家を売ったとき、ほとんど利益は出なかったもの」

「元気が出る情報をありがとう」

「なぜロッジを経営することになったの？」

「お客を取る気はまったくなかった。キャビンの一つに住んで、ほかのキャビンは閉めておくつもりだったんだ。でも、二つばかり問題が起きた」

「どんな？」

「マキシーンと息子のブレイディだ」とルーク。「それと、タッカー・ミルズのこともある」

アイリーンは彼と指をからませた。「わかるわ。マキシーンは、ここの仕事に経済的に頼っている。そういうことね？」

「このあたりには、あまり就職口がない。シーズンオフならなおさらだ。ここへ越してから五分かそこらで、ロッジを閉めたらマキシーンとブレイディが経済的に深刻な状況になるとわかった」

「タッカーはどうなの？」

「おそらくタッカーは、ここのパートタイムの仕事がなくてもやっていけただろう。なんとかやっていくのが彼のやり方だからね」そこで一瞬くちごもる。「でも、彼はここで働くのが好きなんだ。ずっとここで働いてきた。ロッジの手入れは、定期的にする仕事の一つになっている」

「そしてタッカーには定期的な仕事がいる」

ルークがふたたびにやりとした。「誰でもそうだろう？」

「そうね。別の言い方をすれば、あなたは三人の人間が直接影響を受けてしまうから、ロッジを閉めなかったのね」

「採算が取れないわけじゃない。資金繰りを調べてみたら、夏のあいだにそれなりの客が入れば、多少の利益をあげつづけられるとわかった。それどころか、マキシーンに仕切らせておけば、そこそこの利益すら出るかもしれない」

「ロッジの営業を続けているのは、とても寛大な行動だわ」

「それがいちばん簡単な戦略だと思っただけだ。すべてを考え合わせると」

「そんなこと信じない。あなたはロッジを引き継いだとき、一緒に引き継いだ人たちに責任を感じたからもとのままにしたのよ。むかし父が言っていたことを覚えてるわ」

「なんだい？」

「いい上司はいつも部下のことを気遣っている」

アイリーンはまえに乗りだし、彼にキスをした。

ルークがキスを返した。しばらくのち、彼はパソコンを閉じ、アイリーンを連れて寝室へ戻った。

34

ケン・タナカから電話がかかってきたのは翌朝の七時半、ちょうどルークが特製のフレンチトーストをアイリーンに渡そうとしているときだった。

「まだホイト・イーガンの財政記録の調査は終わっていないが、ちょっと見てもらいたいものがある」ケンが言った。「パターンがあるんだ。どこかで見たことのあるようなパターンが。厄介なことになりそうだ」

「メールで送ってくれるか？」ルークは言った。

「この時期にそれはやめたほうがいいと思う」とケン。「次期大統領になるかもしれない男が関わっている可能性のある、やばい話をしてるんだ。当分は、おれたちのメールのやり取りの記録を残したくない。直接会って話すほうがいい。見せたい資料もある」

ケンらしい。ルークは思った。つねに用心を怠らない。それは彼が戦闘地帯で生き延びた理由の一つであり、私立探偵として成功している理由になっているのも明らかだ。

ルークは腕時計に目をやった。「三時間後にそっちへ行く」

「わかった」

ルークは電話を切り、あらためてフレンチトーストを皿に載せた。「タナカからだ。イーガンの財政記録で興味深いものを見つけたそうだ。どうやらライランド・ウェブが関わっているらしい」

アイリーンが期待で顔を輝かせた。「政治スキャンダルかしら？」

「たぶん」

「それなりの規模のスキャンダルなら、殺人の説明がつくわ」

「焦るな」トーストの上でオレンジの皮をすりおろしながら言う。「いまの時点では、新しい点がいくつかふえただけだ。食事を終えたら、すぐサンフランシスコへ行く。一緒に行くか？」

「ええ」そこで何か迷っているように考えこむ。「でも、お友だちに会うのはあなた一人に任せるわ。わたしは今日、やりたいことがあるの。別々に行動したほうが効率がいいわ」

不安がよぎる。「何をするつもりなんだ?」

「そんなに心配しないで。また遺体を見つけたり、どこかの家を燃やしたりするつもりはないから。じつは、今朝着替えをしながら思いついたことがあるの。電話が鳴ったとき、ちょうどその話をしようとしていたのよ」

「何を思いついたんだ?」まだ不安は消えない。

「火事があった晩、パメラの秘密の隠し場所で見つけた鍵に関することよ」フレンチトーストの皿を見つめ、嬉しそうに目を見張る。「わーお。ジェイソンならきっとそう言うわ。ようやくルームサービスが届いたのね」

35

錠前屋の名前はハーブ・ポーターといった。七十代で、この仕事に五十年近く携わっている。錠前と鍵のことなら知り尽くしているし、自分の仕事も知り尽くしていた。

「たしかにうちの鍵だね」アイリーンに渡された鍵をながめながらポーターが言った。「一流品だ。値も張る。こいつを扱ってるのは、このあたりじゃうちだけだ。数字のうしろに小さく〝P〟とあるだろう? うちのマークだ」

アイリーンは高鳴る胸の鼓動を鎮めようとした。パメラの鍵をつくった錠前屋を突きとめる計画が、暗礁に乗りあげてもしょうがないと思っていた。でもこうして希望の光が見えはじめ、アドレナリンが全身を駆けめぐっている。

「誰が注文したか、覚えていますか?」彼女は精一杯落ち着いたなにげない口調で尋ねた。

「もちろん。ウェブ上院議員の娘だ」

アイリーンはカウンターの縁をつかんだ。「名前を言いました?」

「そのときは言わなかった。マージョリーなんとかと名乗って現金で支払った。てっきり夏や週末にやってくる観光客だと思っていたんだ。だが、彼女が自殺したあと、新聞の写真を見て気づいた」首を振る。「なんともいたたまれない話だ。きれいな娘だった。身なりもよかったしね。モデルか何かみたいに見えたよ。わかるだろう?」

「ええ、わかります」アイリーンはにっこり微笑み、ありったけの自制をかき集めて、ガラスのカウンターに飛び乗ってポーターの襟をつかんで揺すり、答えを聞きだしたくなるのをこらえた。

落ち着くのよ。せきたてててはだめ。話をやめてしまうかもしれない。

もしパメラがサンフランシスコの海沿いにある大きな街のどれかにある錠前屋で鍵を注文していたら、店を特定できる可能性はほとんどなかった。けれど、地元でつくった可能性も捨てきれないとアイリーンは思ったのだ。もしそうなら、この鍵をつくった店を見つけることもできるはずだと。運がよければ、この鍵であける錠前のありかもわかるかもしれない。

九時を少しまわったころ、アイリーンは湖の北をまわってカービービルを目指し、途中で二軒の錠前屋に寄った。パメラに隠すものがあったのなら、町で唯一の錠前屋に行ったはずはないと考え、ダンズリーの店は調べなかった。錠前屋の主人のディーン・クランプなら、ウェブ家の人間にすぐ気づいたはずだ。

カービービルの静かな並木道の木陰にある〈ポーター：鍵と錠前〉で運に恵まれた。

「ミス・ウェブはいつここに来ました？」あふれる期待が表に出ないように尋ねる。

「さて」ポーターの視線が、壁にかかる時代遅れのカレンダーに向く。ホルタートップとショートスカートを身につけた、豊満な胸をした赤毛の女性をつかのま見つめ、それから納得したようにうなずいた。「数日まえだな。かなり急いでいた。大事なことだと言っていたよ。わたしはその翌日に仕事をしたんだ。ほら、日付が赤い丸で囲ってあるだろう？」

アイリーンは彼の視線を追ってカレンダーを見つめた。鼓動がいっきに高まる。赤いペンで囲まれた日付は、パメラが死んだ前日だ。

「彼女は鍵の付け替えを頼んだの？」彼女は眉をひそめた。「勘違いじゃありません？　パメラは新しい錠前をつけていないもの。わたしはほんの数日まえ、以前の鍵でウェブの屋敷に入ったわ」

ポーターが考えこんだように目を細めた。「あんたが言ってるのは、湖の反対側にある屋敷のことだろう？　このあいだの晩、焼け落ちた屋敷」

「ええ」

「彼女が鍵を付け替えたのは、あの家じゃない」

アイリーンは息を呑んだ。「あの家じゃない？」

「ああ。付け替えを頼まれたのは、町の反対側にある家だ。本人は貸家だと言っていた。だからわたしは彼女を観光客だと思ったんだ」

落胆の波が混乱に変わった。いったいなんのために、すでに家のあるパメラが貸家を借りたのだろう？

「住所は教えていただけないわよね？」断わられるのを覚悟で尋ねる。

意外にも、ポーターは肩をすくめ、古びた厚紙のファイルを取りだした。「別に問題はないだろう。ミス・ウェブは亡くなったんだから、もう秘密とは言えない。わたしが知るかぎり、あの家には誰も住んでいない」請求書や作業表をぱらぱらとめくり、一枚選ぶ。「あったぞ。パイン・レーンの突き当たり。住所はない。あの通りにある唯一の家だ」

その場の空気がすべてどこかへ吸いこまれてしまった気がした。何度かごくりと唾を呑みこんでから、ようやく話せるようになった。

「パイン・レーン？」口から出た甲高いかすれた裏声が、自分の声とは思えなかった。「確かですか？」

「ああ。細い路地で、見つけるのに往生したのを覚えてる。二度も道を間違えて、ようやく見つけたんだ。パイン・レーンは表通りから湖に向かって何本も延びている、細い砂利敷きの私道の一つだ。湖周辺には、その手の路地が山ほどある。そのうち半分は標識もない」

「ええ、知ってるわ」消え入りそうな声で答える。

ポーターが心配そうに眉を寄せた。「大事なことなら、地図を書いてやるよ」

「いいえ、だいじょうぶです」アイリーンは彼の手から鍵を取った。「その必要はありません。お時間を割いていただいて、ありがとうございました」

「礼には及ばないよ」ポーターが埃《ほこり》だらけのカウンターに肘をつき、悲しげに首を振った。「ミス・ウェブは、本当に気の毒だった。あんな美人がどうして自殺する必要があったんだろう?」

「たしかに」とアイリーン。「もっともな疑問だと思います」

精神を集中するにはたいへんな努力を要したが、彼女はなんとか自制を保ったまま店を出た。小型車の運転席に乗りこみ、〈ポーター:鍵と錠前〉のまえの狭い駐車場を出る。それからゆっくり通りを走った。

店舗やレストランやガソリンスタンドが並ぶカービービルの中心街を通りすぎ、人目につかない狭いピクニック場へハンドルを切った。車をおり、湖岸へ向かう。

長いあいだアイリーンはそこにたたずみ、波立つ湖面を見つめていた。そうしているうちに、しだいに身震いと吐き気が治まってきた。

ふたたびはっきりものが考えられるようになると、彼女は自分を鞭打《むち》って、気のふれた幽霊のように頭のなかで金切り声とうめき声をあげている疑問を直視した。

パイン・レーンには一軒しか家がない。少なくとも十七年まえはそうだった。それは自分が生まれ育った家だ。キッチンで両親の遺体を見つけた家。

36

アイリーンは湖の南側に沿ってうねうねと走る、二車線の細い旧道をたどって遠回りでダンズリーに戻った。考える時間が必要だと、自分には言い訳をした。けれど心の奥底では、ダンズリーに戻り、十七年にわたって夢に取りついている血と暗闇の家に立ち向かうまえに、もう少し時間をかせごうとしているだけだとわかっていた。

旧道のなかでももっとも人気《ひとけ》のないあたりに差しかかったとき、窓ガラスを黒く着色した大きな銀色のSUVが近づいてくるのがルームミラーに映った。やけにスピードをあげてすぐうしろのカーブを曲がり、そのまま接近してくる。

真うしろに迫る銀色の車を見たとたん、アイリーンは自分がどれほどゆっくり走っていたか気づいた。ほかに車がいないことと沈鬱な物思いにふけっていたせいで、知らないうちに別世界に入りこんでいたのだ。車はクルーズコントロールにしてあった。ここは曲がりくねった二車線道路で、遅い車を追い越せる場所はほとんどない。のんびり走っている車には、みんな腹を立てる。そういう過ちをおかすのは観光客だけだ。

アイリーンはあわてて背筋を伸ばし、アクセルをしっかり踏みこんでスピードをあげながら次のカーブに入った。だがふたたびルームミラーに目をやったときも、SUVとの距離は離れていなかった。猛スピードで近づいてくる。

誰だか知らないが、わたしに腹を立てているのだろう。わたしを追い立てて、ぐずぐず走っていた腹いせをするつもりなのだ。よりによってこんなときに。運転中にすぐいらいらする短気なろくでなしに遭遇するなんて。

軽い寒気が走った。このあたりの道は、断崖沿いに延びている。危険の匂いがする。疲れた暗い顔で帰宅した父親が、酔っ払った地元の住民がガードレールを突き破って湖に落ちたと母親に話していたことが何度もあった。数年まえ、過去について思いつめたような果てしない調査をしているなかで、ボブ・ソーンヒルが心臓麻痺《まひ》を起こして崖から湖に落ちたと知った場所はこの近くだ。

ＳＵＶがぐんぐん迫ってくる。アイリーンは警告の意味をこめて何度かブレーキを踏んだ。だがＳＵＶはスピードを落とすどころか、さらに加速した。

ているのみぞおちが凍りついた。ぼんやりと心臓が意識された。胸でどきどき脈打っている。全身の血管を酸のように恐怖が駆けめぐる。ありったけの生存本能がいっきに悲鳴をあげた。SUVの運転手はわたしを怯《おび》えさせようとしていて、その目的を果たしている。

アイリーンはさらにアクセルを踏みこんだ。レイクフロント・ロードの走り方は父親に教わった。都会で育つ子どもは、都会の通りや高速道路の合流に潜む危険に対処する方法を学ぶが、地方で育つ子どもは別の技術を学ぶ。このあたりを運転するのは十七年ぶりだけれど、子どものころ学んだ技術は一生忘れないものだ。わたしには優秀な教師がいた。父親は、ほかのすべてと同じやり方で運転した──海兵隊のやり方で。

こちらには、一つ大きな強みがある。この小型車は、スポーツカーのように小回りがきく。SUVは基本的にはトラックだ。スピードがあがるにつれて、路面のでこぼこにぶざまにハンドルを取られるようになる。

問題は、すでにかなりスピードが出ていることだ。遅かれ早かれ、どちらかが運転操作を誤って湖に落ちるはめになる。このあたりは水深が深い。路肩を越えるのは、死刑宣告に等しい。

アイリーンは記憶をたどり、周辺の地図を思い浮かべた。この先に、木が生い茂る狭い分譲地の入口があったはずだ。十七年まえ、不動産投機はさほど人気がなかった。手ごろな値段の夏用別荘が片手ほど建てられただけだ。運がよければ、〈ヴェンタナ・エステーツ〉もダンズリーと同じ時空のひずみにとらわれているだろう。

タイヤがきしむ音が聞こえたが、アイリーンは道路から目を離さなかった。このスピードだと、一つ判断を誤っただけで紙のように薄いガードレールへまっすぐ突っこむはめになる。もう一つ急カーブを曲がったとき、〈ヴェンタナ・エステーツ〉の色褪《いろあ》せた看板が見えた。わざわざペンキを塗りなおそうと考えた人間はいないらしい。こちらの思惑にはいい兆候だ。

ハンドルを切るためにはスピードを落とさなければならないが、こちらはさっきのヘアピンカーブで数秒かせいでいる。SUVはコントロールを取り戻すために、減速したのだ。

アイリーンはぐっとブレーキを踏んで左へハンドルを切ると、ふたたびアクセルを踏みこんだ。不発に終わった分譲地へ続く道は、買い手に実際以上に高級な印象を与えるために入口のあたりだけ荒っぽく舗装してあった。だが、もう何年も路面にあいた穴を埋めた人間はいないらしく、アイリーンはほっとした。

背後でSUVのタイヤが抗議のうなりをあげている。地獄からやってきたドライバーが急ブレーキを踏んだのだ。わたしに腹を立てるあまり、分譲地まで追ってくるつもりらしい。

新たな恐怖の波が押し寄せた。こちらを道路から追いだせば、SUVのドライバーは浅ましいちっぽけな勝利に満足し、そのまま走り去ると思っていた。

第一手段もこれまでね。パメラならそう言うだろう。第二手段に出なければ。

脇の下に冷や汗が噴きだしている。この住宅地の通りが奥まで舗装されているかどうかに、すべてがかかっている。

だしぬけに、舗装区画が終わった。でこぼこしたアスファルトから、さらにでこぼこした砂利まじりの泥道に入り、小型車が激しく上下する。

アイリーンはアクセルから足を放し、思いきってすばやくルームミラーへ目をやった。狙った獲物が疲れたのを感じ取った飢えた獣のように、SUVが砂利道を疾走してくる。

アイリーンはカーブした道をたどり、SUVをぎりぎりまで近寄らせた。いまやルームミラーいっぱいに大きな車が映っている。小型車をむさぼり食おうと、鋼鉄の顎がぽっかりひらいているのが見える気がした。ドライバーはわたしをもう一度レイクフロント・ロードへ追い立てるつもりなのだ。

いまを置いてチャンスはない。アイリーンは覚悟を決め、思いきりアクセルを踏みこんだ。あたかも背後に迫る牙の気配を感じ取ったかのように、小型車がまえに飛びだした。後部タイヤが巻きあげた小石や砂利や土くれが、激しくうしろに吹き飛ぶ。

その不意打ちでSUVがどうなったか、ルームミラーを見るまでもなかった。小石や砂利が、雨あられと容赦なく金属やガラスにあたるやかましい音がしている。地獄からやってきたドライバーは、小型車が巻きあげた小さな流星群を浴びているフロントガラス越しに外を見ているはずだ。

SUVが怯《ひる》み、速度を落とした。アイリーンはいっそうスピードをあげ、分譲地の一本道の奥にある出口を目指した。

まもなく、小型車がガくんとはずんでレイクフロント・ロードに出た。アイリーンは床に着くまでアクセルを踏みしめた。きっとサスペンションがおかしくなってしまっただろう。

勇気を奮ってルームミラーに目をやると、もうSUVの姿は見えなくなっていた。まだ〈ヴェンタナ・エステーツ〉で傷口を舐《な》めているのだろう。

唯一のなぐさめは、SUVのドライバーが無謀な行為のつけを払うはめになったことだ。フロントガラス一面に、くもの巣のようにひびが入ったり欠けたりしているに違いない。それに、飛んできた石でなめらかな銀色の車体にもかなり傷がついただろう。

アイリーンはアクセルを踏む足から力を抜いた。全身ががたがた震えている状態でスピードを出すのは、得策とは思えなかった。

37

ルークは、ユニオン・スクエアから延びる路地に面した小さなカフェでケン・タナカと待ち合わせた。そのちっぽけな店が出すペストリーと焼き菓子は、サンフランシスコで最高だとケンが言ったのだ。注文したクロワッサンを少し食べただけで、ルークは友人の言葉に間違いはないと納得した。

ケンが自分のクロワッサンにバターを塗り、ルークのまえに置いた手書きの報告書に向かって顎をしゃくった。

「おれたちのアドレスをたどられたくないと言った理由がわかるだろう?」

「たしかに」

ルークは向かいに座っている友人をしげしげと見つめた。私立探偵の見た目がどんなものか、あらためて考えたことはないが、ケンはそれにあてはまらない気がする。でもそれを言うなら、彼は法廷用会計監査の学位を持っているようにも見えない。

ケンは甘く見られがちだ。安心感を与える穏やかで人好きのする物腰が、相手のガードを下げさせる。彼は戦闘地帯で運悪く捕らえられた民間人に質問するのがうまかった。幼い少年や怯えた女性から一度ならず情報を引きだし、ルークや部隊のほかの兵士が奇襲にあうのを防いだ。

ケンは確実に、人間の相手をするのがうまい。だがもっともすぐれた才能は、金の流れを追う神業的な勘だ。ケンの事務所は企業のセキュリティを専門にしているが、麻薬やテロリストの資金を追跡する過程で彼の専門知識が必要になったFBIが、ケンの事務所を訪れていることをルークは知っていた。

ルークは報告書に視線を落とした。「かいつまんで説明してくれ」

ケンがさくさくのクロワッサンをかじった。「過去四カ月のあいだに、ホイト・イーガンのものと思われる海外口座にかなりの金が四度送金されている」

「どうしてわかった？」

ケンが片方の眉をあげる。「知らないほうがいい」

「それもそうだな。続けてくれ」

「僭越《せんえつ》ながら言わせてもらうと、イーガンは未知の理由で未知の財源から収入を得ているか、誰かを恐喝しているかのどちらかだと思う。おれの勘では、たぶん恐喝した金だな」

「そうとうな金額だ」ルークはコーヒーを飲んだ。「上院議員について、何か知っているんだな？」

「状況を考えると、その可能性がいちばん高い。おそらく、大統領選に立候補している男には隠したいことがあるんだろう。だが、別の可能性もある」

「婚約者か？　アレクサ・ダグラス？」

ケンがジャムに手を伸ばした。「調べてみた。彼女とウェブは、半年ほどまえにつき合いはじめた。アレクサ・ダグラスがウェブとの結婚を心に決めた野心的な女であることは、衆目の一致するところだ。もしウェブが結婚を白紙に戻しかねない彼女の過去をイーガンが突きとめたとしたら、黙らせるために金を払っても不思議じゃない」

「イーガンは危ない橋を渡って、領域外に手を出しているんだろう。恐喝は危険な行為だ」

ルークは背もたれにもたれた。「パメラ・ウェブはこれにどうからんでいるんだろう」

「本気で彼女は殺されたと考えはじめているのか?」

「点と点がつながりはじめている」

ケンがふたたびクロワッサンにジャムを塗った。「おまえはむかしから、点をつなげるのがうまかったからな。どう思ってるんだ?」

「まだしばらく考える必要がある。アイリーンと話さなければ。これは彼女の課題で、ぼくは手を貸しているだけだ」

ケンがにやりとする。「そのアイリーンとやらに会うのが楽しみだよ。興味をそそられる」

「会えばきっと気に入る」

「ああ、忘れるところだった」特注のジャケットの胸ポケットに手を伸ばす。「頼まれていた鍵だ」

「さすがだな」ルークは友人から鍵を受け取った。「たいした情報は教えなかったのに」

ケンが精一杯気分を害した顔をした。「あそこは大きなマンションだ。管理人室にいた男は、時間をもてあましていた。事務所に入ってマスターキーの合鍵をつくれる程度に、そいつの気を引くのがそんなにむずかしいと思うか?」

「さほどむずかしくなさそうだ」

ケンが得意げな返事を返すことはなかった。そのかわり、席についたとき座席に置いていたビニール袋を手に取った。

「おまえの服だ」

「ありがとう」ルークは袋を受け取った。「鍵を手に入れるとき、あのマンションに入ったんだろう？　何かアドバイスはあるか？」

「ああ、つかまらないようにしろ」

38

日中で日が出ているにもかかわらず、パイン・レーンのはずれにある悪夢の家の窓が、アイリーンには十七年まえの夜中と同じように真っ暗に見えた。

私道に小型車をとめた彼女はしばらく車内に留まり、これからやることに対する勇気と決意を奮い起こした。むかし住んでいた家に入るのは、辛い経験になりそうだった。おそらく両親の葬儀に出席して以来、もっとも辛い経験に。

ダンズリーの建物と同じように、その家も記憶にあるより小さく古びていたが、それ以外は薄気味悪いほどむかしのままだった。伯母のヘレンはあの悲劇のあと、可能なかぎりすばやくこの家を売った。たいして利益は出なかった。ダンズリーには、むごい殺人が起きた家をほしがる人間がいなかったからだ。最終的に不動産屋が見つけたのは、いずれ夏用の貸家にしようと考えている何も知らないサンフランシスコの客だった。

ここに住んでいたとき、この家はぬくもりのある金色がかった黄褐色で、窓枠は茶色で塗られていた。現在に至るまでのどこかで、淡いグレーに塗りなおされている。窓枠と玄関の周囲は黒い。

室内もきっと変わっているわ——アイリーンは自分に言い聞かせた。オーナーが何人か変わっているはず。新しいカーペットに新しい家具。むかしのままではないはずだ。そんなはずがない。あの晩と同じだったら、耐えられない。

呼吸が乱れ、浅く速くなっている。気の短いドライバーと遭遇したあと、神経が落ち着くまで時間を置いてからここへ来たのは正解だったかもしれない。

けれど、これ以上先延ばしにはできない。パメラがわざわざこの家を借り、鍵まで付け替えた理由を確かめなければならない。

アイリーンは、帰って別の機会に出直す気持ちにならないうちに、ドアをあけて車をおりた。一つたしかなことがある。トレンチコートのポケットから鍵を出しながら、彼女は思った。今日はキッチンにある裏口から入るつもりはない。

玄関まえの階段をのぼり、ポーチを横切って、震える指で真新しい鍵を鍵穴に差しこむ。そして大きく息を吸いこみ、ドアをあけた。

玄関ホールで暗闇が渦巻いていた。アイリーンは咄嗟《とっさ》に壁に手を伸ばし、ライトをつけた。スイッチの場所を正確に覚えていた自分に気づき、あらたな寒気が全身を走る。

彼女はゆっくりドアを閉め、居間へ向かった。窓にかかるカーテンはすべて閉まっていた。室内は薄暗いが、家具ははっきり見えている。

誰かが本当に部屋の模様替えをしたとわかり、アイリーンはほっとした。母親が壁にかけた絵がなくなっている。ソファと肘掛け椅子と木のコーヒーテーブルは、夏用の貸家によくある安物で、ありがたいことに、どれも見覚えがないものだった。

先へ進むのよ——アイリーンは自分を叱咤《しった》した。さもないと、いつまでたっても終わらない。実際、急がなければならない立派な理由があるのはわかっていた。この家のなかにいるところを見つかるのはまずい。たしかにむかしはわたしの家だったけれど、いまはなんの権利もないのだ。私道にわたしの車が駐まっていることに誰かが気づいて警察に通報したら、厄介なことになる。いまのところ、サム・マクファーソンはわたしの親友とは言えない。彼にとって、わたしはまだ放火の有力な容疑者なのだ。パイン・レーンで起きたと思われる侵入事件を捜査するために、警察署長が部下をよこすようなことになるのだけは避けたい。

アイリーンは薄暗い居間をゆっくり横切り、ダイニングルームへ向かった。

何を探しているかわからないのに、どうやって見つければいいのだろう？　考えなければ。もしパメラがわたしに鍵を見つけさせようとしたのなら、そしてその鍵をわたしに使わせようとしたのなら、ここで見つけてほしいものが何にせよ、わたしが見ればわかるようにしてあるはずだ。

ダイニングルームの木の椅子とテーブルも、すべて新しいものに変わっていた。カーテンが閉まっている。よかった。外の景色だけは見たくない。見たらきっと思いだしてしまう。あの部屋で食べた数々の食事、テーブルの端に腰かけている父親、向かいに座る母、そして、二人のあいだに座って窓から湖と古い桟橋を見ていた自分を。

アイリーンは長年の努力で培ったテクニックと決意で、それらの記憶を押しのけた。向きを変え、旧式な広いキッチンの入口へ向かう。

戸口で足がとまった。みぞおちが吐き気でひきつる。肺で息が詰まった気がした。これ以上先には進めない。

遺体を見つけた場所をのぞきこむだけで精一杯だった。すばやくカウンターに視線を走らせ、不自然なものがないことを確認すると、気分が悪くならないうちにくるりと背を向けた。もし探しているものがキッチンにあるのなら、放っておくしかない。あそこに入っていく気にはなれない。パメラもそれは承知のはずだ。

アイリーンはダイニングルームと居間を駆け抜け、玄関ホールで足をとめた。息が荒くなっているのが、走ったからではなくパニックのせいなのはわかっていた。

落ち着くのよ。論理的にやらないと、探しているものを見つけられない。

彼女はむかし自分が使っていた部屋へ廊下を進んだ。一歩進むごとに、恐怖と確信が強くなる。

ほかの部屋と同じように、その部屋も模様替えされていた。カラフルなポスターははがされ、母が一緒に塗ってくれた黄金色の壁はつまらないベージュになっている。

ベッドの上に、白い段ボール箱が一つ載っていた。箱の上に本が一冊置いてある。その小さな本が何か、ひとめでわかった。ペーパーバックのロマンス小説。十七年まえに出版されたもの。

期待で身震いが走った。アイリーンは部屋を横切り、本をどけて白い箱の蓋《ふた》をあけた。なかには透明なビニール袋に密封された白いドレスが入っていた。最初はウェディングドレスだと思ったが、すぐにそれにしては小さすぎると気づいた。おそらく洗礼式用のドレスだろう。箱にはもう一つ、別のものも入っていた。ビデオ。

アイリーンは箱の蓋を閉めなおし、本に手を伸ばした。ひどく色褪せた表紙には、たくましいヒーローの腕に抱かれた美しい金髪のヒロインの絵が描いてある。二人とも十九世紀のロマンチックな服を着ている。ページの縁が黄ばんでいた。

アイリーンはタイトルページをひらき、そこに書かれた文章を読んだ。

パメラ、十六歳のお誕生日おめでとう。

あなたは表紙のヒロインにそっくりよ。いつかあなたも自分のヒーローを見つけてね。

愛をこめて。

アイリーン

アイリーンは手に持った小さな本の重さを量った。ペーパーバックにしては少し重すぎることに気づく人間は、ほとんどいないと思われた。

39

「洗礼式用のドレスにしては大きすぎるわ」コーヒーテーブルにアイリーンが置いたビニール袋に入ったドレスを見ながら、テスが言った。「ハロウィーンか学校の劇で、むかしパメラが着た服じゃないかしら」

テスの庭を眺めていたアイリーンは窓から振り向いた。ドレスとビデオをむかしの英語教師のところへ持ってきた理由は、本能としか言いようがない。ビデオに何が映っているかわからないが、どうしても一人で見る気になれなかったのだ。それに、ケン・タナカと会っているルークが戻るまで、自分が待てないのもわかっていた。どんな秘密が明らかになるにせよ、それを安心して共有できる人間は、この町にテス・カーペンターしかいない。

教師と生徒の絆は強いものだ。けれど、アイリーンをこの家へ来させたのは、単にむかし教室で築いた絆だけが理由ではない。母親はかつて、テスを信頼できる友人と捉えていた。

アイリーンはコーヒーテーブルに歩み寄った。

「わけがわからないわ」慎重にしゃべりだす。「子どものころの服に感傷を抱くなんて、パメラらしくない」

テスが考えこんだように眉を寄せた。「あなたたちが友だちだったあの夏、パメラにこの服を見せられたことはないの？」

「ないわ」まじまじとドレスを見つめる。「一度も」

「でも、本は見覚えがあったのね？」

「ええ。わたしが誕生日にプレゼントしたものよ」ソファのテスの隣りに腰をおろす。「こんなものを持ってきて、ごめんなさい」

「いいのよ」テスが二人のカップにコーヒーを注いだ。「正直言って、とても興味を引かれるわ。どこから始める？」

「小説から」アイリーンは本を見つめ、物悲しい気持ちになった。「包みをあけてこれを見たとき、パメラは笑っていたわ。ロマンス小説なんて、自分には似合わないって。そのあと、この本のいい使い道を見つけたと言っていたの」

「どんな使い道？」

アイリーンはテーブルに本を置き、書き込みがあるタイトルページを飛ばして第二章をあけた。

その先のページはぴったり糊づけされ、固い紙の塊になっていた。中央にくぼみが切り取ってあるが、本を閉じてしまうとわからない。くぼみには、キーホルダーぐらいの小さなものが入っていた。

「ドラッグやたばこや予備のコンドームを持ち運ぶのに、便利な入れ物になったの」とアイリーン。「女の子は全員これを持つべきだと、パメラは言っていたわ」

テスが目を丸くした。「パメラからずいぶんいろいろ教わったのね」

アイリーンは鼻に皺《しわ》を寄せた。「わたしはどうしようもない田舎者だったもの。わたしたちにはまったく共通点がなかった。あの夏、なぜパメラがわたしにつきまとったのか、皆目見当がつかなかったわ」

テスがアイリーンがくぼみから出したものを見つめた。「そのキーホルダーについているのは、何？」

「これはキーホルダーじゃないわ」ノートパソコンを引き寄せる。「コンピュータのデータを保存するものよ」

「中身に心当たりはあるの？」

「いいえ」アイリーンは言った。「でも、愉快なものじゃない気がするわ」

40

ルークはホイト・イーガンのマンションのまえをゆっくり通りすぎ、角を曲がってさらに二ブロック車を走らせた。似たような車が三、四台路上駐車してあるところに、SUVを駐められそうな場所があった。そこなら自分の車がめだたないと納得し、エンジンを切ると、あらためてイーガンの携帯電話と固定電話にかけてみた。やはり応答がない。

彼はケン・タナカにもらったビニール袋から帽子とウィンドブレーカーを出した。どちらにも、よく見かける宅配業者のロゴが入っている。ごくわずかではあるが、イーガンが自宅にいるのになんらかの理由で電話に出ない可能性もある。だが、多忙な上院議員の秘書が、電話に出ないとは思えない。

ルークは持参した空の箱を抱えて車をおりた。

イーガンの部屋をのぞいてみようという考えは、ダンズリーからサンフランシスコへ来るあいだに心の片隅で生まれていた。イーガンが恐喝を行なっている可能性が浮上したいま、その考えはしごくまっとうな気がする。イーガンに関して確たる証拠があるわけではない。

マンションに向かって歩きだしながら、彼は自分に言い聞かせた。胸の奥で、例の勘がするだけだ。

アドレナリンが噴出する。

マンション入口の鍵がかかったゲートに着いたとき、あたりに人影はなかったが、ルークは念のためにオートロックの表示盤にイーガンの部屋番号を入力した。返事がないのを確認すると、さらに数秒待ってからマスターキーを出してゲートをあけ、住民にあけてもらったふりをした。

箱を小脇に抱えてロビーに入り、イーガンの部屋がある階まで階段をのぼる。

無人の廊下に出ると、イーガンの部屋へ向かってそっとドアをノックした。

返事はない。ルークはマスターキーを使うまえに、なにげなくドアノブに触れてみた。

あっさりノブが動いた。

新たなアドレナリンが噴出する。イーガンのような男、重い責任と上院議員の重要な秘密をいくつも抱えた男が、外出するとき玄関に鍵をかけ忘れるとは思えない。

ルークはドアをあけた。ひらいたすきまからあふれだしてきた悪臭で、記憶と悪夢がよみがえる。

血まみれのカーペットにうつ伏せに横たわるイーガンの遺体を見るまでもなく、死に先を越されたのは明らかだった。

41

モニターに現われたメッセージは、アイリーンを心底凍りつかせた。テスと一緒に読みながら、パメラの声が聞こえるようだった。

このファイルが見つかったからには、どうやら計画一は失敗したようね。これは計画二よ。ところで、これを読んでいるのがアイリーンでないなら、おあいにくさま。残りのファイルは徹底的に暗号化してあるから、間違ったコードを入力したら自動的に再生不能になるわ。

アイリーン、もしあなたなら、呪文がわかるはず。ヒントをあげるわ。わたし以外に地球上でその言葉を知っているのは、あなただけよ。永遠の秘密、覚えてる？

「間違ったコードを入力したら、ファイルが破壊されるというのは本当だと思う？」アイリーンは尋ねた。

テスが不安そうにモニターを見つめた。「パメラがどんな暗号化プログラムを使ったかによるでしょうね。でも、どんなにすぐれたシステムでも、完璧にファイルを削除するのはほぼ不可能だとフィルが言っていたわ」

「でも、ファイルを復活するには専門家が必要だわ。普通の人間には、おそらく何一つ救えない」アイリーンはキーボードの上で手を構えた。「いくわよ」

彼女は〝オレンジ・バニラ〟と入力した。

「これが?」とテス。「これが極秘のコードなの?」

「わたしたちはティーンエイジャーだったのよ? あのころは、すごい極秘コードの気がしたの」

モニターが真っ白になった。アイリーンはぞっとして凍りついた。

「コードが違ったのかしら?」テスが不安そうに訊く。

「これ以外、思いつかないわ。間違っていたら、パメラがコンピュータに残したファイルを消してしまったことになる」

ファイルのリストが現われた。四つある。

ふたたび息ができるようになった。「一つめのファイルから始めるのがよさそうね」

アイリーンはファイルをひらいた。

「フィルムクリップだわ」テスがモニターに顔を近づける。

画面にパメラが現われた。ウェブ家の夏用別荘のソファに腰かけている。

「そんな」アイリーンの全身を新たな寒気が駆け抜けた。「すごく気味が悪いことになりそう」

テスがじっとモニターを見つめている。張り詰めた表情で、胸騒ぎがしているのが伝わってくる。「どうやらそのようね。フィルムクリップの日付を見て。彼女がこれを撮ったのは、亡くなる前日よ」

「パイン・レーンの家の鍵を交換した日だわ」とアイリーン。

パメラは黒いズボンと、胸の谷間があらわなゆったりしたセーターを着ていた。片手にワインが入ったグラスを持っている。すました冷ややかな笑顔を浮かべているが、目に翳があった。

「こんにちは、アイリーン。久しぶりね。残念だけど、あなたがこれを観ているとなると、わたしは怖気づいてあなたと顔を合わせられなかったのね。あなたの実家のスペアキーがどこで見つかるかを書いた、わたしからの二通めのメールを受け取ったでしょう?」

「そんなメールは受け取ってないわ。パメラは送っていないんだもの」アイリーンは言った。

「彼女は怖気づいたんじゃない。殺されたのよ」

「いまごろわたしは、太陽がさんさんと降り注ぐカリブ海のすてきな島でのんびりしながら、安っぽい傘が刺さったカクテルを飲んでいると思うわ。悪いわね。あなたに直接会って話す勇気があればよかったんだけど。でも、わたしはもとから、正しい行動や真実を話すのが得意とは言えないじゃない？　いまさらだけど、わたしは自己中心的な人間なのよ」

モニターのなかで、パメラがグラスのワインに口をつけた。

「ワインを飲んでるわ。マティーニじゃない」アイリーンは言った。

パメラがグラスを置き、ふたたびカメラに向かってしゃべりだした。

「ずっとあなたのことを考えていたのよ、アイリーン。信じられないでしょうけれど、あなたはわたしにとって、真の友だちにいちばん近い存在だった。でも、感傷的になりすぎるのはやめておくわ。そろそろ告白タイムに入らなくちゃ。単刀直入に言うわよ。「お父さんがお母さんを殺してから自殺したなんて、あなたは一度だって信じていないはずよね。あのね、あなたは正しかったの。張本人は誰だと思う？　わたしよ」

アイリーンは食い入るようにモニターを見つめた。「何を言ってるの？　そんなはずがないわ。あの晩、わたしは彼女と一緒にいたんだもの。パメラが両親を撃ち殺したはずがない」

「しーっ」テスが彼女の腕に触れた。「聞いて」

「いいえ、わたしが引き金を引いたわけじゃない。でも、そうしたも同然だった。なぜなら、あの晩起きたことは、わたしのせいだから」

体の下に片脚をたくしこみ、ワインに手を伸ばす。

「でも、まずは次のフィルムクリップを観てちょうだい。警告しておくけれど、子どもには見せられないしろものよ」

ソファに座ったパメラの映像が消えた。別の居間の映像が現われた。

「この部屋を担当したインテリア・コーディネーターは、以前はウェディングケーキのデザイナーをしていたに違いないわ」とテス。

「あるいは、小さな女の子の部屋専門だったか」画面を見ながらアイリーンはつぶやいた。

その部屋は、おとぎ話に出てきそうなピンクと白の世界だった。ピンクのベルベットのカーテンと、白いカーペットやピンクのサテンのソファが、メルヘンチックな雰囲気を演出している。だが、そこにはどことなく不自然なものがあった。これから観せられるのは、現代風で道徳的なきれいにまとめられた話ではなく、むかしの背筋が凍るような陰惨なおとぎ話に違いない。

「人形がないわ」アイリーンは言った。

テスが彼女に目を向ける。「人形？」

「女の子の部屋に見えるのに、人形もおままごとの道具もぬいぐるみも絵本もない。ほんものの子ども部屋にありそうなものが、一つもないわ」

「さっきも言ったように、この部屋の飾りつけをした人間は、きっと副業にウェディングケーキをデザインしているのよ」

アイリーンはさらにじっくりとモニターを見つめた。「なんとなく古風な感じがしない？」

「どういう意味？」

「おとぎ話みたいな色使いを無視して、部屋や窓の大きさを見て。十九世紀初頭じゃないかしら。壁と天井の境に回り縁があるでしょう？　あれは復元したものじゃないわ。ヨーロッパの古い屋敷にありそうなものよ」

テスがゆっくりうなずいた。「そう言われてみれば、たしかにそうね」

アイリーンが意見を続けようとしたとき、男が一人画面に現われた。映像に音声はついていない。男は不自然な静寂のなか、移動していた。

カメラのアングルのせいで、最初は下半身しか見えなかった。やがて、男がピンクのソファの一つに腰をおろした。姿勢が変わったおかげで、ようやくはっきり顔が見えた。

「ライランド・ウェブだわ」アイリーンはささやいた。

「何が始まるの?」とテス。

ウェブが背もたれにもたれ、上品な仕立てのズボンを引きあげて一方の膝に足首を載せた。全身から、その場の状況に慣れたくつろいだようすが伝わってくる。以前にもこの部屋に来たことがあるのだ。

ウェブがカメラに映っていない誰かを見つめ、にっこり微笑んで何か話しかけた。まもなく、黒いスカートに真っ白なブラウス、糊《のり》のきいた白いエプロンを身につけた女性が彼に飲み物を手渡した。メイドの顔は見えない。

ウェブのつややかな靴のつま先が軽く上下している。これから始まることを、楽しみにしているらしい。興奮を抑えているのがわかる。額に汗が浮かんでいる。見つめるアイリーンの目のまえで、彼はネクタイをゆるめ、ピンクと白の部屋のカメラの視界からちょうどはずれた場所を一心に見つめていた。

アイリーンの携帯電話が鳴り、彼女はぎくりとして八センチほど飛びあがった。モニターから目を離さずに、通話ボタンを押して電話に出た。

「アイリーン？」妥協を許さない、険しい命令口調でルークが言った。

「どうかしたの？」反射的に尋ねる。

「ホイト・イーガンが死んだ」

「死んだ？」

テスがくるりと振り向いた。驚きと不審の表情を浮かべている。

「誰が死んだの？」彼女が訊いた。

アイリーンはルークの声が聞こえるように、手をあげて黙っているようにテスに合図した。

「ついさっき遺体を見つけた」ルークが続ける。「硬くて、おそらくは重い鈍器で頭をなぐられていた。いま警察が来ている。イーガンは強盗の邪魔をしてしまったんだろうと、彼らは考えている」

「そんな」呆然としながら、アイリーンは必死で考えをまとめようとした。テスに目を向ける。「ホイト・イーガンよ。ウェブの秘書。死んだの」電話に注意を戻す。「ちょっと待って、ルーク。あなたが見つけたって、どういう意味？　いまどこにいるの？」

「彼の部屋のまえの廊下だ。警察が犯罪現場の捜査を始めている。ぼくは少なくともあと二時間は帰れそうにないから、電話したんだ。担当刑事にはっきり言われたんでね。ぼくと話したいと」

「当然だわ。あなたが遺体を発見したんだもの。どうしてイーガンのマンションに行ったの?」

「ほんの思いつきさ」乾いた口調で答える。「帰ったら、全部説明する。それまで、ロッジに一人でいないでほしい」

「ロッジにはいないわ」アイリーンは即答した。「テス・カーペンターの家にいるの」

「そこで何をしてるんだ?」とげとげしい口調。

「パメラが残してくれたコンピュータファイルを観ているところ」

「ファイル? どこで見つけた?」

「むかし、両親と住んでいた家のわたしの部屋に隠してあったの」

「あの家へ行ったのか?」そこで一瞬くちごもる。「一人で?」

「あとで説明するわ。肝心なのは、そこで見つけたものなの。ファイルのなかに、いくつかフィルムクリップが入っているのよ。いまそれを観ているところ。ピンクと白のすごく怪しい部屋にいる、ウェブ上院議員が映っているわ。撮影されていることに、本人は気づいていないみたい」

「ウェブは何をしてるんだ?」

「いまのところ、飲み物を片手にソファに座ってるわ。でも、誰かが部屋に入ってくるのを待っているみたい」

「アイリーン、用心しろ」ルークが言った。「きみにかけるまえに、フィル・カーペンターに電話をした。彼はいまロッジに向かってる。ぼくから電話をかけなおして、きみがどこにいるか伝えておく」

「どうして？」

「ぼくがダンズリーに戻るまで、彼にきみのそばにいてほしい」

「どういうことなの？」

テスが困惑の表情で見つめている。

「たったいま、ぼくが言ったことを聞いてなかったのか？」ルークが言った。「ホイト・イーガンが何者かに殺されたんだぞ」

「強盗の仕業なんでしょう？」

「それは刑事の意見だ。ぼくは運に任せるつもりはない。パメラ・ウェブの死に関するきみの説を考えるとね」

アイリーンはごくりと喉を鳴らした。「わかったわ」

ちょうどそのとき、ピンクと白のおとぎ話の部屋に、一人の少女が入ってきた。せいぜい十歳か十一歳ぐらいで、金髪で可愛らしい。

「結婚式のフラワーガールみたい」テスがつぶやく。

少女は床まで届く白いサテンのドレスを着ていた。薄いベールが顔をおおっている。少女

なおす。

アイリーンはぞっとした。力が抜けた手から携帯電話が落ちそうになり、あわててつかみなおす。

「フラワーガールじゃないわ」消え入りそうな声が出た。「花嫁よ」

テスが青ざめた。「そうだわ。信じられない」

「アイリーン？」ルークの声には不安が満ちていた。「だいじょうぶか？」

「フィルムクリップよ」アイリーンは言った。「花嫁の格好をした小さな女の子が映ってるの。それとウェブが。信じられない。いいえ、信じられるわ。ぞっとする」

「フィルに電話する。彼と話したら、すぐ折り返す」

「わかったわ」ルークが電話を切ったのはおぼろげに意識していたが、モニターから目を離せなかった。

ウェブがピンクのソファから立ちあがった。興奮した股間がズボンの生地を押しあげているのがはっきりわかる。彼はわざとらしい慇懃《いんぎん》な態度で片手を伸ばして幼い花嫁の手を取り、何か話しかけた。少女は目に見えた反応を見せない。おそらくこの状況から受けた精神的ショックか薬、あるいはその両方によって一種の茫然自失状態にあるのだろう。

ウェブが少女の手を引いてドアへ歩きだした。少女はぼんやりと彼に従い、小さな白いドレスの裾《すそ》がわびしくカーペットの上を引きずられていった。

そこで画面が真っ白になり、すぐに違う場面に変わった。フリルたっぷりの、ピンクと白のウェディングケーキのような寝室。限られた視界と薄暗さから、これも隠し撮りされた映像とわかる。幼い花嫁がベッドの脇に直立不動で立ち、ブーケを握りしめている。

画面にウェブが現われた。全裸だ。巧みに仕立てられた服に隠されていない中年の体が、ぶよぶよとたるんで醜い。彼は片手を伸ばし、少女の顔をおおっているベールをあげた。

「これ以上観ていられない」アイリーンは気分が悪くなるまえにモニターから顔をそむけた。

「わたしもよ」テスがコンピュータを閉じる。

アイリーンの携帯が鳴った。

「ルーク?」

「フィルがそっちに向かってる」ルークが言った。「フィルムクリップには、何が映っているんだ?」

アイリーンは窓の外に広がる暗い湖に目を向けた。「どうやら、パメラが殺された理由を突きとめたみたい」

42

パメラがカメラに目を向けた。先ほどの姿のまま、ワイングラスを片手にソファに座っている。口元に薄笑いを浮かべているが、眼差しは北洋のように冷たい。

「いまの映像は、ついこのあいだ父が海外へ行ったときに撮影されたものよ。吐き気がするでしょ？　ホイト・イーガンを褒めてやらなくちゃ。彼は何度か父の海外視察に同行するうちに、何が起きているか気づいたの。それで売春宿の従業員を買収してビデオを撮らせたわけ。問題は、イーガンがこのビデオを使って父を恐喝していると数週間まえにわかるまで、わたしが父はもう幼い女の子と寝ていないと思いこんでいたことなの。でも、父は自分の趣味の場を海外に移しただけだった。思いこみにもほどがあると思わない？」

アイリーンは携帯電話を握りしめた。「聞こえる、ルーク？」

「聞こえる」ルークがつぶやいた。「ウェブは小児性愛者でありながら、大統領に立候補している。きみの言うとおりだ。いまきみたちが観ているものは、殺人の動機になる。二件の殺人の動機に」

「パメラとホイト・イーガンね」

「タナカに電話する」ルークが言った。「ウェブの所在を調べてもらう。ろくでなしがダンズリーの近くにいないとわかれば、少しは気が楽になる。それまでは、家じゅうのドアに鍵をかけておくようにテスに伝えるんだ」

近くにいたテスには、小さな電話機から聞こえるルークの声が届いていた。彼女はすかさず立ちあがった。「すぐやるわ」

「ここを解放されしだい、すぐ帰る」とルーク。「フィル以外は、誰も家に入れるな」

「わかったわ」

電話が切れた。

テスが小走りで居間に戻り、ソファに腰かけた。「防備は固めたわ。フィルならそう言うはず」

モニターのなかで、パメラがワイングラスをおろした。

「別のファイルに入っているクレジットカードの支払い明細と渡航履歴を見れば、父がここ数年のあいだに何度も外国に出かけていることがわかるわ。以前は東南アジアがお

気に入りだったの。あっちは幼児売春が盛んなのよ

「でも、ほかの国でも似たような商売がたくさんあるのよ。去年、父はヨーロッパでいまあなたが観た場所を見つけた。最近はもっぱらそこに通っているわ。住所も書いておいたわ、アイリーン。記者はくわしいことを知りたがるでしょうから」

テスがアイリーンを見た。「これは衝撃的なニュースよ。これがマスコミにばれたら、ライランド・ウェブの選挙活動は壊滅するわ」

アイリーンはモニターを見つめたまま答えた。「ええ」

「これだけのことを知ったからには、わたしが父のささいな趣味をあなたに公にしてほしいと思っているのはもう伝わっているわよね。わたしはあなたに、せめてそのぐらいの借りはあると思う」

「パメラはあなたが記者になったのを知っていたのね」考えこんだようにテスが言う。「ずっとあなたの消息を追っていたのよ」

「そのようね」

モニターのなかで、パメラがソファの角にもたれ、片方の長い脚を伸ばした。

「でも、あなたがこの大ニュースを公にするまえに、ご両親に本当は何があったか話しておきたいの。二人が亡くなったのはわたしのせいだと言ったけれど、それはまぎれもない事実なのよ。あの夏のあいだに、あなたのお母さんはわたしが虐待されているんじゃないかと疑いはじめたの」

「ウェブは娘をレイプしていたんだわ」テスの顔が怒りでこわばっている。

「あの夏、父がダンズリーに来ているときは、なぜお母さんがあなたをうちに泊まらせようとしなかったか、不思議じゃなかった？　でも、お母さんが心配する必要はなかったの。あのころ、父はもう夜中にわたしの部屋へ来なくなっていた。十六歳のわたしは、大きくなりすぎていたのよ。父は幼いころのわたしのほうが好きだった。始まったのは、十歳のときよ。十三歳になったころ、なくなった」

「かわいそうに」アイリーンはささやいた。悲しみに押しつぶされそうだ。「ぜんぜん知らなかった。パメラはいつもすごく垢抜《あかぬ》けていて、クールで世知にたけていたもの」

「もちろん、わたしは何もないふりをしていたわ。そんな目にあった子どもなら、誰だってそうするものよ。秘密を隠すの。ときには自分自身からもね。長年のあいだに会ったセラピストにも話していない。どうしてそうなったか、自分でもわからない。たぶん〝分断〟と呼ばれるものだと思うわ。生きるためのメカニズムか何かだと、どこかで読んだことがある。何にせよ、わたしはそれがすごくうまかったの」

「母はどうして気づいたのかしら」アイリーンは言った。

「あなたのお母さんは、とても勘の鋭い人だったわ。あの夏、お母さんはわたしに話しかけたり質問をするようになった。最初は無視していたけれど、ある日突然、わたしは本当のことを知ってほしくてたまらなくなったの。もちろん面と向かって話す勇気はなかった。でも、父がお気に入りのビデオをしまっている場所を知っていたの。わたしたちを撮ったビデオを」

アイリーンは凍りついた。「パメラは母にビデオを渡したんだわ。そして、母ならかならず父に話す」

「言い換えれば、きわめて厳しい行動に出るはずの人間に」とテス。

アイリーンは大きく息を吸いこんだ。「ええ」

モニターのなかで、パメラが真剣な顔でカメラを見つめていた。

「わたしは、あなたのお母さんがビデオを観るように段取りをつけた。その日の夜は、あなたがかならずわたしといるようにしたわ。何が起こるかわからなくて、不安でしょうがなかったの。一人でいたくなかった」

「パメラはわたしを家に帰そうとしなかった」膝の上できつく指を組む。「門限を過ぎても一緒にいさせた。カービービルまでドライブにつき合わせた。わたしはすごく腹が立った。両親がかんかんになるとわかっていたから」

「わたしは万事ぬかりないと思っていたのよ、アイリーン。でも、一つとんでもない間違いをおかしてしまった。どうしてあんなことをしてしまったのか、うまく説明できないけれど、あえて言えば、はじめて自分の秘密をあなたのお母さんに打ち明けたせいで、もう秘密がないふりをできなくなったからかもしれない。だしぬけに、わたしのなかでその衝動が沸き起こったの。だからあの日の午後、映画に行くためにあなたを迎えに行くまえに、ビデオと自分がしたことについて、信頼できる人物に話したの。

「あとで、あなたのご両親に何があったか知ったとき、その人物がサンフランシスコの父に電話したに違いないと気づいた」

「サンフランシスコまで、ほんの二時間よ」とテス。

「ライランド・ウェブは銃の使い方を知ってるわ」アイリーンは言った。「毎年、父親と狩りに出かけていたもの」

パメラが二度まばたきした。涙をこらえているのだろう。

「もちろん、父があなたのご両親を殺したと証明はできない。ごめんなさいね、アイリーン。でもあれからずいぶん時間がたってしまったわ。物証ははるかむかしに消えてしまったはず」

鍵がまわる音が聞こえ、アイリーンとテスはそろってぎくりとした。

玄関がひらき、戸口にフィルが現われた。小ぶりのダッフルバッグを持っている。アイリーンの目に、彼はとてもたのもしく映った。

「ダンズリーに戻るまで、きみのそばにいてほしいとルークから連絡があった」フィルが玄関を閉め、鍵をかけた。「何があったんだ?」

「絶対信じないと思うわ」テスがアイリーンのほうへ体をずらし、フィルが座れる場所をあけた。「これを観て」

パメラがふたたびしゃべりだしていた。

「……ご両親が名誉を回復するのは、もう遅すぎる。でも、わたしの父がホワイトハウスへ行けないようにすることはできる。あなたは父を破滅させられるわ、アイリーン。心配しないで。今回は前回のような過ちはおかしていないから。ご両親が亡くなった日に打ち明けた相手には何も話していない。新聞に記事を載せるまで、あなたは安全よ。そのあとは、どうせ関係ないでしょう?」

そこでまたパメラはいっとき口を閉ざし、グラスにワインを注ぎ足した。

「さて、話はこれで終わり。ああ、まだあのちっちゃなウェディングドレスの話をしていなかったわね。あれは父がわたしに着せた服なの。わたしがずっと持っていたなんて、父は知りもしないわ。たぶんすっかり忘れているんじゃないかしら。袋から出しちゃだめよ。そのままDNA鑑定をしてもらって。証拠を汚染しないように気をつけてね。

「ビデオとフィルムクリップと渡航記録は控えをつくれたけれど、ドレスはつくりようがなかったの。ドレスはあなたに会ったとき渡すつもりだった。でもしばらく考えた結果、ほかの証拠の控えと一緒にあなたがむかし住んでいたダンズリーの家に置いておくことにしたわ。念のためにね。わたしが怖気づくかどうかにかかわらず、あそこにあれば安全だもの。この録画を終えしだい、すべてを持ってパイン・レーンの家へ行き、あなたの寝室だった部屋に置いておくつもりよ。

「ちなみに、あの家はサンフランシスコにある不動産屋から偽名で借りたの。ダンズリーの住人で、わたしがあの家に関わっていることを知っている者は一人もいないわ。

「さよなら、アイリーン。あなたに直接会って、すべて打ち明ける勇気があればよかったんだけれど。でも、結局ダンズリーで会うのを避けたのは意外でもなんでもないわ。いやなことを避ける技術となると、わたしはとっても優秀だもの」

モニターが暗くなった。

長いあいだ、誰一人口をひらこうとしなかった。

フィルが小さくつぶやいた。「どうやらきみの説が正しかったようだな、アイリーン。パメラは何者かに殺されたんだ」

「ライランド・ウェブよ」テスが言った。「彼以外、考えられないわ。実の娘を殺したのよ。信じられない」

「いいえ、信じられるわ」鋭い口調でアイリーンは言った。「彼はパメラをレイプできたのよ。そんな化け物が、そこでやめると思う？」

「彼女を殺したあと、ウェブはむかしのビデオのコピーと、証拠のファイルが入ったパメラのコンピュータを持ち去ったに違いないわ」とテス。「きっと、それで全部だと思ったのよ。でも、パメラが証拠のコピーをつくり、あなたが見つけるようにパイン・レーンの家に置いたことは知らなかった」

「ウェブはどうやってパメラのコンピュータのパスワードを破ったんだろう？」フィルがつぶやく。

アイリーンは肩をすくめた。「たぶん破ってはいないのよ。でも、重要な情報が入っていると気づいたに違いないわ。あっさり湖に投げこんだのかもしれない」

フィルがうなずいた。「自分に不利になる証拠を確実に消すために、屋敷に火をつけたのも無理はない」

アイリーンは白い箱を見つめた。「あるいは、このウェディングドレスの存在に気づいたのかもしれない」

「でも、見つけられなかった」テスがつぶやく。「だから、ドレスを消すために家ごと燃やした」

アイリーンの全身にエネルギーが満ちあふれた。電話に手を伸ばす。「上司に電話しなくちゃ」

アデラインにかけようとしたとき、手のなかで小さな電話機が鳴った。

「はい？」

「ちょっと気を抜いてもよさそうだ」ルークが言った。「たったいま、タナカがライランド・ウェブの所在を突きとめた。サンフランシスコのオフィスで、選挙活動への有力な資金提供者に会っている。明日の晩、資金集めの催しがあるから、すぐに街を出ることはなさそうだ。ぼくが行くまで、フィルとテスと一緒にいてくれ」

「待ってるわ」

ルークと会話を終えたアイリーンは、アデライン・グレイディに電話をかけた。応答を待ちながら、彼女は小さなダッフルバッグのチャックをあけるフィルを見ていた。彼は中身を出さなかった。その必要はなかった。ソファに座っているアイリーンから、鈍く光る銃身が見えた。フィルが銃を持っていても不思議ではない。なにしろ、ここはカリフォルニアの片田舎のダンズリーなのだ。どの家にも銃があるだろう。けれど、今日フィルが銃を持ってきたと知ったとたん、アイリーンの体に奇妙な戦慄《せんりつ》が走った。ルークは本気で心配しているのだ。

「そろそろ連絡があるころだと思っていたわ」アディが言った。「話して」

「四十八時間以内に『グラストン・コーブ・ビーコン』をアメリカでいちばん有名な新聞に

するようなニュースをつかんだわ。でも、いくつか相談する必要があるの」

その晩の八時を過ぎたころ、ルークのSUVがカーペンター家の私道に入ってくる音がした。

「彼だわ」アイリーンはテスとフィルに告げた。「そろそろだと思ってた」テーブルにトランプを置き、すばやく立ちあがる。

フィルとテスがおもしろそうな顔をしながらトランプをまとめはじめた。それを見たアイリーンは、自分が長く外国へ行っていた男の帰りを待ち焦がれていた恋人か妻のように振る舞っていることに気づいた。

まだ知り合ってから数日なのよ。彼女は厳しく自分をいさめた。冷静になりなさい。

それでもアイリーンは期待と高まる安堵《あんど》を覚えながら、勢いよく玄関をあけた。目のまえにルークが立っていた。こわばって険しく、どことなく暗い顔をしている。

「どこにいるのか、ちょうど電話をしようと思っていたところだったの」

「長いドライブだった」ルークが答える。「長い一日。きみはだいじょうぶか？」

「ええ」アイリーンは言った。「ああ、冷静でなんかいられない」

彼女はルークの胸に飛びこんだ。彼は驚いたようだったが、すぐに落ち着きを取り戻し、しっかりと抱きしめてきた。

「もう帰れるか？」

「ええ」

43

「なぜ一人であの家に行ったりしたんだ」キャビンの小さな居間をせかせかと横切りながら、ルークがソファの背もたれにジャケットを投げた。狭いキッチンに入っていく。「ぼくが戻るまで、待てばよかったんだ」

「あそこの錠前に鍵が合うと知ってしまったら、行かずにはいられなかったのよ」アイリーンは静かに答え、自分の体にしっかり腕を巻きつけて、冷蔵庫からミネラルウォーターを出す彼を見つめていた。「先延ばしにはできなかった。確かめずにはいられなかったの」

ルークが彼女を見た。「辛かっただろう？」

「模様替えがしてあったわ。カーペットも家具も新しくて、壁も塗り替えてあった」そこでくちごもる。「でも、キッチンに入る気にはなれなかった」

「当然だ」ルークが水を飲み、カウンターにボトルを置いた。じっとアイリーンを見つめる瞳に理解がこもっている。「いろいろなことを知って、だいじょうぶか？」

「どう思えばいいのか、わからないの」正直に答える。「なんらかの答えがあるはずだと、ずっと思っていた。その答えがようやく見つかって、なんだか……」ふさわしい言葉を探す。「頭が混乱しているみたい」

それ以上言葉が見つからず、アイリーンは黙りこんだ。パメラの口から真実を聞いたとき感じた強烈な達成感は薄れ、妙に物憂い気分になっている。探していた答えは見つかった。それなのに、なぜこんなに心がざわつくのだろう？

「答えがわかればそれで終わりというわけにはいかない」彼女の心を読んだかのように、ルークが言った。「情報を処理する時間がいる」

アイリーンはうなずいた。「そうみたい」

「あの家に一人で行くべきじゃなかったんだ」

「それはもう聞いたわ」

「たぶんぼくは腹を立てていて、その怒りを処理しようとしてるんだ。男はこうやって感情を処理するのさ。腹を立てるかセックスをするかして」

アイリーンは眉をしかめた。「どうしてわたしに腹を立てているの？」

「なぜなら、今日ほかの人間が殺されたからだ」目が曇る。「ダンズリーまで帰ってくるあいだ、きみとテスが一人の上院議員を破滅させるだけの証拠のそばにいて、その上院議員は自分の秘密を守るためなら殺人もいとわない人物だということしか考えられなかった」

「つまり、心配していたから怒っていると言いたいの？」

「そんなに単純な話じゃない」アイリーンに歩み寄る。「出会ってからまだ短いが、ぼくたちのあいだには一種の絆《きずな》が生まれていると思っていた。軽い気持ちのつき合いや、一晩かぎりの関係ではないと」アイリーンの目のまえで立ちどまる。「違うのか？」

「違わないわ」

「男と女の関係の専門家を気取るつもりはないが、ぼくたちみたいな関係にある人間は話し合うものだと思っていた。きみは今日あの家に行くまえに、ぼくの帰りを待つべきだったんだ」

「わたしはなんでも一人でやることに慣れているのよ、ルーク」

「わかってる。でも、きみはもう一人じゃないんだ」アイリーンの肩をつかむ。「それを忘れないでくれ、いいね？」

涙があふれそうだった。「なんだか泣きそう。変よね」

「いいや、情報を処理しているだけさ」アイリーンの頭を胸に引き寄せる。「泣いていいんだよ」

アイリーンは彼のシャツに顔を押しつけた。「男の人は、女が泣くとおろおろするんだと思っていたわ」

「ぼくは海兵隊員だぞ、忘れたのか？　海兵隊員は、なんにでも対処できるように訓練されている」

アイリーンは思わず笑い声をあげたが、その直後、自分でも驚いたことにすすり泣いていた。胸の奥底から、激しい浄化のすすり泣きがあふれだしてくる。

こらえきれず、彼女は感情の嵐に身を任せた。

涙が治まるまで、ルークはきつく彼女を抱きしめていた。

それから、彼がお茶を淹《い》れてくれた。アイリーンは彼と湖を見晴らせる小さなテーブルに座り、胸の奥にあったものが治まったのを感じ取っていた。

「落ち着いたかい？」とルーク。

アイリーンは自分が笑顔を取り戻したことに気づいた。「ええ」

ルークはアイリーンをベッドに残して起きあがった。腰に巻いたタオルを片手で押さえながら、戸口で足をとめる。アイリーンが枕にもたれていた。

ぼくを待っている。体の奥で激しい欲望がわきあがった。心臓が二度打つあいだに、疲れきった体がすっかり興奮していた。

いまはまずい。悪夢の家への訪問と墓から届いたパメラのメッセージで、アイリーンは今日たいへんな思いをしたのだ。

自分は自制できる人間だ。いつだって自制できる。

ルークは二歩ベッドに近づき、ふたたび足をとめた。

「ルーク？」アイリーンが心配そうに眉を寄せた。「どうかしたの？」

「ソファで寝たほうがよさそうだ」口ではそう言いながらも、反対してほしがっている自分がいるのもわかっていた。

「どうして？」

「ちょっと落ち着かないんだ。眠れるまで、少し時間がかかるかもしれない。きみは今日たいへんな思いをした。ゆっくり寝たほうがいい」

アイリーンがタオルを押しあげているふくらみに目をやった。顔をあげたとき、そこにはなまめかしいわけ知り顔の表情が浮かんでいた。

「あなたに必要なのは、睡眠導入剤みたいね」にっこり微笑む。「あなたはついてるわ。ちょうどわたしが持ってるの」

喜びと期待が体内で燃えあがる。

「それには電池がいるのかな？」

アイリーンの笑い声が室内にはじけた。「こっちへ来て、自分で確かめてみて」

ルークはベッドサイドの明かりを消し、タオルから手を放した。だがベッドに入ってキスをしようとすると、アイリーンが彼の胸に片手をあてて押しとどめた。

ルークは眉をあげた。「どうかしたのか？」

「わたしは、眠れるようにしてあげると言ったのよ」

「いまは眠ることなんか、どうでもいい」

「わたしがこれからすることが終わったあとも、そんなことを言えるかしら」

アイリーンが胸にあてた手に力をこめた。ルークは戸惑ったが、素直に仰向けに横たわった。アイリーンが体を重ねてきた。名もないエキゾチックな海と花のあたたかな香りがかすかに漂う。

ルークは頭のうしろで手を組み、えもいわれぬ感覚を味わった。「どうするんだい?」

返事はなかった。そのかわり、彼女の頭が下へ移動した。目的の場所に達すると、アイリーンの指が彼自身に巻きつき、ルークの全身にぞくりと刺激が走った。

「いい気持ちだ」

「知ってるわ」

そのとき彼女の唇が触れ、体が粉々に砕けそうになった。ルークは組んでいた手をほどき、両手で彼女の頭をつかんだ。

「そこはやさしくやってくれないか」なんとか言葉をしぼりだす。

アイリーンが乱れた髪のあいだから彼を見つめた。「海兵隊は何かをやさしくすることなんて、ないんだと思っていたわ」

「なんにでも例外はある」

「いまは違うわ」勃起したものに沿ってそっと舌を這《は》わせる。

ルークはうめき声を漏らし、激しい快感にぎゅっと目を閉じた。

アイリーンが顔をあげ、彼のほてった体の上を移動する。ルークは目をあけ、自分の体をまたいで奥深くまで彼を迎え入れる彼女をじっと見つめていた。彼女はとてもきつく、とても熱くて、すっかり潤っていた。

快感が全身を駆け抜ける。あまり長くはもちそうにない。暴走列車のようにクライマックスが押し寄せてくるのがわかる。ルークはアイリーンの腰をつかみ、体の位置を入れ替えようとした。

「だめ」アイリーンが両手で彼の胸をおさえた。「いつも主導権を握る必要はないのよ。このままいって」

「きみはまだいってない」

「わたしの心配は、今度でいいわ」

「だめだ」自分の汗でシーツが湿っている。「一緒にいってほしい」

「わたしはここにいるわ。どこにもいかない」

やさしい約束の言葉で、ルークは頂点に達した。

だしぬけに、彼は空を舞っていた。

しばらくのち、ルークはようやくわれに返った。セックスとクライマックスの香りがあたりに漂っている。

「黒いトレンチコートと革のブーツが似合うのも当然だな」暗い天井を見つめながら、彼は言った。「今度の誕生日に、忘れずに鞭をプレゼントするよ。そうすれば完璧になると思わないか?」

アイリーンが物憂げに伸びをし、体をすり寄せた。「高校の進路指導の先生に、SMクイーンに向いていると言われたことは一度もないと思うけど」

「高校の進路指導の先生も、すべてを知っているわけじゃないという証拠さ」

「そうね。でも、彼らも精一杯の努力はしているのよ」肘をついて体を起こし、すました笑みを浮かべる。「楽しかった、海兵隊員さん?」

「もちろん」彼はアイリーンを仰向けに寝かせ、確信に満ちた瞳で彼女を見つめた。「きみに飽きることは、絶対にないと思う」

アイリーンが嬉しそうな顔をした。「よかった。もう眠れそう?」

「冗談だろう? あんな経験をさせられて、昏睡状態にならないのが不思議なくらいだ」

「今日は、本当に長い一日だったわね」あくびをする。

「おたがいに」今日あったことがいっきによみがえり、夢心地がさめた。「ぼくのことはさておき、きみがカービービルの錠前屋をあたったのは名案だったな」

「アデライン・グレイディは、ディテールをしっかり追うように記者に教えこんでいるの」

そこで顔をしかめる。「でも、戻ってくる途中で、危うく大事故を起こすところだったわ」

ルークは両肘をついて体を起こした。「なんのことだ?」

「鍵と、それが何を意味するかで頭がいっぱいで、運転がうわの空になっていたの。湖の南端に沿って走る曲がりくねった道を、かなりゆっくり走っていた。そうしたら大きなSUVに乗った頭のおかしい男がうしろからやってきて、むかっ腹を立てたのよ」

ルークは馴染みのある悪寒を覚えた。「何があったんだ?」

「正直言って、相手の男はキレたんだと思うわ。運転中に突然ぷつんとキレたのよ。すごいスピードであおってきた。たぶんわたしを震えあがらせようとしただけなんでしょうけれど、なんとなく、ひょっとしたら腹立ちまぎれにわたしを湖へ落とそうとしてるんじゃないかと不安になったの」

ルークはがばっと上体を起こした。「まさか」

「わたしは道をはずれるしかないと思って、湖のはずれにある古い分譲地に入ったの」

「〈ヴェンタナ・エステーツ〉か?」

「相手の男は追ってきた」

「聞いているだけでぞっとする」

「正直言って、わたしもあのときはちょっとびくついたわ」ぶるっと身震いする。「でも、分譲地を抜けて走っている道路は、わたしの記憶にあるとおりまだ砂利だらけだったの。そのうえ、きちんと管理もされていなくて、かなり荒れていた」

「知ってる。ダンズリーに越してきて間もなく、〈ヴェンタナ・エステーツ〉を見に行ったことがある」

「軽く地元を偵察したのね？」

「いいから続きを話してくれ」

アイリーンの笑みが消えた。「わたしは唯一思いついたことをしたわ。SUVに引きさがる気がないとわかったとたん、目一杯アクセルを踏みこんだの。向こうのフロントガラスに小石や砂利を山ほど巻きあげてやった」

「それは」考えながらつぶやく。「とてもいい手だったな」

「小石や砂利がSUVにあたる音が聞こえた。フロントガラスやボンネットやフロントバンパーに、かなり傷がついたはずよ」

「分譲地の外までは追いかけてこなかったのか？」

「ええ。ここへ戻るまで、ずっとルームミラーをチェックしていた。二度とあの車を見なかったわ」

「そのSUVをよく見たか？」

アイリーンが首を振る。「あまり見ていない。いきなりうしろに現われたの。わたしはすっかり動揺して、運転に集中するので精一杯だった」

「色は？」

「シルバーグレーよ。あなたの車や、このあたりに数百台はある車と同じ色。窓がスモークガラスになった大型の車だった。でも、それしかわからない」

「ナンバープレートは？」

「冗談でしょう？　ちらりとも見ていないわ」

ルークはじっと黙りこんだ。

「ルーク？」

「え？」

「単なる無謀なドライバーではないと思ってるのね？」

「その可能性もあると思っている」声に感情が出ないように努める。「パメラ・ウェブとホイト・イーガンが死んだ。もし今日きみが湖に突っこんでいたら、みんなは今夜、きみの不幸な事故について話していただろう。そしてライランド・ウェブ上院議員は、多少気が楽になって眠りにつけたはずだ。娘が亡くなる直前に連絡を取った女性が死んだとわかって」

「わたしが情報をつかんでいるかぎり、あのろくでなしが安らかに眠れることは一生ないわ」アイリーンがきっぱりと言う。「明日の夜の資金集めの催しで、あいつの化けの皮をはいでやる。翌日の『グラストン・コーブ・ビーコン』の朝刊で事実を明るみに出せば、ウェブのキャリアは数時間で崩れ去るわ」

44

翌日の夜、アイリーンはルークとアデライン・グレイディ、『グラストン・コーブ・ビーコン』の唯一のカメラマンであるダンカン・ペンと一緒にヤシが植わる植木鉢の陰に立っていた。四人はホテルの混雑した宴会場をうかがっていた。

「ずいぶん簡単だったな」ルークが言った。スーツ姿でネクタイをしめ、小脇にノートパソコンを抱えている。「ドアを入るぼくたちに、誰一人目もくれなかった」

「それは、みんなが記者章しか見ていなかったからよ」とアイリーン。「それはそうと、どうやってこれを手に入れたの、アディ？」

アデライン——小柄で肉づきがよく、真っ赤なパンツスーツ姿で堂々としている——が、体を左右に揺らして悦にいった顔をした。「この世でいちばん手に入れるのが簡単なのは、政治資金集めの催し向けの記者章なのよ。選挙事務所は、マスコミに出席してほしがるから」ビュッフェテーブルのほうへ手を振る。「あれだけの料理を並べているのは、なんのためだと思ってるの？」

「なかなかの品揃えだ」ダンカンが言った。若くて華奢《きゃしゃ》な体型のダンカンは、首にかけたカメラの重みでつんのめりそうに見える。彼は手に持った小さな皿に山盛りになっている、カナッペやスライスしたチーズ、小ぶりのサンドイッチをまじまじと見つめた。「ウェブの選挙事務所に七十点やってもいいな。八十点でもいい」

アイリーンはアデラインに目を向けた。「ウェブの選挙事務所が『グラストン・コーブ・ビーコン』にとくに好意を持っているとは思わなかったわ。なにしろ、パメラの死にまつわる例の記事を載せた新聞だもの」

アデラインがシャンパンをあおり、グラスをさげた。「記者章を申請する電話をかけたとき、新聞の正確な名称に関してちょっと誤解があったかもしれないわ」

ルークが首にかけたプラスチックでおおわれたカードを調べた。「ここに『ビーコン・ヒル・バナー』と書いてあるのは、そのせいかな」

「ちょっとした行き違いよ。ありがたい話だから、わざわざ間違いを正す気はないわ」トートバッグに手を入れ、記者章を四枚出してそれぞれに手渡す。「これと交換して」

「誤解はよくあるものだ」ルークがプラスチックのフォルダーから『ビーコン・ヒル・バナー』の記者章をはずした。

「そういうこと」アデラインが同意する。そしてダンカンを見た。「記者章を入れ替えるあいだ、お皿を持っていてあげるわ」

「ありがとう」ダンカンが山盛りの皿を彼女にわたし、手早く記者章を入れ替えはじめた。サンドイッチを一つつまんだアデラインが、すぐにもう一つ口に放りこんだ。

アイリーンも記者章を入れ替え、ふたたび室内を観察した。「誰もホイト・イーガンの死を悼んでいないようね」

アデラインが肩をすくめ、ダンカンの皿から別のごちそうを一つつまむ。「ウェブの新しい選挙事務所長が、今朝早く声明を発表したわ。イーガンの死を恐ろしい悲劇として、いまこそ犯罪に毅然《きぜん》とした態度で臨むべきであり、ライランド・ウェブにはそのための構想があると言っていた」

「以前のくり返しだな」ダンカンがつぶやき、記者章を交換し終えて自分の皿へ手を伸ばした。不満そうにうめいて目を丸くする。「ちょっと、それはぼくのですよ、ボス」

「あら、そう？」アデラインがそしらぬ顔で最後のカクテルソーセージをつまみ、皿を返した。

ルークがアイリーンに目を向ける。「一流の調査報道記者になった気分はどうだい？」

「アドレナリンがあふれてるわ」アイリーンは正直に答えた。「グラストン・コーブの町議会の会合を取材したり、その週のレシピを選ぶときは、ここまで張りきらないもの」

アディが両手をこすりあわせた。「今夜張りきっているのは、あなただけじゃないわ。あなたがつかんだネタは、とんでもない大ニュースになるはずよ」

アイリーンはハンドバッグに手を入れ、小型の録音機を出してバッグの肩ひもにつけた。「この器械は、インタビューを始めようとするたびに調子が悪くなるやっかいなくせがあるの。カメラの準備はいい、ダンカン？」

「とっくに準備はできてる」ダンカンがものほしげにビュッフェテーブルをうかがった。「お代わりをする時間はあるかな？」

そのとき、奥の戸口が騒がしくなった。ウェブの登場だ。隣りにアレクサ・ダグラスがいる。背の低い、不安な表情を浮かべた男が背後に控えていた。ホイト・イーガンのあと釜に違いない。

「料理はあきらめて、ダンカン」アイリーンは言った。「ウェブが来たわ」

アデラインの顔が引き締まる。「行くわよ」

アイリーンはメモ帳を手に、ヤシのうしろから踏みだした。「ついてきて」

「この世でいちばん怖い台詞《せりふ》だな」ルークがつぶやく。

アイリーンは彼の言葉を聞き流し、人ごみを縫ってひたすらまえへ進んだ。ライランド・ウェブは支持者や支援者候補に囲まれていたが、身長が高いので見失いようがない。

最初にアイリーンに気づいたのは、アレクサ・ダグラスだった。その顔に驚きの表情が浮かび、すぐに警戒したように眉を寄せた。どちらの表情もすぐさま愛想のいい笑顔の下に隠し、ライランドに何かささやいている。

ライランドが首をめぐらせて人ごみを見わたした。アイリーンと連れの姿を認め、あわてて新しい秘書に何か話しかけた。

小柄な男がアイリーンをさえぎるようにすばやくまえへ出た。

「ミス・ステンソン？」彼女のまえに立ちはだかって言う。「申しわけありませんが、帰っていただけますか」ルークとアデラインとダンカンにすばやく視線を走らせる。「あなたたち全員」

「上院議員にお訊きしたいことがあるの」アイリーンは言った。

「議員は今夜、インタビューを受ける予定はありません。ゲストをもてなしているんです」

「ウェブ上院議員に、こちらは最近ヨーロッパで撮影されたビデオを持っていると伝えて。その海外視察を含め、目的地を同じくする複数の視察に関する記事が、『グラストン・コーブ・ビーコン』の明日の朝刊に載ると、はっきり伝えてね。そしてコメントをする気があるか訊いてちょうだい」

秘書が戸惑ったように顔をゆがめた。肩越しにちらりとウェブをうかがう。上院議員はこちらに背を向けて数人と会話をしていた。

「独断で判断しないほうがいいわよ」アデラインが言った。「ただごとじゃないんだから」

小柄な男がかすかにうろたえた。

「ここで待っていてください」

くるりときびすを返し、人ごみを縫って支援者に囲まれているライランドのところへ戻っていく。アイリーンは、小声でメッセージを伝える秘書を見つめていた。あたかも牛追い棒で突かれたかのように、ライランドがびくりとした。そしてゆっくり振り向き、アイリーンを見た。たいしたものだ。彼女は思った。ライランドの表情は見事に取りつくろわれていて、そこからは何もうかがえない。だが、瞳で燃える激しい憤怒は見て取れた。

「表情で人を殺せるなら」アデラインがつぶやく。「いまごろわたしたちは全員燃えかすになっているでしょうね」

「たしかに、ものすごく怒ってるな」ダンカンが嬉しそうに言い、ビデオカメラをかまえた。

「ウェブサイトに載せるにはかっこうの絵だ」

ライランドが秘書とアレクサに何か話しかけ、それからアイリーンのほうへやってきた。

「ショーの始まりよ」アイリーンは小さく告げると、まえへ踏みだしてライランドに対峙《たいじ》し、大きな声で言った。「ウェブ上院議員、最近のヨーロッパ旅行について、お話ししていただけますか？」

「ここではだめだ」ライランドがルークとアデラインとダンカンをにらみつけた。廊下のほうへ首をかしげる。「わたしたちだけで話そう」

そして返事も待たずに人ごみを縫って歩きだした。アイリーンはすばやくあとを追った。

ほかの三人もすぐうしろをついてくるのがわかる。彼女は肩ひもにとめてある録音機をあらためてチェックした。ダンカンが別のカメラを用意している。

ライランドは足早に廊下を進み、狭い会議室に入った。アイリーン、ルーク、アデライン、ダンカンがあとに続く。ライランドが乱暴にドアを閉め、くるりとアイリーンに向き直った。

「いったいどういうつもりだ?」怒りで声が震えている。

「ウェブ上院議員、『グラストン・コーブ・ビーコン』は、証拠が保存されているコンピュータファイルと、ヨーロッパの売春宿で未成年の少女をレイプしているあなたが映っていると思われるビデオを所有しています」アイリーンは言った。「何かおっしゃりたいことはありますか?」

「くだらん、とんだ言いがかりだ。わたしはレイプなど一度もしたことがない」顔がどす黒い赤に染まっている。「もしそんなビデオを持っているなら、偽物に決まっている。公にしたら、おまえもおまえのろくでもない新聞も破滅するぞ。わかったか? わたしが破滅させてやる」ほかの三人を見る。「おまえたち全員を」

アイリーンはルークにうなずいた。「見せてあげて」

ルークがテーブルにコンピュータを置いてひらき、スイッチを入れた。モニターを見つめるライランドの顔に恐怖がつのる。

「そんなまねはさせないぞ」ライランドが言った。「誰を相手にしているか、わかっているのか？　わたしはおまえたちの人生を悲惨なものにできるんだ」

アデラインが明るく微笑んだ。「脅しは大歓迎よ。最高の記事になるもの。ちゃんと録音してる、アイリーン？」

「ええ、ボス」

ライランドがアイリーンのショルダーバッグにとめてある小さな器械を見つめ、顔をひきつらせた。「とめろ。いますぐとめるんだ」

「うちの新聞は、お嬢さんのパメラが撮影したビデオも所有しています」メモ帳にすばやくメモをとりながら、アイリーンは続けた。「そのなかで、彼女はあなたが小児性愛者であり、幼いころあなたに虐待を受けたと述べています」

「嘘だ」ライランドが両手を拳に握りしめ、一歩踏みだした。「以前も話しただろう。娘は精神に異常があった。そんなガセネタを記事にしたら、かならず――」

ルークがアイリーンの背後に立った。「脅しはやめろ」

ライランドが彼に食ってかかる。「こんなことに関わって、ばかなやつだ」

「これ以上おもしろいものが、ほかに見つからなかったんでね」

ダンカンのカメラがまわっている音がする。アイリーンは手早くメモを書き足し、顔をあげた。

「パメラはあなたがビデオは偽物だと主張するとわかっていたので、問題の売春宿がある都市へあなたが数回行っていることを裏づける渡航記録とクレジットカードの明細のコピーも提供してくれました。わが社はわたしをヨーロッパへ調査に向かわせる覚悟でいます」

視界の隅で、アイリーンは自分のとんでもない発言にアデラインが目をしばたたかせているのがわかった。

「おまえの新聞社を告訴してやる」ライランドが言った。「あの視察は正当な理由があって行なったものだ。貿易問題の」モニターのなかで、パメラがしゃべりだした。ライランドが催眠術にかかったように凍りついた。「とめろ。聞こえないのか？　とめろと言ってるんだ」

アデラインがモニターを見つめる彼の視線を追った。「参考までに断わっておくけれど、問題のコンピュータファイルは複数のコピーを取ってあるわ。運に任せたくなかったから」

ライランドが彼女に振り向く。「わたしの弁護士が、おまえをばらばらに引き裂くぞ」

ダンカンのビデオカメラがまわりつづけ、自分よりはるかに小柄なアデラインに迫り、きわめて威圧的に脅しをかけるライランドの印象的な姿を捉えた。

ライランドが事態に気づき、あわててあとずさる。

「パメラはさらに、十七年まえのヒューおよびエリザベス・ステンソンの死にあなたが関わっているとも話しています」アイリーンは続けた。「それについてご意見は？」

「わたしは無関係だ。おまえの父親が変人だったことは、みんな知っている。あの男はおまえの母親を殺し、そのあと自殺を図ったんだ」いくらか落ち着きを取り戻したらしい。「どうやら、おまえも父親なみに頭がおかしいようだな、ミス・ステンソン」

「最近殺害された、秘書のホイト・イーガンについてはどうですか？　パメラの話では、ヨーロッパの売春宿で性行為におよぶあなたを撮影したのは彼であり、イーガンはそのビデオを利用してあなたを恐喝していたそうですが。いかがです？」

「いいだろう、わたしの意見を言ってやる」ライランドがこわばった声で言った。「これはすべてでっちあげにすぎない。おまえはわたしに両親を殺されたと思い、わたしを失脚させようとしているんだ。妄想にとらわれ、デジタルカメラとコンピュータを用いて架空の話を山ほどでっちあげた。いいか、そんなまねはさせないぞ。わかったか？　わたしと、これまで築いてきたすべてを破滅させるようなまねはさせない。この国はわたしを必要としているんだ」

彼の背後でドアがひらいた。アレクサ・ダグラスが会議室に踏みこみ、立ちどまった。

「なにごとなの？」

「こいつらは、あらゆる手を使ってわたしを破滅させようとしているんだ」ライランドが語気荒く言う。「こいつらが記事にすると脅している嘘ときたら、とうてい信じがたいものだ。すぐ弁護士に連絡を取る。彼らが阻止してくれるだろう」

だが、アレクサはコンピュータのモニターを怪訝《けげん》そうに見つめていた。

「あなたが映っているわ、ライランド。どういうことなの？」

「CGでつくった偽物だ」とライランド。「信じるな」

モニターには、飲み物を受け取るライランドが映っていた。幼い花嫁が部屋に入ってくる。ライランドが立ちあがり、少女の手を取った。

場面が寝室へと変わる。ライランドが現われた。服を着ていない。

「そんな」アレクサが低い声を漏らした。呆然としている。「嘘だと思っていた。そんな話を聞いたけれど、わたしは信じなかった」

ライランドがアレクサの手をつかんだ。「パメラは嘘をついていたんだ。わたしについてあの子が話したことは、すべて嘘だ。パメラは重いノイローゼだった。きみも知っているだろう」

「パメラじゃないわ」アレクサが手を引き抜いた。「娘のエミリーよ。数週間まえ、あなたがおかしなさわり方をしようとしたと言っていたの。新しい父親ができるのがいやで、そんな話をでっちあげたんだと思っていた。でもあの子は本当のことを話していたのね？」

「わたしはエミリーの父親になるんだぞ」ライランドが威厳をこめてきっぱりと言う。「やさしくして当然だろう。あの子と仲よくなろうとしているだけだ」

「あなたが何をしようとしていたか、わたしよりエミリーのほうがよくわかっていたんだわ」呆然とし、身震いしている。そしてみぞおちに手をあてた。「吐きそう。失礼するわ。エミリーを探さないと。あの子に言ってやらなくちゃ。事情はわかったと、こんりんざいあなたに触れさせたりしないと。わたしったら、どうしてこんなに鈍感だったのかしら」

アレクサは戸口に駆け寄り、勢いよくドアをあけて飛びだしていった。

ライランドがくるりとアイリーンに向き直った。怒りの表情が冷酷なものに変わっている。

「かならずこの償いをさせてやるからな」彼が言った。「どうせ確たる証拠はないんだ。細工されたビデオに関心を払うものなどいない」

「わたしはそうは思わないけれど、万が一のために、ほかのものもお見せするわ」バッグに手を入れ、ダンカンがまえもって用意した写真の束を出した。それをテーブルに並べる。

「パメラは間違いなくあなたに鉄槌《てっつい》を下せるように、念には念を入れていたのよ。コンピュータファイルのほかに、ビニール袋に密封した、この小さなウェディングドレスも残してくれたの。何か言いたいことはある？」

ライランドがちらりと写真に目をやった。最初は理解に苦しんでいたが、すぐにはっと思いあたったようだった。愕然《がくぜん》とし、顔が青ざめている。

「どこで手に入れた？」恐怖と怒りで声がかすれている。

「パメラが保管していたのよ」アイリーンは言った。「彼女は子どものころ、何度かあなたにこれを着せられたと証言しているわ。こういう服を着ている彼女をレイプすることに、あなたは快感を覚えていたと」

「何も証明できないはずだ。違うか？」ライランドが怒鳴った。「何一つ」

「パメラはビデオのなかで、まともな研究所に任せれば、ドレスのスカート部分からいくらでもDNAが採取できるはずだとも言っているわ」

ライランドが言葉にならない叫び声をあげ、両手でアイリーンにつかみかかった。

アイリーンはダンカンのビデオカメラがまわっている音をぼんやり意識しながら、咄嗟《とっさ》にあとずさった。彼女に見えたのは、自分に向かってくるライランドの怒り狂った顔だけだった。

そのとき、ルークが彼女とライランドのあいだにいきなり割って入った。あまりにすばやい動きだったので、仰向けに床に倒れているウェブの姿を見るまで、何が起きたかわからなかった。

ルークが彼を見おろしている。「言っただろう。彼女を脅すなと」

「弁護士に連絡する」妙に落ち着いた声でライランドが言った。「おまえたちを一人残らず破滅させてやる」

45

二日後、アイリーンは〈ヴェンタナ・ビュー・カフェ〉のブースにルークと並んで座っていた。向かいにはテスとフィルがいる。食べ終えたパンケーキの皿が四枚、テーブルに載っていた。

アイリーンは自分たちに好奇の目が向けられていることに気づいていた。店に入る四人の姿が目撃されたあと、店内が満席になるまでたいして時間はかからなかった。

「やったわね、アイリーン」テスが、アデラインが翌日配達便で送ってきた昨日の『グラストン・コーブ・ビーコン』を手に取り、旗のように振った。「これでライランド・ウェブ上院議員はおしまいよ。今週末までに選挙活動を中止するらしいと、今朝のニュースで言っていたわ。あなたはウェブが大統領になるチャンスをつぶしただけでなく、この国の上院議員に再選される可能性もゼロ以下にしたはずよ」

アイリーンは派手に書き立てられた見出しを見た。インターネット版ですでに見ていたが、印刷された文字を見るのはまた格別の気分だ。

ウェブ上院議員に未成年者への性的虐待疑惑

スキャンダルはまたたく間に広まった。サンフランシスコやロサンジェルス、サンディエゴはもちろん、国じゅうの大手新聞がいっきにこの話題に飛びついているが、いまのところどこも巻き返しを図っている状態だ。二紙は独自の調査に取り組んでいると発表した。ラジオやテレビのトークショーはこの話題でもちきりだ。ライランド・ウェブの性的嗜好《しこう》の暗い過去にまつわる新たな証拠が、一時間ごとに報道されている。アデラインからは、『ビーコン』のウェブサイトの訪問者数を嬉しげに伝える電話が三度かかってきた。

「少なくとも、今回はウェブに忠実な彼女も彼を支持するつもりはないようね」テスがダンカン・ペンが撮影したアレクサ・ダグラスの写真を示した。サンフランシスコのしゃれたタウンハウスのまえで、リムジンから娘をつれておりるアレクサが写っている。説明書きには〝ダグラスはウェブとの婚約を破棄〟とある。

「ウェブは間違いなく終わりだな」とフィル。「そして、彼を失脚させたのはアイリーンだ」

アイリーンはテーブルを囲う三人を見た。感謝と愛情が喉に詰まり、涙があふれそうだった。「みんなの協力がなかったら、できなかったわ。どうお礼を言っていいか、わからない」

ルークがにやりとする。「これでぼくたちは全員、新米記者になったようだな。自分たちにこんな才能があったなんて誰が予想した？　ぼくなんて、死ぬまでモーテルの経営をするしかないと思っていたのに」

アイリーンはコーヒーが入ったマグを手に取った。「ライランド・ウェブに殺人を告白させる方法があればいいんだけれど。わたしたちが知るかぎり、彼は四人を殺しているのよ。わたしの両親、パメラ、ホイト・イーガン。それなのに、このままでは罪に問えない」

「それは違うかもしれないぞ」とルーク。「たしかに警察は、ウェブがきみの両親とパメラを殺したことは証明できないだろうが、ホイト・イーガンの死と関連づけることはできるかもしれない。なにしろ、強力な動機があるからね」

「恐喝」フィルが言った。「ああ、たしかに動機になるな。警察はもう何を調べればいいかわかっているから、運がよければ動かぬ証拠が出てくるかもしれない」

テスが背もたれにもたれた。心配そうに顔を曇らせている。「まだわからないことが一つあるの」

ルークがアイリーンの皿に残っているパンケーキにフォークを突き刺した。「なんだい？」

「パメラはどうして、これだけ時間がたってから父親の正体をあばいたの？ 彼女はずっと秘密を隠しつづけていた。なぜいまになって公にしたの？」

「彼女はセラピーを受けていた」フィルが言った。「きっとセラピーを受けているあいだに、事実を明らかにする気になったんだろう」

アイリーンはテーブルに載った新聞を見た。胸の奥で確信がわきあがる。

「セラピーのせいじゃないわ」静かにつぶやく。そしてアレクサ・ダグラスと娘の写真を指差した。「これが理由よ。エミリー・ダグラス。パメラは、父親がもうすぐ新しい幼い花嫁を手に入れることに気づいたんだわ。自分の家族の秘密を守ることはできたけれど、それがくり返されるのを黙って見ていることはできなかったのよ」

46

アイリーンはテーブルにペンを投げだし、最新版の時系列表をにらんだ。どれだけ必死で点と点を結びつけようとしても、パメラが死んだ日にライランド・ウェブがダンズリーの近くにいたことを示す納得のいく理由が見つからない。

あらゆる事実を記した時系列表を手に腰をおろしたときは、動機以外にも警察に話せるようなウェブを殺人に結びつける何かが見つかるはずだと確信していた。それなのに、いまのところ何一つ見つかっていない。

かならずなんらかの接点があるはずだ。パメラが過剰摂取で死んだなんて、ありえない。

アイリーンは立ちあがり、ルークのきれいに片づいた狭いキッチンへ行ってお茶のお代わりを淹れた。この四十分のあいだに、椅子から立ちあがるのはこれで四度めになる。キッチンに来たのは三度めだ。二度はお茶のお代わりをつくるため、一度は冷蔵庫をのぞいて夕食に何を買い足すか確認するため。

マグを片手に裏口からキャビンの外に出ると、彼女はポーチの手すりによりかかって穏やかな湖面を見つめた。このキャビンから見える景色は、以前泊まっていた五号キャビンからの景色と少し違う。ここからのほうが、湖がよく見える。アデラインには、貪欲《どんよく》な通信社の欲望を満たし、ウェブサイトの訪問者数を維持できるような地元の情報を伝えると約束してある。締め切りが迫っているのに、記事に集中できない。心はどうしても、パメラの死の謎へ戻ってしまう。おそらくこの強烈な執着こそが、陰謀説を唱える人間の真の正体なのだろう。

ぞくりと寒気がした。わたしが勝手につくりあげた話に執着しているのは事実を直視できないからだと、これまで会ったセラピストたちが口をそろえて納得させようとしたのは、正しかったのかもしれない。

だめよ。そんなことを考えてはだめ。わたしは記者なのよ。点に集中しなければ。新しい点を見つけられれば、もっといい。

そのとき、古ぼけたピックアップトラックが私道に入ってきて、ロビーの近くにとまった。タッカー・ミルズがおりてきて、荷台から熊手と大きなほうきをおろした。ロビーから出てきたマキシーンが、元気に明るく挨拶している。

〈サンライズ・オン・ザ・レイク・ロッジ〉は、大ニュースの背景を伝えるためにダンズリーに殺到したマスコミ関係者でシーズンオフのにぎわいを見せていた。予期せぬ客が大勢押しかけてきそうな状況に恐れをなし、ルークはフロント業務から手を引いてすべてをマキシーンに任せた。

主導権を握るやいなや、マキシーンは手腕を発揮しはじめた。最初にやったのは、宿泊料金を四倍に値上げしたことだ。空室がなくなると、そうすれば一つ空きができるからと、丁寧ではあるが断固とした態度でルークのキャビンに移るようアイリーンに告げてきた。一時間まえ、マキシーンはトイレットペーパーとコーヒーとドーナツを買いにルークをダンズリーに行かせた。彼は逃げだす口実ができて、喜んでいるようだった。

マスコミの加熱は、長くは続かないだろう。けれどそれが治まるまで、ロッジは繁盛するはずだ。

アイリーンはふたたびお茶に口をつけ、これまであまり深く考えなかった点について考えてみた。古い悪夢の断片が脳裏をよぎる。

その瞬間、自分も点の一つであることに気づいた。

「アイリーンが一緒じゃなくて残念だわ」テスができたてのレモネードをルークのグラスに注ぎ、居間のソファの一つに腰をおろした。「いろいろ訊きたいことがあったのに」

「『ビーコン』の新しい記事を書いているんだ」ルークはグラスの中身を半分飲み干し、ぴりっとした味を堪能した。「もっと地元の情報を伝えるように、アデラインから催促がきている。ライランド・ウェブのニュースは、一時間ごとに深みと広さを増しているからね」

テスが含み笑いを漏らす。「あのおとなしいアイリーンが猛烈記者になるなんて、誰が想像したかしら」

「彼女は使命に燃える女性なんだ」とルーク。「じつはぼくも使命を受けていてね。ロッジをマキシーンに任せたとたんに命令されたよ。地元のトイレットペーパーを買い占めてこいと言われたんだ。個人的にはどうして客たちが自分のぶんを持ってこないのか理解に苦しむが、マキシーンはそうは思わないらしい」

テスが笑い声をあげた。「彼女はロッジの経営を楽しんでいるようね」

「利益をあげているのは間違いない。それはともかく、町へ来るあいだに、あなたならずっと気になっている疑問に答えを出す手助けをしてくれるんじゃないかと思ったんだ」

テスが知的な顔を好奇心で輝かせた。「何を知りたいの？」

「アイリーンの両親が亡くなった日に、パメラが秘密を打ち明けた相手の名前だ」

テスの意気ごみが急速に薄れた。「ライランド・ウェブに連絡して、パメラが何をしたか警告した人物のこと？」

「心当たりはあるかい？」

テスがため息をつく。「そのことはフィルとも話したわ。一人だけ思い当たったけれど、フィルもわたしもその線を追及してもしょうがないと思っているわ。その人物は正しいと思ったことをしただけで、それがどんな結果になるか、予想もしなかったに違いないもの」

「その人物は、なぜウェブに電話をすることが正しいと思ったんだ？」

テスはつかのま窓の外へ目を向け、それからルークに視線を戻した。顔に決意がこもっている。

「まず、これまでのいきさつから話したほうがよさそうね」彼女が言った。「フィルもわたしもこの町で生まれ育った。多かれ少なかれ、どちらも三世代にわたるウェブ家の人間の影響を受けてきたわ」

「ああ」

「むかし、母からある話を聞いたことがあるの。母がダンズリーの高校に通っていたころ知っていた、ミリーという名前の少女の話よ。ミリーはとても美人だったみたい。高校を卒業した夏、彼女はサンフランシスコにある本社の受付係としてヴィクター・ウェブに雇われた。ミリーは大喜びで、なんの迷いもなくネオン輝く都会へ旅立った。母や友人たちは、彼女の幸運をとてもうらやましく思ったそうよ」

「いやな予感がするな」

「そうなの。ダンズリーを出た一年半後、ミリーは男の赤ん坊を連れて戻ってきた。そしてここで息子を育てたの。たいして就職口がない小さな町で生活するシングルマザーだったのに、彼女も息子も、まともな家やきちんとした服に困っているようすはなかった」

「働いていたのか？」

「たまにね。でも、たいがいは単に暇つぶしのためだったみたい。さっきも言ったように、お金には困っていなかったから」

「その金はどこから来ていたんだ？」

テスがレモネードのピッチャーに手を伸ばす。「ミリーはみんなに、交通事故で死んでしまった男性とつき合っていて、結婚はまだだったけれど、その男性が遺産を遺してくれたんだと話していたわ。本人は死ぬまでそう言いつづけていたけれど、母も友人も鵜呑みにはしていなかった」

「ミリーは死んだのか？」

テスがうなずく。「癌《がん》でね。でも、息子はいまもこの町に住んでいるわ。そして、もしむかしの噂が正しければ、彼の父親はヴィクター・ウェブよ」

「つまり、ライランド・ウェブとは兄弟ということか」

「ええ」

樹木がうっそうと茂るその住宅街に並ぶ家は、ダンズリーでもっとも上等とは言えないものの、中程度であるのは間違いなかった。舗装された私道に駐まっている車は、どれも最新型だ。前庭には花壇や芝生があるが、フロントポーチはない。そこは、裏に庭とテラスのある家が並ぶ住宅街だった。

ルークは角にSUVを駐め、シャッターがおりたガレージのまえに駐まっているパトカーのほうへ歩きだした。いいあんばいに、運転席側の窓があいていた。ガレージのシャッターを開閉するリモコンが日除けにとめてある。彼は車内に手を入れてリモコンのボタンを押した。シャッターががらがらとあがりだす。なかには大きな銀色のSUVが駐まっていた。

車に近づいてじっくりと見つめる。フロント部分にいくつもへこみや傷がついていた。フロントガラスには、くもの巣のようにひびが入っている。

そのとき、玄関があく音がした。

「わたしのガレージで何をしているんだ、ダナー？」サム・マクファーソンが階段の上から怒鳴った。

ルークはガレージの入口まで出て答えた。「ちょっと訊きたいんだが、このあいだレイクフロント・ロードでアイリーンを追いまわしたのは、彼女を震えあがらせようとしただけなのか？　それとも殺すつもりだったのか？」

サムが階段の下までおりてきた。「いったいなんの話をしてるんだ？」

「このSUVは、ひどい雹《ひょう》に打たれたみたいに見える」

サムが顔をしかめる。「どこかの子どもに盗まれたんだ。おもしろ半分に乗りまわしたらしい。カーペンターの修理工場に持って行くひまがなかった」

「いつから兄貴に便宜をはかっているんだ、サム？」

サムはみぞおちを殴られたような顔をした。「なんだと？」

「あんたに話がある。近所の目につくここで話してもいいし、人目につかない家のなかでやってもいい。あんたしだいだ」

「どうしておまえと話さなくちゃいけないんだ？」

「なぜなら、あんたはライランド・ウェブの腹違いの弟だからだ。十七年まえウェブに電話して、パメラがエリザベス・ステンソンにビデオを渡したと警告したのはあんただな。このあいだの夜、屋敷を焼けと彼に言われたのか？　それとも、ウェブ本人がここへ来て自分でやったのか？」

「支離滅裂だ」かすれた声でサムが答えた。落ち着きを失っている。「帰ってくれ」

「長年にわたって、ウェブ家の正当な息子としての恩恵を受ける兄貴を見ているのは、さぞやりきれなかっただろうな。ライランドは将来を約束されていた。地元のプリンス。あんたは自分も彼と同じようにウェブの血を引いていることを、誰にも話したことはない。どうしてだ、サム？　母親がヴィクター・ウェブから口止め料をもらっていたから、母親が死んだあとは自分も秘密を守るべきだと思ったのか？」

サムが両手を拳に握りしめた。「だまれ」

「小さな町の警察署長の給料で、かなりいい生活をしているようじゃないか」ガレージのほうへ首をかしげる。「新しい高級車。申し分ない住宅街にある家」

「これ以上おまえの話を聞く義理はない」

「いいや、聞いてもらうぞ、サム」ルークは相手に歩み寄った。「なぜなら、ぼくが見たところ、あんたは少なくとも三件の殺人の共犯者だからだ。ひょっとしたら四件かもしれない。ホイト・イーガンについては、まだ確信がない。あれはおまえの兄貴が一人でやった可能性もある」

「証拠は何もないはずだ」

「あんたの兄貴もずっとそう言ってるよ。だが、彼はもう風前のともしびだ。すべてを告白するまで、そう長くはかからない。もしウェブの殺人にいっさい手を貸していないなら、それを証明する準備をしておいたほうがいい」

「わたしは何も証明する必要はない」

「それは違う。アイリーンを道路から湖に落とそうとしていないと、証明したほうがいいぞ。さもないと、ぼくがあんたを八つ裂きにしてやる」

サムの顔がひきつった。「冗談じゃない。わたしは彼女を殺そうとなんかしていない。どうしてそんなことをする必要がある?」

「ライランド・ウェブに頼まれたんじゃないのか?」

サムが目を丸くした。「わたしはライランド・ウェブの言いなりになどならない」

「パメラはあんたを信頼していた。そうだろう? あんたは彼女の叔父だからな。パメラには、頼れる親戚が大勢いたわけじゃない。エリザベス・ステンソンにビデオを渡した日、彼女はあんたにそれを打ち明けた。何年もライランドに虐待を受けていたことが、まもなく明らかになると。それなのにあんたは姪《めい》の信頼に応えず、兄貴に電話をして、これから何が起ころうとしているか警告したんだ」

「違う。ライランドに電話などしていない」

「あんたがあの二人を殺したのか？」

「違う」サムは苦悶の海で溺《おぼ》れかけているように見えた。「あの日、わたしはパメラの言葉を信じなかった。自分を全寮制の学校に入れたライランドに仕返しをしたくて、虐待を受けたなんて話をでっちあげているんだと思ったんだ。エリザベス・ステンソンに渡したビデオに何が映っているかわからなかったが、パメラは彼女自身と一族をとんでもないトラブルに巻きこもうとしているんじゃないかと心配だった。だから、わたしは唯一思いついたことをしたんだ」

ようやくすべての点がつながった。ルークの全身の血液が凍りついた。

「電話をした相手はライランドじゃない」彼は言った。「父親にかけたんだな。ヴィクター・ウェブに」

47

薄気味悪いキッチンに足を踏みこむには、ありったけの勇気を振りしぼってもまだ足りない気がした。すさまじい恐怖と吐き気の波に押し倒されないように、アイリーンはカウンターにしがみつき、古い悪夢の見えないベールを押しのけた。

めまいと闘いながら、床を見る。そんな。この床。掃除をしやすいという理由で、母が選んだ白い人工タイル。キッチンの壁は塗りなおしてあるが、タイルは張り替えられていない。掃除をしやすい。

血のことを考えてはだめ。ここで具合が悪くなるわけにはいかない。吐き気をもよおしている場合じゃない。証拠を探しにきたんでしょう？　ここは犯罪現場で、わたしは第一発見者だった。そして、わたしは記者でもある。仕事をするのよ。一歩さがって、状況を見つめ直すの。

アイリーンは体を起こし、日当たりのいいキッチンを見わたした。頭の奥底にある小部屋の鍵をゆっくりとあけ、明るい日差しのなかへ悪夢を引きずりだす。

バッグからメモ帳とペンを出すと、彼女は意を決してキッチンを横切り、裏口をあけて狭いポーチに踏みだした。裏口を閉め、そこに立ったまま自分を鼓舞する。

計画は単純だ。あの晩の自分の行動を再現し、おぞましい詳細をできるだけ思いだして、両親の殺害にライランド・ウェブを結びつけるものがないか調べるのだ。ほんのささいな記憶か証拠でも、ウェブを自白に追いこめるかもしれない。

一つ深呼吸すると、アイリーンは腕時計で時刻を確認し、ふたたび裏口をあけた。慎重にキッチンに踏みこむ。これまで必死で小部屋に閉じこめてきた悪夢のような映像が、いっきによみがえった。

頭のなかで、パニックと苦悶の悲鳴があがる。アイリーンは必死で感情を抑えこんだ。恐怖を直視すれば、恐ろしさが減るなんて嘘だ。

彼女はゆっくり時間をかけ、裏口のドアが重いものでふさがれていると気づいたとき感じた不安から、やっとの思いで救急に電話をするまでの記憶をできるかぎり細かいところまで思いだしてみた。

頭の小部屋にしまいこまれていた情景は強烈で生々しかったが、たいして多くないと気づき、最初は当惑し、不安すら覚えた。

けれど、それで当然なのだ。長年にわたって読んできたあらゆる心理学関係の論文には、忘れられないほど衝撃的な出来事に遭遇すると、大量のアドレナリンと激しいショックで意識を集中できる範囲がきわめて狭くなると書いてあった。生存本能。そのような状況では、押し寄せてくるものすべてに対処することはできないから、命をつなぐために不必要なものを無視し、大事なことに意識を集中するのだ。

それでも、ふたたび腕時計を見たアイリーンは、自分が遺体を発見してからサム・マクファーソンを呼ぶ電話をするまで、いかに短かったか気づいて愕然とした。ひどく短い。あのときは、永遠に思えたのに。

アイリーンは自分を叱咤してキッチンのカウンターを見つめ、あの晩帰宅したとき、食器か調理器具が載っていたか思いだそうとした。カウンターはきれいに片づいていた気がする。犯人がここへ来たのは夕食のあと片づけがすんだあとだったのだろうか？　それとも、母が夕食の準備を始めるまえに来たのか？

これではどうしようもない。キッチンでは答えを見つけられそうにない。あの晩のことで、ほかに何を覚えているだろう？

何もかもが混乱していた。遺体を見たサムの怯えた表情を覚えている。彼はボブ・ソーンヒルに連絡しながら震えていた。

ソーンヒルがやってくると、サムと二人でわたしを外に駐めてあるパトカーに連れていき、助手席に乗せて毛布でくるんでくれた。のちにわたしはソーンヒルの自宅に連れて行かれ、おぞましい夜の残りを過ごすことになった。

彼の家の予備の寝室で、夜明けまでベッドの上にうずくまり、暗闇のなかで悲しげにくり返されるグラディス・ソーンヒルの酸素吸入器の静かな音を聞いていた。

湖の上の空が鉛色に変わりはじめたころ、電話が鳴った。ボブ・ソーンヒルが寝室から出てきて、電話に出るために廊下を歩いていった。

アイリーンはこめかみをこすり、もっと細かいことを思いだそうとした。会話をすべて思いだすのは無理だろうし、数人のセラピストには、あの晩の記憶を勝手につくりあげるのは危険だと注意されたことがある。

優秀な記者として考えなければ。怯えたティーンエイジャーではなく。

これまで、あのとき聞いた一方的な小声の会話が重要だとは思わなかった。けれどこの数日に起きたことを踏まえて考えてみると、あの会話は新たな意味を帯びはじめている。はじめてアイリーンは、可能なかぎり正確にソーンヒルの言葉を思い浮かべた。

「……ええ、娘はここにいます。おっしゃるとおり、ひどいショックを受けています。ひとこともしゃべっていません……いいえ、その点は確認してみましたが、運よく帰宅が遅かったので、本人は何も見ていません。遺体の状況から判断して、あの子が裏口から室内に入ったとき、事件が起きてから少なくとも二時間はたっていたようです」

ソーンヒルが電話の相手の話に耳を傾け、長い沈黙が流れた。

「ほぼ間違いありません。ヒュー・ステンソンが逆上し、エリザベスを射殺したのち、みずからに銃口を向けたんです。恐ろしい話です」

ふたたび沈黙。

「ええ」ソーンヒルが言った。「伯母に連絡しました。明日こちらへ来ます」

さらに小声で短く話したのち、ソーンヒルが電話を切り、臨終の床にある妻のもとへ戻った。

「誰？」かすれた声でグラディス・ソーンヒルが訊いた。

「ウェブだ」

「なんの用だったの？」

「アイリーンを心配していた。様子を訊くために電話をしてきたんだ」

「午前四時半に？」

「たったいま知ったと言っていた」

「目的はなんだったの?」

「言っただろう。ステンソンの娘を心配しているんだ。自分にできることはあるかと訊かれた」

「あの男のことはよく知っているわ」声に苦にがしいあきらめがこもっている。「遅かれ早かれ、あの男はかならず何かを要求してくるの。いつかきっと、わたしにしたことの代償をあなたに払わせようとするはずよ。わたしがそう言っていたと覚えておいて」

「少し眠りなさい」


アイリーンはぞっとした。すでにわかっている事実を考慮すると、自分が犯人であることを示すものを被害者の娘が見聞きしていないか確認するために、あの晩ウェブがボブ・ソーンヒルに電話をしてきたのは明らかだ。わたしが帰宅したのは事件から少なくとも二時間あとで、ショックで呆然としているとウェブに断言したことによって、ソーンヒルは無意識にわたしの命を救ってくれたのだろう。

アイリーンは裏口から外へ出て湖の岸へ向かった。古い木の桟橋にあがり、先端まで行った。そして、考えごとをするとき父親がよくしていたように、水面を見つめた。

「あの男のことはよく知っているわ。遅かれ早かれ、あの男はかならず何かを要求してくるの。いつかきっと、わたしにしたことの代償をあなたに払わせようとするはずよ。わたしがそう言っていたと覚えておいて」

グラディスの口調にこもる得心の色が気にかかる。彼女は生まれたときからダンズリーに住んでいたから、ライランド・ウェブをよく知っていても不思議はない。けれど、ライランドはグラディス・ソーンヒルよりずっと年下で、まったく世代が違う。彼のことを、あんなふうにいかにもわけありの敵意のこもる口調でしゃべるのは変だ。

「あの男のことはよく知っているわ」

はっと気づいた瞬間、全身に戦慄が走った。

殺人が起きた晩はショックで頭がぼんやりしていたので、ソーンヒルに電話をかけてきたのは、てっきりライランドだと思いこんでいた。彼は、あの夏わたしがいちばん仲よくしている友人の父親だった。わたしのようすを訊くために電話をしてくるのは、しごく当然に思われた。でも、もし電話をしてきたのがヴィクター・ウェブだとしたら？

グラディスとヴィクター・ウェブは同世代だ。財産を築く以前のヴィクターがダンズリーに住んでいたころ、二人は同じ学校に通っていたに違いない。この町の住人なら、晩年のグラディスの医療費をヴィクター・ウェブが払っていたことは誰でも知っている。

点と点が急速につながりだし、ついていくのでやっとだった。

携帯電話が鳴り、物思いに集中していたアイリーンははっとわれに返った。ぎくりとし、体をひねってすばやくバッグをあける。

そのとき、彼の姿が見えた。家の横の物陰から近づいてくる。片手に銃を持っている。

「電話に出るんじゃない」ヴィクター・ウェブが言った。「ゆっくりバッグから電話を出して、湖に捨てろ」

アイリーンの混乱した頭が最初に受けた印象は、ヴィクターがいたって普通に見えることだった。黒と淡褐色のゴルフシャツとカーキ色のウィンドブレーカー、明るい色のゴルフ用ズボン。たったいまフェアウェイから出てきたように見える。

頭の奥では怯えて当然だとわかっているのに、強烈ですさまじい怒りしか感じられず、それ以外の感情をかき消していた。

「電話を湖に捨てろと言ってるんだ」ヴィクターが怒鳴った。「さっさとやらんか。おまえは両親にそっくりだ。厄介の種め」

アイリーンはゆっくりバッグに手を入れた。震える指でバッグのなかをさぐり、どうにか電話機を出す。そして桟橋から放り投げた。それは小さな水音をたて、湖のなかに見えなくなった。

「あなただったのね」消え入りそうな声で言う。激しい怒りでうまく言葉が出ない。「みんなあなたが殺したのね。わたしの両親、ホイト・イーガン、パメラ。よくも自分の孫娘を殺せたわね」

ヴィクターが鼻で笑った。「わたしの孫娘かどうか、わかったものじゃない。あの女の母親は、男と見れば誰とでも寝るあばずれだった。二十歳そこそこのライランドを手玉に取って結婚させたんだ。わたしはすぐに、息子が結婚した女はいずれかならず足を引っ張る存在になると悟った。ライランドには、あの女を放りだすようにさんざん言ったんだ」

「でも彼はやらなかった」きっぱりと言う。「パメラがいたから」

「息子は最初からあの子に夢中だった。幼い少女に独特な関心を持っていると知って、ようやくそのわけがわかった」

「パメラの母親も殺したのね？　湖のヨット事故で亡くなったことになっているけれど、あなたが細工したに違いないわ。なぜ一緒にパメラも殺さなかったの？」

「そうしようかとも考えた」ヴィクターが認める。「だが、当時パメラはもうすぐ五歳になるところだった。ライランドははじめての選挙戦を戦っていて、娘はかっこうの宣伝材料になっていた。マスコミにも大衆にも受けがよかった。母親が死んだあとは、愛する妻を失った悲しみを抱えながら、一人で娘を育てようと決意した若く上品で献身的な父親というライランドのイメージに、有権者は熱狂した」

「でも、パメラがティーンエイジャーになると、お荷物になりはじめたのね？　ライランドはもう彼女に魅力を感じなくなっていたから、一年のほとんどを全寮制の学校に追いやっていた」

「ティーンエイジャーになったパメラは、麻薬に手を出すようになった」嫌悪の色を隠そうともせずに、ヴィクターが言う。「さらに、近くにいる男を誰でも好きに操れることにも気づいた。全寮制の学校にいたおかげで、たいがいは注目されずにすんでいたが、卒業したら面倒なことになるかもしれない。だから、わたしは計画を練りはじめた」

「ところが、卒業後のパメラは、ふたたびライランドの選挙戦で役立つようになった」

「わたしに何を言える？」ヴィクターが肩をすくめた。「パメラは頭のてっぺんからつま先まで母親そっくりだった。本質的には娼婦と変わりはなかったが、われわれの役に立つ娼婦で、仕事の腕がよかった。ライランドのライバルや敵をはじめ、こちらが利用できる情報を持っている人間であれば、男女を問わず誰とでも喜んで寝た。スパイとしての役割を楽しんでいたんだ。自分が選挙戦略にとって重要な存在であり、ライランドに頼られていると感じることによって、強くなった気がしていた。復讐のつもりだったんだろう。愚かにも、ついに父親を支配したつもりだったんだ。だが、すべてを支配しているのは、つねにわたしだ。最初からな」

「まるで、ライランドがいまあるのは自分の力のような言い方ね」

「わたしの力だ」ヴィクターの顔が怒りでひきつった。「わたしが息子をあそこまでにしたんだ」

「下っ端役人にもなれない、生き恥をさらしている小児性愛者に？」

「何もかも、おまえのせいだ」怒気で声がかすれている。「おまえが現われるまで、息子は順調にホワイトハウスへの道をたどっていた。ホワイトハウスだぞ。ライランドは大統領になるはずだった。わたしの孫息子は父親のあとを追うはずだったんだ」

「孫息子のことは知らないけれど」アイリーンは言った。「ライランドは年端もいかない女の子のほうが好きなんじゃない？」

「だまれ。ライランドは息子をもうけるとわたしに約束した。それがアレクサ・ダグラスと結婚まえに交わした取り決めだったんだ。必要とあれば体外受精を受けてでも二年以内に男子の後継者を産み、それができなければおとなしく離婚に応じることになっていた」

「あなたはアレクサ・ダグラスの娘を彼女の妊娠能力の証明と捉えたけれど、変態の息子は未来の虐待の対象と捉えた。あなたの計画の邪魔をしたのはパメラよ。わたしじゃない。彼女はアレクサの娘を救おうとし、あなたはそんな彼女を黙らせるために殺したんだわ」

「十七年まえに、おまえの息の根をとめておくべきだった。両親を始末した晩に家にいれば、一緒に片づけていたのに。あいにく、わたしが行ったとき、おまえは留守だった。いつ帰ってくるかわからないおまえを待ってぐずぐずしているわけにいかなかったから、そのまま立ち去ったんだ。あとになって、おまえはビデオのことも、誰が両親を撃ち殺したのかも何も知らないとわかった。正直言って、おまえのことなどもう何年も忘れていたよ。どうやら、それは間違いだったらしい」

「いつ、パメラがライランドを告発するつもりでいると知ったの？」

ヴィクターが冷たく薄笑いを浮かべた。「おまえに会う前日、本人から電話があった」

「そうよ、当然だわ」ふいに合点がいった。「パメラは自分がしようとしていることで、家族がばらばらになるとわかっていた。一家の長であるあなたには、事前に知らせて説明をするべきだと思ったんだわ」

「わたしはなんとか説得してやめさせようとしたが、パメラの決心は固かった。だから、事態を収拾するためにダンズリーへ来たんだ」

「パメラはあなたを屋敷に招き入れたのね？」

ヴィクターが鼻を鳴らす。「いいや、何を隠そう、深夜にこっそり忍びこんだのさ。パメラはベッドで眠っていた。わたしは致死量の薬品を注射した。あの子は目を覚まし、少しのあいだ抵抗したが、すぐ薬が効きはじめた」

「そのあとで、過剰摂取で死んだように見せかけたのね。あの小さなウェディングドレスのことは、いつ知ったの？」

そのときのことを思いだしたように、ヴィクターの顔がゆがんだ。「薬の効き目が少々早すぎた。パメラは死ぬ間際に笑っていた。実際に笑い声をあげたんだ。自分がライランドに着せられたウェディングドレスは決して見つけられないし、それはビデオに映っていて、一面にDNAがついていると言った。あの晩わたしはドレスを探したが、見つけられなかった」

「その後、ビデオを観たあなたは、ドレスが重大な問題になりうると悟った。なんとしても始末する必要があった。だから翌日の夜ふたたび屋敷に戻って、ドレスもろとも燃やそうとしたのね」

「パメラが別の場所にドレスを隠しているとは、思いもしなかった」

「ホイト・イーガンがライランドを恐喝していることは、いつ知ったの?」

ヴィクターが肩をすくめる。「パメラからこれから何をするつもりか電話があったとき、わたしはどうしていまでもライランドが少女と寝ていると確信があるのか尋ねた。あの子は、外国の売春宿にいるライランドを撮影したビデオがあると答えた。イーガンが撮ったものだと。イーガンはライランドの海外視察に何度か同行したことがある。そのあいだに、息子がひそかに行なっていることに気づいたんだ。それが秘書の厄介な点だ。権力の中心に必要以上に近寄らせてしまうことがある。ライランドは不注意だった」

「どうやってわたしの両親を殺したの? 突然襲ったの?」

「具体的に言えば、あの晩もボートを使った。パメラを始末した晩や、屋敷を燃やしに戻ったときと同じように。家の裏の桟橋にボートをつなぎ、裏口へ向かった。おまえの両親は夕食を終えて居間で腰をおろし、観たばかりのビデオについて話していた」

「どういうこと？　両親はキッチンで殺されていたわ」

「わたしが裏口をノックする音で、二人ともキッチンへやってきた。わたしとわかり、当然家のなかに入れた。わたしはビデオの話を聞き、ライランドにささいな問題があると知ってショックを受けていると話した」

「ささいな問題？」アイリーンはヴィクターをにらんだ。「あなたの息子は化け物よ。そして、あなたもね。この親にしてこの子ありだわ」

　ヴィクターは彼女の言葉を歯牙《しが》にもかけなかった。「わたしは二人に、治療のためにライランドを精神科施設に入れるつもりだと話した。みんなのために、口外しないでほしいと。だが、桟橋に目をやったヒューがボートに気づいた。疑いはじめ、なぜわたしが湖から来たのか不審に思っているのがわかった。わたしはコートの裏に銃を隠していた。ヒューが仕事で使っているのと同じ型の銃を。言うまでもないが、彼は自宅では銃を身につけていなかった。わたしはヒューの背後にまわり、彼が振り向くすきもないうちに発砲した。エリザベスは悲鳴をあげ、野生動物のように飛びかかってきた。だから彼女も撃った。あっと言う間のことだった」

　怒りが引き起こしたアドレナリンが、アイリーンの全身を駆けめぐった。母親がしたように、ヴィクター・ウェブに飛びかかりたい。八つ裂きにしてやりたい。けれどもし飛びかかったら、顔に爪を立てるほど近づくまえに撃たれるのはわかっていた。

アイリーンは怒りをこめてヴィクターが持つ銃をちらりと見た。「わたしを殺せば、すべてまるく治まると本気で思ってるの？　ライランドのキャリアは、もう救いようがないわ」

「わたしがそれに気づいていないとでも思っているのか？　おまえのおかげで、わたしは息子を一人失った。だが、わたしにはもう一人息子がいるし、計画もある」

「動くな、ウェブ」

有無を言わさぬルークの言葉は、夜中に湖を照らす稲妻のストロボめいた効果をもたらした。一瞬、ヴィクター・ウェブを含め、あらゆるものが完全に静止した。

家の脇の暗がりからルークが現われた。数えきれないほど獲物を捕らえてきた捕食動物を思わせる、必殺の身のこなしで移動している。

片手に銃を持っていた。

すぐうしろに、拳銃を構えたサム・マクファーソンがいる。

度肝を抜かれていたヴィクターがわれに返った。くるりと振り向き、近づいてくる二人の男に気づく。

「ばかめ。わたしを撃てばアイリーンにあたるぞ」

そのとおりだ。ヴィクターは狭い桟橋のわたしの正面に立っている。弾丸が飛んできたら、わたしにあたらないほうが不思議だ。

「あきらめろ、ウェブ」ゆっくり桟橋に近づきながら、ルークが言った。「もう終わりだ。覚悟するんだ」

「いつ終わりにするかは、わたしが決める」

ヴィクターがだしぬけにアイリーンに突進し、腕をつかもうとした。わたしを人質にして盾にするつもりなのだ。

アイリーンは桟橋にバッグを落とし、うしろ向きに湖に飛びこんだ。水に落ちるまえに最後に見えたのは、ルークに銃を向けるヴィクター・ウェブの姿だった。

激しい水しぶきがあがり、急速に体が沈みはじめた。冷たい水に囲まれ、遠くで銃声が聞こえた。

とにかく急いで桟橋から離れなければ。アイリーンは水にもぐったまま、湖岸沿いにできるだけ遠くまで泳いだ。コートとブーツの重さで、深みへ沈んでしまいそうだった。

ついに息が続かなくなり、水面に顔を出して大きく息を吸いこみ、うしろを振り返った。ルークが桟橋の端に立って彼女を探していた。うしろでは、桟橋に倒れたヴィクター・ウェブの横にサム・マクファーソンがしゃがみこんでいる。

ルークが彼女を見つけ、手をあげた。

「だいじょうぶか？」

「ええ」浅瀬にあがり、よろよろと立ちあがる。冷たい風がナイフのように突き刺さり、濡れて冷えきった服が体に張りついた。

ルークがウィンドブレーカーを脱ぎながら近づいてきた。びしょ濡れになったトレンチコートを脱がせ、軽いジャンパーを肩にかける。

「生きた心地がしなかった」彼ががっしりしたあたたかい体にアイリーンを引き寄せた。

「きみが電話に出なかったときは、頭がどうかなりそうだった」

「ああ、ルーク。誰かに会えてこんなに嬉しかったのは、はじめてよ」ルークにしがみつく。

「ウェブは死んだの？」

「まだ息がある」アイリーンの肩を抱き、シャツを急場しのぎの包帯にしてウェブの腹部からあふれる出血をとめようとしているサムのほうへ向かう。

「いま救急車を呼んだ」サムが抑揚のない声で言った。

「二人とも無事なの？」ルークとサムを交互に見ながら訊く。

二人が返事をするまえに、ヴィクター・ウェブがうめいて目をあけた。サムに向かって目を細め、焦点を合わせようとしている。

「聞け」ヴィクターがかすれ声で言った。

「わたしはライランドじゃない」みじんも感情がこもらない声でサムが答える。

「おまえもわたしの息子だ。いいか、よく聞け。ここで起きたことはわたしたちの証言しだいだ。あの連中ではなく」ちらりとルークとアイリーンに視線を走らせ、痛みと憎しみで顔をゆがめる。「彼らはよそもので、おまえはダンズリーの警官だ。そして、わたしはヴィクター・ウェブ。住民は、わたしたちの言葉を信じる」

「悪いが、そうはいかない」サムがゆっくりと立ちあがった。

「おまえは家族なんだぞ」ヴィクターが声を荒げ、血にむせた。「いざというとき、家族は協力するものだ」

「わたしは自分の務めを果たす」サムが静かに言う。「姪を殺した男を逮捕する」

「パメラは低俗なあばずれだった。わたしの話を聞け、サム。わたしには計画がある。おまえがライランドの立場を引き継ぐんだ。最初はもちろん低い地位から始めなければならない。とりあえず州議会から始めるが、すぐに出世させてやる。ダンズリーの住民以外に、おまえがウェブの一員なのを知る者はいない。上院議員の逮捕に協力した、小さな町の勇敢な警察署長になれる。有権者の心を捉えるはずだ。だが、まずはこの窮地を脱するために手を貸してもらう必要がある」

「わたしがしなければならないのは、自分の務めを果たすことだ。ボブ・ソーンヒルが自分の務めを果たしていたら、パメラはいまも生きていた」サムがポケットからカードを出した。

「あなたには黙秘権がある――」

「だまれ、この恩知らずめ」ヴィクターが怒鳴る。「みんなが信じるのは、わたしの話だ。

わたしはヴィクター・ウェブだぞ」

「そのとおりよ、ミスター・ウェブ」アイリーンはハンドバッグを拾い、電話を探すふりをしながらスイッチを入れておいた録音機を出した。「あなたの話ははっきり録音されているから、みんな信じるわ」

録音機のスイッチを入れる。スピーカーから聞こえてきた声が怒りでかすれたウェブのものであることは、誰の耳にも明らかだった。

「……両親を始末した晩に家にいれば、一緒に片づけていたのに……」

48

その晩、夕食のあと、二人はキャビンの裏のポーチに出て湖を見つめていた。空気は冷たく澄みわたり、暗い湖面を白い月の光が照らしている。

アイリーンはコートの襟を立て、ぬくもりを求めてルークにもたれた。彼の腕が肩にまわり、しっかりと引き寄せる。

「ヴィクター・ウェブの体から弾丸が摘出されたら、あなたの銃から発砲されたものだとわかるんでしょう?」アイリーンは訊いた。

「ああ」それ以上何も言おうとしない。

「サムは発砲したの？」

「いいや」いっとき口を閉ざしてから続ける。「そう簡単にできるものじゃない。実の父親に向かって引き金を引くなんて」

「たとえ冷酷な人殺しでも」

「ああ」

アイリーンは身震いした。「サムと一緒に来てくれてよかったわ。さもなければ、いまわたしはこうしていなかった」

「起きたかもしれないことを考えてもしょうがない。実際にあったことを考えるんだ」

彼女はルークの腰に抱きついた。「あなたが命を救ってくれたのよね」

「きみの協力があったおかげだ」アイリーンの額に軽くキスをする。「もしきみが桟橋から飛びこんでいなかったら——」

アイリーンはいっそう強く彼を抱きしめた。「起きたかもしれないことを考えてもしょうがないわ」

「そうだな、終わったことを話すのは、もうやめよう」顔が見えるようにアイリーンに上を向かせる。「今後について話すのはどうだい？」

気持ちがいっきにはなやいだ。「いいわ」

「ロッジを売ろうと思ってる」

「どこへ行くの？」

「グラストン・コーブはいい町という噂だ。活発に活動している町議会と、小さいながらも一流の新聞がある」

「景色もとてもいいのよ。小さな美しい入江を見晴らす丘の上にあるの。作家にはもってこいの場所だわ」

ルークがアイリーンの髪を梳《す》いた。「以前も話したが、ぼくはきみがロビーに入ってきて、ルームサービスはあるのかと訊いたときから、きみに夢中だった」

「最初に会ったときからセックスをしたかったと言っていたと思うけれど」

「それも言った」

これでいいのだという確信が、ぬくもりとなって全身に広がっていく。「あなたはたしか、〈サンライズ・オン・ザ・レイク・ロッジ〉を経営する目的は、お客さんに本物の田舎を経験させることだと言っていたわよね。ルームサービスもテレビもプールもトレーニングジムもない暮らしを」

ルークがアイリーンの唇に指をあてた。「でも、ここの経営者が、高級な五つ星ホテルでもそうは見られない別のサービスを提供していることは認めるだろう？」

アイリーンはにっこり微笑み、彼の唇に軽くキスをした。「たしかにそうね」

「この経営者は、今後もそのサービスを提供しつづけるつもりだ」

「ロッジを売ってしまっても？」

「ああ」

「経営者は、いつまでそのサービスを続けるつもりなのかしら？」

「死ぬまで」ルークが静かに言った。固い決意がこもっている。「急すぎるのはわかってる。でも、ずっときみを探していたような気がするんだ。愛しているよ。これからもずっと愛してる。これほど確信が持てたのは、はじめてだ。そして、これ以上一分でも無駄にしたくない」

「未来を探していたのは、あなただけじゃないわ」アイリーンは言った。「愛しているわ、ルーク・ダナー」


しばらくのち、アイリーンは寝心地のいいベッドの彼の隣りで身じろぎした。

「本気でロッジを売るつもりなの？」

「ああ」

「なかなか買い手が見つからないかもしれないわ。とくにいまの季節は」

「買い手はもう見つかった」

「そうなの？　誰？」

「マキシーンだ」

「ルーク、とってもいい考えだわ。でも、彼女には手が届かないんじゃない？」

「ルークは寝返りを打ち、アイリーンを抱き寄せた。「なんとかなるさ」

49

「十七年まえ、わたしは自分がヴィクター・ウェブにかけた電話ときみのご両親の死に関係はないと、必死で納得しようとした」サムが物憂げに言った。「しかも、それにほぼ成功した」

サムのオフィスの窓から外をながめていたルークは、振り向いてアイリーンの反応を見た。思ったとおり、悲しみと同情が混じる表情を浮かべている。

数年まえに本人が資金を提供した病院にヴィクター・ウェブが搬送され、監視のもとに置かれてから、二日がたっていた。この四十八時間に、アイリーンは微妙に変化していた。もうダンズリーを黒いサングラス越しに見てはいないように思える。住民のほとんどに対して見せていた、警戒心のこもる他人行儀な態度が消えている。

おそらく、真実が人を解放するという古い格言と関係があるのだろう。あるいは彼女の場合、真実によって過去を適切に葬ることができたのかもしれない。

「いいのよ、サム」彼女がやさしく言った。

サムがデスクの上でゆっくり手を組んだ。「そのうち、きみのお母さんが住人の誰かと浮気をしていたという噂が広まると、そのせいでお父さんは一線を越えてしまったんだと自分に言い聞かせた。彼にとって、きみとエリザベスがこの世でもっとも大切な存在なのはわかっていた」

「その噂を流したのは、ヴィクター・ウェブに違いないわ」アイリーンが言った。「この町と彼の関係を考えると、造作もなかったはず」

サムがうなずく。「事件調書が紛失していることに気づいたあとは、しばらく苦しんだ。心の奥では、そのささいな手違いを仕組んだのはボブ・ソーンヒルだとわかっていたと思う」

「ヴィクター・ウェブのために」

「単なる好意じゃない」ルークはアイリーンの背後に立ち、両肩に手を置いた。「借りを返すつもりだったんだ。住人の多くと同じように、彼はヴィクター・ウェブに借りがあった。奥さんの治療費を払ってもらっていた」

サムが大きくため息をついた。「たとえわたしが署長を引き継いだあとであの事件を再捜査しようとしても、きっと見当違いの人間に目を向けていたに違いない。実際、ステンソン夫妻を殺した可能性のある人間を何度か推測したことがあるが、いつももっとも有力な容疑者はライランドだと思っていた」

「でも、あの晩きみが電話をしたのはヴィクター・ウェブなんだろう？」ルークは言った。

「彼を人殺しだと考えたことは一度もなかったんだ」サムが組んでいた手をほどき、両側に広げた。沈痛な目つきになっている。「本人は一度も認めたことがないが、彼はわたしの父親なんだ」

「ええ」とアイリーン。

サムが右手で顔をこすった。「わたしから電話を受けたあと、ヴィクターがライランドに電話して、近親相姦のことを責めたのではないかと思った。そうであっても不思議じゃない。わたしはライランドがすぐさまダンズリーに駆けつけ、スキャンダルが公になるまえにステンソン夫妻を始末した可能性もあると考えた。だが、そこから先には進まなかった。さっきも話したように、それだけはしたくなかったんだ」

ルークは彼を見つめた。「ボブ・ソーンヒルも望んでいなかったんだな？」

「ああ」サムが認める。「彼は署長になったばかりで、経験が豊富だった。当時のわたしは二十三歳で、遺体を見るのははじめてだった。ソーンヒルに心中として捜査を打ち切ると言われたときは、むしろほっとした」

「新任の警察署長であるソーンヒルにとって、捜査を打ち切るのは簡単だったでしょうね」

とアイリーン。

「誰とも知れぬ殺人犯が、ダンズリーをうろうろしていると主張したがる住人はいなかった」

アイリーンがサムを見つめた。「ヴィクターに電話をしたのは、虐待についてパメラが嘘を言っていると思ったからなのね？」

サムがうなずく。「とうてい信じる気にはなれなかった。無理やり全寮制の学校に入れられて、パメラがライランドに腹を立てているのは知っていた。仕返しのつもりで、近親相姦の話をでっちあげたと思ったんだ」

「ビデオはどうなの？　パメラが偽造したと思ったの？」

「ビデオに何が映っているか知らなかった。パメラは話そうとしなかった。とんでもない内容だと言っただけだ。わたしは、ライランドがダンズリーの住人とセックスしているところを撮影したか何かだろうと思っていた。当時のわたしは世間知らずだったんだ。自分の兄が娘を虐待しているなんて、とうてい信じる気になれなかった。だから、ヴィクターに電話をしたんだ」

「彼はなんと言ったの？」アイリーンが訊いた。

「自分に任せろと言った。一族に問題が起きたとき、つねにそうするように。わたしの母の面倒も、ずっと見ただろうと」つかのま目を閉じる。それから、まっすぐアイリーンを見つめた。「あの日、ヴィクターはサンフランシスコのオフィスにいた。ここからほんの二時間の距離だ」

重苦しい沈黙が流れた。ルークは励ますようにアイリーンの肩をぎゅっとつかみ、窓辺に戻った。

「ヴィクターは殺人をするためにダンズリーに来るとき、いつも船外モーターつきのゴムボートを使っていた」静かに話しはじめる。「湖の人目につかない場所にとめていた。そうすれば、誰にも見られずにダンズリーに出入りできる。ただ、ホイト・イーガンを殺したときは、誰に見られようと気にしていなかったんだろう。あのマンションには、彼を知る住人はいない。きっとホイト本人が彼を部屋に招き入れたんだ」

「わたしの両親がしたように」とアイリーン。

「パメラの母親を殺したときも、薬物を使ったに違いない」サムが陰鬱《いんうつ》に言う。「パメラを始末しようと決意したときは、すばやくやる必要があった。同じ手を使うのが、いちばん手っ取り早いと考えたんだろう。なにしろ、すでに調査ずみなんだから」

確信がこもる口調に、ルークは振り向いた。「証拠を見つけたのか?」

サムが唇を引き結んだ。「今朝、わたしのSUVのグローブボックスで、空の注射器を見つけた。検査をしてもらうために鑑識に送ってある。ヴィクターがパメラを殺すときに使ったものが見つかるんじゃないかと思う」

アイリーンが両眉をあげた。「SUVと言えば、ヴィクター・ウェブはなんと言ってあなたからあの車を借りたの？」

「玄関をノックして、貸してほしいと頼んだわけじゃない」抑揚のない声で答える。「わたしがオフィスにいるあいだに、勝手に持ちだしたんだ。カービービルの警察署長から、〈ヴエンタナ・エステーツ〉の古い分譲地の近くに乗り捨てられている車を発見したと連絡があった。あちらの署長もわたしも、どこかの子どもが盗んで乗りまわしたんだろうと思っていた」

「わたしを殺すためにあなたの車を使うなんて、ヴィクターはかなり切羽詰まっていたのね」アイリーンが言った。「そのためには、誰にも見られずにダンズリーへやってきて、あなたのガレージから車を盗む危険を冒さなければならないもの」

「たいして危険を冒す必要はない」サムが肩をすくめる。「おそらくうちの裏の森を抜けて走る古い林道をとおって来たんだろう。ヴィクターはむかしからダンズリーで狩りをしていた。このあたりのことは知り尽くしている」

「それでも、あなたのSUVを使うなんて変だわ」アイリーンがあくまで言い張った。「どうして自分の車を使わなかったの？　レンタカーを借りることだってできたはずでしょう？　それに、なぜあなたのグローブボックスに注射器を入れたままにしたの？」

「なぜなら、計画がほころびはじめていることに気づいていたからだ」静かにルークは言った。「ヴィクターは、事態の収拾がつかなくなりはじめていることに気づいていた。そうなったときのために、都合のいい身代わりが必要だと思ったんだ」

アイリーンの顔がショックでゆがんだ。サムに目を向ける。

「あなたね」消え入りそうな声でつぶやく。

「わたしだ」とサム。「わたしをはめるつもりだったんだ。万が一のために」

しばらくのあいだ、全員が黙りこんでいた。

やがて、サムが疲れきった顔でアイリーンを見た。「きみのお父さんは、わたしがヴィクター・ウェブの息子だという噂を知っていた。一度、その話をされたことがある」

「いつ?」

「ある晩お父さんは、〈ハリーの溜まり場〉で得意の道楽にふけって酔っ払っているわたしを見つけた。母が亡くなった直後で、わたしはその状況にうまく対処できずにいた。お父さんはわたしをパトカーに押しこみ、しばらく車を走らせた。いろいろ話をしてくれた」

「どんな話を?」

「父親が誰かなんて、しょせん関係ないと言った。遅かれ早かれ、男は一人立ちしなければならないし、自分がどんな人間になるか決めるときが来るんだと。その一週間後、酔って仕事に来ないことと、勤務中に絶対酒を飲まないことを条件に、警察の仕事を紹介してくれた。わたしはかならずその条件を守ると約束した。きみにとってはどうでもいいことだろうが、わたしはずっとその約束を守っているんだ、アイリーン」

「どうでもいいことなんかじゃないわ」アイリーンがデスク越しに手を伸ばし、サムの手に触れた。「父にとっては大事なことだったはずだもの。だから、わたしにとっても大事なことよ」彼女は立ちあがり、ショルダーバッグを肩にかけた。「夕食の席で、あなたに仕事を紹介したと父が母に話していたときのことを、よく覚えているわ。父は、あなたには優秀な警官になる素質があると言っていた」

サムが眉をしかめる。「ヒュー・ステンソンがそんなことを？」

「ええ」アイリーンがにっこり微笑んだ。「父は、とても人を見る目があったのよ」

サムは、たったいま医者から、検査の結果、腫瘍《しゅよう》は良性だったと言われた人間のような顔で彼女を見ていた。

「ありがとう」やがて口をひらいた彼の声はかすれていた。「ありがとう」

二人が帰ったあとも、サムはしばらくデスクに座っていた。これまでずっと、かごのなかで生きてきた気がする。けれど、アイリーンがかごの扉をあけてくれたのだ。あとは外へ出るだけでいい。

それでも、突然自由の身になった動物がみなそうであるように、彼はわずかに変化した世界へ踏みだすという考えに慣れるまで、しばらくためらっていた。

やがて覚悟が決まると、抽斗《ひきだし》をあけてダンズリーの薄い電話帳を出し、目当ての番号が載っているところまでページをめくった。きっぱりした手つきできびきびと番号を押す。

最初の呼びだし音で、彼女が出た。

「サムだ」彼は言った。「サム・マクファーソン」

「あら、サム。こんにちは」驚いているようだが、迷惑そうには聞こえない。

「今週のいつか、一緒に夕食でもどうかと思っているんだが」サムは断わられるのを覚悟で気を引き締めた。「カービービルに行かないか？　もしそんな暇があればだが。ほかにとくに用事がなければ。その、最近きみが忙しいのはわかっている」

「何を言ってるの、サム。嬉しいわ。誘ってくれてありがとう」マキシーンが言った。

50

「悪党のヴィクター・ウェブが、手術後の合併症で死んだそうだな」ハケットが言った。

「残念でもなんでもないね、ぼくとしては」ルークはハケットのオフィスのソファにゆったりと座り、肘掛けに肘をついて両手の指先を合わせた。「わかっているかぎりでも、あの男は少なくとも五人を冷酷に殺しているんだ。もっと犠牲者がいても不思議じゃない」

「誰だ？」

「ボブ・ソーンヒルだ。アイリーンの父親のあとを継いで、数カ月警察署長をしていた男さ。彼の死の状況には、かなり疑わしい点がある。ステンソン夫妻の死に関する証拠や記録がすべて処分されたことを確認したあと、ウェブが殺したような気がする」

「利用したのち始末したんだな」ハケットが首を振る。「ヴィクター・ウェブは、とことん社会病質者だったに違いない」

「アイリーンが厄介な存在になると、彼がもっと早く気づかなかったことに感謝せずにはいられない。でも、あと一歩で間に合わないところだった。ウェブがパイン・レーンの家でアイリーンをつかまえた日、彼女がマキシーンとタッカー・ミルズに行き先を話していなかったら――」

「だが、彼女は話していた」ハケットが冷静にさえぎる。「そして、兄さんは彼女を救った。起きなかったことを考えて時間を無駄にするのはやめろ」

ルークは口元をほころばせた。「ああ、いいアドバイスだな。そうするよ。ありがとう」

「どういたしまして。それで、ロッジを売るって、どういうことだい？」

「明日、契約書にサインすることになっている」

ハケットが眉を曇らせた。「どうして？　いや、誤解しないでくれよ。たしかに兄さんがホテル経営をずっと続けると思っている人間は、家族のなかに一人もいなかった。でも、ずいぶん急な話じゃないか」

「またしても予期せぬ方向転換をするつもりかと言いたいんだろう?」ルークはうなずいた。

「そう思われてもしょうがない。でも、あのロッジはあくまで一時的な副業だったんだ。数カ月のあいだ、執筆に専念できる静かな場所がほしかっただけだ」

ハケットが面食らった顔をした。「本を書いているのか?」

「しばらくまえから書いている。あと一月《ひとつき》もすれば仕上がる」

ハケットがデスクに両手をついた。「どうしていままで話してくれなかったんだ?」

「黙っていたわけじゃない。親父さんにはちょっとした書き物をしていると話した」

「〝ちょっとした書き物をしている〟と本を書いているのとじゃ、大違いだ」

「少しは大目に見てくれよ。家族の誰もが、ぼくは実社会に適応できずにいると考えていた。悪気はないが、これ以上みんなにぼくが変人への道を突き進んでいると思わせる材料を与えないほうがいいと思ったんだ」肩をすくめる。「それに、本を書きあげることができるのか、自分でも自信がなかった。でも、いまは目星がついている」

ハケットがふいに興味を見せた。「売れたのか?」

「まだだ。でも、最初の何章かを気に入ってくれたエージェントがいて、残りも同じ調子で書ければ買い手を探すと言っている」

ハケットがつかのま考えこんだ。「それなら、どうしてダンズリーから引っ越すんだ?」

「まず、あそこは以前ほど静かな場所じゃなくなった。別の町をためしてみたい」

「別の町?」

「グラストン・コーブだ」

ハケットの瞳が理解に輝いた。にやりと微笑む。「アイリーンだな?」

「アイリーンだ」

「なるほどね、彼女は兄さんにうってつけだと思う。たぶん理想的な相手だ」

「ぼくもそう思ってる」とルーク。「それはともかく、ぼくの特異体質の話が出たところで、ケイティと出かけた週末に起きたことに関して深刻な誤解があるようなので、それをはっきりさせたい」

ハケットの笑顔が消えた。「何も起きなかったと聞いているが。つまり、その、兄さんの問題のせいで」

「それは半分しか事実じゃない」

「半分?」警戒した顔つきになる。

「何も起きなかった。でも何もなかった本当の理由は、ケイティとぼくの目が覚めて、むかしからおたがいに好意は抱いていたものの、愛し合うようになることはないと気づいたからだ」

「ティーンエイジャーのころ、ケイティは兄さんに熱をあげていたじゃないか」

「そういうことさ、ただの熱。たしか五秒ぐらいしか続かなかったはずだ。ぼくは彼女には年を取りすぎているし、彼女はぼくには若すぎる」

「ケイティは兄さんとの結婚に同意した」感情のこもらない声で言う。

「ぼくを責めるな。悪いのは、おまえだ」

「ぼく？」

「おまえと親父さんと家族全員のせいさ。ケイティが結婚に同意したのは、おまえたちみんなが彼女にとてつもない罪悪感を抱かせたからだ。ぼくがノイローゼ気味で、ちょっとプレッシャーがかかっただけでつぶれかねない状態だと思いこませた。ケイティは、もし自分が断わったら、ぼくが母親と同じ道をたどるんじゃないかと怖かったんだ」

ハケットは呆然としている。「そんな。兄さんがそんなまねをしかねない責任を、彼女に負わせるつもりなんかなかったのに」

「ああ、でも、そういうことだったんだ。〝善行は罰せられることなし〟に分類される話さ」

「信じられない」まるでみぞおちを殴られたかのように、ハケットの体から力が抜けた。やがて、彼は背筋を伸ばした。「本当にケイティを愛していないのか？」

ルークはソファの肘掛けをつかみ、立ちあがった。「ああ。それに、彼女もぼくを愛していない」

「ちょっと待ってくれ。彼女を愛していないなら、そもそもなぜプロポーズしたんだ？」

ルークはドアへ歩きだした。「結婚は、ぼくの計画の一つだったんだ。人並みの感覚を取り戻すには、それしかないと思っていた」

ドアをあける。

ハケットが立ちあがり、デスクをまわって近づいてきた。「ルーク、待てよ」

ルークは振り向き、微笑んだ。「だいじょうぶだ、ハケット。目標を間違っていただけさ。実社会に対処するこつは、すべてがありきたりに戻るわけじゃないという事実を受け入れることなんだ」

彼はカーペット敷きの廊下に出て、ドアを閉めた。

ハケットはつかのまその場に立ち尽くし、全身を駆けめぐる不思議な感覚を嚙みしめた。この数カ月間、ずっと彼をたたきつけていた大波から解放された気分だった。

戸口へ駆け寄り、勢いよくドアをあけて急ぎ足で廊下を広報部へ向かう。

曲がり角からジェイソンが現われた。片手に食べかけのピザを持っている。「なにごとだい？」

ハケットは足をとめようとしなかった。「デートを申しこむんだ。幸運を祈ってくれ」

ジェイソンがにやりとする。「おもしろそうだな。見物してもいいかい？」

「ピザを食ってろ」

彼はあけっ放しになっていたドアから広報部に入った。ケイティがデスクで電話をしていた。ハケットに気づき、かすかに目を丸くしている。

「すぐ折り返します、ミスター・パーキンズ」ケイティが早口で告げ、電話を切って彼を見た。「どうかしたの？」

「どうもしない」椅子からケイティを抱きあげる。「今日は最高の日だ」

ケイティが笑い声をあげた。戸惑っているが、喜んでいる。「何が最高なの？」

「たったいまルークから、きみを愛していないと聞いた。きみを愛していたことは一度もないし、きみも彼を愛していないと。そして、きみたちが一緒に出かけた週末に何もなかったのは、それが理由だと」

ケイティがぴたりと動きをとめた。「ルークがそう言ったの？」

「ああ。本当かい？」

彼女はごくりと喉を鳴らした。「彼を愛していないことは断言できるわ」

「ルークはさらに、親父さんとドクター・ヴァン・ダイクの心配とは裏腹に、自分を傷つける危険はこれっぽっちもないと言っていた。そして、ぼくもそのとおりだと思う。ルークには頑固で扱いづらくて予測がつかないところがあるが、ぼくに嘘をついたことは一度もない」

「言えてる」ピザをほおばりながらジェイソンが言った。「心配するなと言いつづけてるルークの言葉に、ぼくたちはもっと耳を傾けるべきだったんだ」

ケイティの顔が希望で輝いた。「それはつまり、もうルークを心配しなくてもだいじょうぶということ？」

「ルークのことはもう心配ない」ハケットは言った。「それに、たとえ厄介なことになったとしても、彼にはもう助けを求める相手がいる」

「アイリーンだな」とジェイソン。

「そのとおり」ハケットはケイティから目を離さなかった。これからの人生がいまこの瞬間にかかっているのだ。「今夜、一緒に夕食を食べないか？　どこか静かな場所で。二人きりで」

ケイティが彼の首に抱きついた。部屋じゅうを照らすような笑顔を浮かべている。「すてき。どこで食べるか、いい考えがあるの」

「ぼくはどこでもかまわないよ」

「うちよ」とケイティ。

「言っただろう、今日は最高の日だって」

ハケットは彼女を抱き寄せてキスをした。

「わーお、これでいくつか問題がはっきりしたよ」ジェイソンが言った。「これまでうちは、重役室と広報部間の意思伝達に重大な支障があったんだな。問題が解決して何よりだ。よかったら、ぼくはもう一枚ピザを取りに行くとするか」

ハケットは彼を無視した。ケイティも同じだった。

エピローグ

「ねえ」アイリーンは言った。「お父さまったら、本当に去年の誕生日より若返ったみたいね」

彼女は混雑した部屋の向こうに目をやり、数人の招待客と話しているジョンとヴィッキとゴードンを見つめた。その視線を追ったルークがおもしろそうな顔をする。

「きっと、もうぼくの心配をする必要がなくなったからだろう。ストレスは人を老けさせるというからね」

「わたしたちの結婚式のときも上機嫌だったけれど、今夜はもっと機嫌がよさそう」

ルークがにやりとする。「はじめての孫の誕生を楽しみにしているからさ。おおかた、すでにうちのビジネスに参加させる計画を立てているに違いない」

無意識にアイリーンは大きなおなかに手をやった。自分が懐中電灯のように光り輝いていないのが不思議なくらいだ。「ジョンとゴードンにとって、計画を立ててやる孫は一人じゃすまなそうよ。ケイティが、近いうちにハケットと家庭を持つつもりだと言っていたもの」

「わーお」隣りにやってきたジェイソンが言った。「このぶんでいくと、うちはちびたちでいっぱいになりそうだな」

「次はおまえの番だぞ」とルーク。

「そのうちね」カナッペをもぐもぐ嚙みながらジェイソンが答える。「人生はいいワインをつくるようなものなんだ。急ぐと、微妙なニュアンスを読み違えてしまう」

「おやおや」ルークが言った。「哲学者の誕生だ」

ジェイソンがにっこりする。「いい言葉だと思ったんだ。哲学といえば、兄さんの本はいつ出るんだい?」

「来月よ」ルークが答えるまえにアイリーンは言った。興奮を抑えきれない。「出版社の話だと、先行予約はかなり順調なんですって。『戦略的思考:哲学と戦争から学ぶ教訓』は、軍隊やビジネスに関する本の読者だけでなく、一般読者にも受けそうだと考えているのよ」

ハケットとケイティが人ごみから現われた。

「おめでとう」ハケットが言った。「新たなキャリアを見つけたようじゃないか」

「ホテル経営で得られる刺激には欠けているがね」とルーク。「でも、ぼくにはこっちのほうが合っている気がする。何よりも、自宅で仕事ができるのが最高だ」

「そうなの」アイリーンは言った。「だって、ルークはとてもいい父親になりそうだもの」

ジェイソンが大真面目な顔でうなずいた。「兄さんがEDの問題を克服できて、本当によかった」

「おい」ルークが言った。剣呑さが混じる思案ありげな顔をしている。「次つぎに子孫がふえていくと、そのうちおまえが放りだされるかもしれないぞ」

アイリーンとケイティが笑い声をあげた。ルークとハケットとジェイソンが笑顔で顔を見合わせる。

部屋の向こうで、ジョンとゴードンとヴィッキが振り向いた。アイリーンは、二人の男性が発散している満足感と誇りが見えるような気がした。ヴィッキがわけ知り顔でやさしい笑みを浮かべ、アイリーンにウィンクしてから客に向き直った。

アイリーンの全身が、期待にあふれたまばゆいほどの喜びで満たされた。ルークが彼女の腰に手をまわし、引き寄せる。

「何を考えているんだい？」

「家族を持つって、こういうことなんだわって考えていたの。ここにあるような愛情やここにいるような家族が一緒なら、この先何があってもきっと乗り越えられるって」

ルークが確信のこもる満ち足りた笑みを浮かべた。「すごい偶然だな。ぼくもちょうど同じことを考えていたんだ」

訳者あとがき

著作はかならずベストセラーになるアメリカロマンス界の名だたる人気作家、ジェイン・アン・クレンツの新作をお届けします。

舞台はカリフォルニア北部の湖畔にある小さな町、ダンズリー。夏以外は訪れる観光客も少なく、住人すべてが顔見知りのダンズリーは凶悪犯罪とは無縁そうなのどかな町ですが、十七年まえに一度だけ、町を揺るがす大事件が起きました。そしてその事件をきっかけに、当時十五歳だったアイリーン・ステンソンの人生は一変したのです。アイリーンはそれからまもなく町を離れ、二度とダンズリーに戻ることはありませんでしたが、そのときの経験はトラウマとなって残り、いまだに彼女を苦しめています。

それでも現在は小さな新聞社の記者として活躍しながら平穏な暮らしを送っていた彼女のもとに、ある日高校時代の友人パメラから会いたいという内容のメールが届きました。パメラは、祖父は事業で築いた富を惜しみなく町に提供する地元の名士、父親は合衆国上院議員というダンズリー一の名家の娘でありながら、ティーンエイジャーのころからその奔放な行動で何かと噂の絶えない存在でした。そんな彼女とおとなしい優等生だったアイリーンは正反対と言ってもいいほど対照的でしたが、二人は十五歳の夏の三カ月間だけなぜか親友になったのです。

ダンズリーを離れてからいっさい連絡を取っていなかったパメラが突然会いたいと言ってきた理由は何なのか。何よりも、メールの文面に書かれていた少女時代に二人だけの秘密だった暗号の意味するものは？

ただならぬものを感じたアイリーンは、十七年ぶりに忌まわしい記憶の残る生まれ故郷に帰る決心をします。

しかしダンズリーで待っていたのは、心の古傷に塩をなすりつけられるような新たな事件でした。けれどそれは同時に、十七年まえに彼女を襲った悲劇との関連をうかがわせるものだったのです。自分を悩ませつづけるトラウマを克服するために、アイリーンは封印していた過去に立ち向かって謎を解く決意を固めます。

そんなアイリーンを黙って見ていられなくなったのが、彼女が宿泊しているロッジのオーナー、ルーク・ダナーです。大学で哲学を学んだのち海兵隊員として実戦を経験したこともあるルークは、なにごとも具体的な計画を立ててから着実にことを進めるタイプ。除隊後も

〝ふつうの暮らし〟に戻るために綿密に計画を立て、家族が経営するビジネスに参加したり家庭を持とうとしたり懸命に努力しましたが、結局どれもうまくいきませんでした。戦場でさまざまなものを目にしたせいで心を病んでしまったのではないかと心配する家族の干渉から逃れ、一人でゆっくり考えよう。それが彼がダンズリーへやってきた理由でした。

けれどルークには一つ、どうしてもやめられないことがあったのです――点と点をつなげること。一つひとつのデータをつなぎあわせて筋のとおる情報にまとめずにはいられない彼にとって、アイリーンはまさに謎めいた点のかたまりでした。

物事を冷徹に見つめる目を持つ一方、軍隊で培った有無を言わさぬぶっきらぼうな言動が抜けない彼に、当初アイリーンは大いに戸惑いますが、やがてルークも辛い過去を背負っていることを知ります。そしてルークも、さっそうとして一見クールな彼女の奥に、暗闇に怯える少女の面影を垣間見るのです。

クレンツ作品に毎回彩りを添えている個性あふれる脇役たちも大勢登場します。少女時代のアイリーンを知っているダンズリーの住民たち。突然田舎でロッジ経営をはじめたルークを心配する彼の家族。彼らにまつわる悲喜こもごものエピソードが、ときに切なく、ときにユーモアを交えて描かれ、作品に奥行きを与えています。

ザ・ミステリ・コレクション

すべての夜《よる》は長《なが》く

著者　ジェイン・アン・クレンツ
訳者　中西和美《なかにしかずみ》

発行所　株式会社 二見書房
東京都千代田区神田神保町1-5-10
電話　03(3219)2311［営業］
03(3219)2315［編集］
振替　00170-4-2639

印刷　株式会社 堀内印刷所
製本　村上製本

落丁・乱丁本はお取り替えいたします。
定価は、カバーに表示してあります。

ISBN978-4-576-08030-7
http://www.futami.co.jp/

ささやく水
ジェイン・アン・クレンツ
中村三千恵［訳］

誰もが羨む結婚と、CEOの座をフイにしたチャリティ。彼女が選んだ新天地には、怪しげなカルト教団が…。きな臭い噂のなか教祖が何者かに殺される。

奪われたキス
スーザン・イーノック
高里ひろ［訳］

十九世紀のロンドン社交界を舞台に、アイス・クイーンと呼ばれる美貌の令嬢と、彼女を誘惑しようとする不品行で悪名高き侯爵の恋を描くヒストリカルロマンス！

恋はあまりにも突然に
スーザン・ドノヴァン
旦紀子［訳］

プレイボーイの若手政治家ジャックのイメージ作戦のため婚約者役として雇われた美容師サマンサ。だが二人は本当に惹かれあってしまい…波瀾のロマンスの行方は?!

ただもう一度の夢
ジル・マリー・ランディス
橋本夕子［訳］

霧雨の夜、廃屋同然で改装中の〈ハートブレイク・ホテル〉にやってきた傷心の作家と、若き女主人との短いが濃密な恋の行方！哀切なラブロマンスの最高傑作！

再会
カレン・ケリー
米山裕子［訳］

かつて父を殺した伯父に命を狙われる女性警官ジョディと、スクープに賭ける新聞記者ローガンの恋。異国情緒あふれるニューオリンズを舞台にしたラブ・ロマンス！

もう一度だけ熱いキスを
リンダ・カスティロ
酒井裕美［訳］

行方不明の妹を探しにシアトルに飛んだリンジーは、元警官で私立探偵の助けで捜索に当たるが、思いがけない事実を知り……戦慄のロマンティック・サスペンス！

ゴージャス ナイト
リンダ・ハワード
加藤洋子［訳］

絵に描いたようなブロンド美女だが、外見より賢く計算高く芯の強いブレア。結婚式を控えた彼女に、ふたたび危険が迫る！好評既刊「チアガール ブルース」続編

チアガール ブルース
リンダ・ハワード
加藤洋子［訳］

殺人事件の目撃者として、命を狙われるはめになったブロンド美女ブレア。しかも担当刑事が、かつて振られた因縁の相手だなんて…!? 抱腹絶倒の話題作！

夜を抱きしめて
リンダ・ハワード
加藤洋子［訳］

山奥の平和な寒村に住む若き未亡人に突如襲いかかる恐怖。彼女を救ったのは心やさしいが謎めいた村人の男だった。夜のとばりのなかで男と女は愛に目覚める！

未来からの恋人
リンダ・ハワード
加藤洋子［訳］

20年前に埋められたタイムカプセルが盗まれた夜、弁護士が何者かに殺され、運命の男と女がめぐり逢う。時を超えた二人の愛のゆくえは？ 女王リンダ・ハワードの新境地

くちづけは眠りの中で
リンダ・ハワード
加藤洋子［訳］

パリで起きた元CIAエージェントの一家殺害事件。復讐に燃える女暗殺者と、彼女を追う凄腕のスパイ。危険なゲームの先に待ち受ける致命的な誤算とは!?

夜を忘れたい
リンダ・ハワード
林 啓恵［訳］

かつて他人の心を感知する特殊能力を持っていたマーリーの脳裏に、何者かが女性を殺害するシーンが映る。そして彼女の不安どおり、事件は現実と化し…

二見文庫 ザ・ミステリ・コレクション